FOLIO BIOGRAPHIES

collection dirigée par

GÉRARD DE CORTANZE

Fellini

par

Benito Merlino

Gallimard

Crédits photographiques :

1, 5, 6 : M. Durazzo/ANA. 2 : Ponti-De Laurentiis/The Kobal Collection. 3 : Farabola-Leemage. 7 : P.D.C./O.F.I./The Kobal Collection. 9 : Time & Life Pictures/Getty Images. 11 : G. Gèleng. 12 : Coll. B.C.A./Rue des Archives. 13 : P.E.A./The Kobal Collection. 14 : Federiz/Rizzoli Film Francoriz/AKG.

Auteur de musiques de films et de génériques de télévision, scénariste et réalisateur de courts métrages pour le cinéma et de séries pour la télévision, marionnettiste, Benito Merlino a enregistré une trentaine de disques en tant qu'auteur-compositeur-interprète. Traducteur de l'italien et du sicilien, ce natif des îles Lipari a également publié un roman, *La Harpe éolienne* (alteredit, 2003).

Sous le signe du Capricorne

Nous sommes le soir du mardi 20 janvier 1920. Depuis le début de l'après-midi la pluie fait des claquettes en dansant sur les trottoirs de Rimini, petite ville romagnole sur le mollet de la botte italienne, au pied de l'Apennin toscan-émilien. Il fait un froid humide dans l'appartement bourgeois où habitent Ida et Urbano Fellini, au 10 viale Dardanelli, derrière le Grand Hôtel. Le vent cingle les vitres. Dans l'entrebâillement des rideaux, la lune à son décroît roule sa plus étroite faucille d'or à travers des nuages d'algues et de brume. L'Adriatique gronde au loin, balaie ses galets et s'agite comme une diablesse pour noyer ses tristes couleurs d'hiver. Les Fellini attendent avec impatience la naissance de leur premier enfant qui ne veut pas se décider à quitter la chaleur du ventre maternel. Par intuition, par crainte, par refus d'un monde infâme et cruel ? Car, ces derniers temps, l'Italie a été le théâtre de grèves sévères et d'âpres manifestations. La mécanisation du travail agricole depuis la fin du XIXe siècle a créé un chômage sans précédent. L'armistice avec l'Allemagne, le 28 juin 1919, a mis fin à une économie tournée vers les commandes de guerre, vidé les usines et entraîné des faillites à répétition. Le gouvernement est incapable d'assumer le retour du front des rescapés exsangues ou invalides venus augmenter le nombre des bouches à nourrir, aggravant la détresse de leurs familles déjà terriblement éprouvées. Partout dans la péninsule s'est installée une misère sociale et économique dont on ne voit pas l'issue. Le pays souffre. Le marasme est général, la crise inéluctable. Découragement, dégoût, colère, sont désormais le pain quotidien.

Urbano Fellini avait rencontré Ida Barbiani peu avant l'entrée de l'Italie dans la Première Guerre mondiale (avril 1915), à Rome, dans le quartier de la gare Termini. Né en 1894, il était le plus jeune des cinq enfants de Luigi Fellini et de Francesca Casalini, agriculteurs, propriétaires de la ferme « e Bôsch * » près de Gambettola, entre Rimini et Cesena, et gérants d'un magasin d'alimentation. De deux ans sa cadette, Ida était née à Rome dans une famille de sept enfants, de Riccardo Barbiani, socialiste, grossiste dans le commerce des œufs, et de Maddalena Leali, fille d'une famille aisée de la capitale. À l'approche de ses vingt ans, se sentant par trop à l'étroit dans la vie rurale pour laquelle il n'avait pas grand goût, Urbano avait décidé de tenter sa chance à Rome. Il avait trouvé une place de mitron dans une fabrique de pâtes alimentaires

* Le Bosquet, en dialecte romagnol.

établie près de la gare Termini, dans la via Manin, juste en face de l'habitation de la famille Barbiani.

Très vite, malgré leur différence d'éducation et de milieu social, les deux jeunes gens étaient tombés éperdument amoureux l'un de l'autre. Mais d'emblée les parents de la jeune fille avaient vu cette liaison d'un très mauvais œil et cherché à la contrarier par tous les moyens, faisant remarquer à Ida qu'elle était une véritable citadine, une demoiselle, une vraie Romaine bien née qui méritait beaucoup mieux que ce rustre d'Urbano qui, même s'il était beau, grand et athlétique, n'était au fond qu'un paysan mal dégrossi, ambitieux et ignorant. Certes, les deux jeunes gens n'avaient rien en commun mais ils s'aimaient à en perdre le boire et le manger. Et puis ils n'étaient plus des enfants, ni même des adolescents, pour qu'on leur dictât ce qu'ils devaient faire. Urbano avait vingt et un ans, Ida, dix-neuf. Devant la violence et l'inflexibilité de l'hostilité familiale, ils n'entrevirent qu'une solution : la fugue, chose qui à l'époque, en Italie, était encore ressentie par les familles catholiques comme une honte épouvantable, une véritable indignité, le comble du déshonneur.

Et les voici, un matin de bonne heure, la gorge serrée, se hâtant vers la gare tandis que quelques bambocheurs attardés foulaient d'un pas lourd les détritus de la ville encore engourdie. La jeune fille, résignée, pâle et amaigrie, dissimulant tant bien que mal un peu de langueur sous son chapeau à large bord. Urbano, un bras passé autour d'elle pour la soutenir et la tranquilliser, se cachant lui aussi le visage dans son col relevé. Mais la mélancolie ne dura guère. Bientôt, l'air vif, limpide et frais du petit matin les apaisa et, tout à leur amour, s'encourageant de regards complices, ils s'abandonnèrent à la grande aventure et montèrent dans l'omnibus pour Rimini. De là, en fin d'après-midi, une correspondance les mena à une vingtaine de kilomètres au nord-ouest, à Gambettola, où ils avaient résolu de s'installer dans la maison paternelle du jeune homme.

Leur mariage civil, célébré le 19 août 1918, sera suivi d'un mariage religieux en l'église Sainte-Marie-Majeure à Rome le 22 janvier 1919, mais les parents de la jeune femme ne comprendront jamais sa fuite romantique et ne lui pardonneront pas sa désobéissance. Elle sera déshéritée. La mort prématurée de sa mère, à trente-neuf ans, à la suite de son septième accouchement, n'arrangera pas les choses. Les Barbiani ignoreront définitivement Ida, qui ne trouvera de réconfort que dans la solitude et la prière. Au cours de l'année 1919, le jeune couple quitte Gambettola pour Rimini, où Urbano deviendra grossiste et représentant en cafés et fromages. Et c'est à Rimini que naîtra leur premier enfant.

Le brave médecin de famille a dû utiliser les forceps pour délivrer Ida. À 21 h 30, des petits cris stridents de chaton affamé retentissent dans la chambre à coucher. Tout en s'étirant, le nouveau-né salue de grimaces et froncements de nez ses premiers spectateurs. Ses parents le prénomment Federico en mémoire d'un frère aîné d'Urbano, disparu dans un champ de mines, à l'âge de vingt-deux ans, durant les tout derniers jours de la Grande Guerre. On ne saura sans doute jamais pourquoi sur son acte de naissance il a été noté que Federico est né à 11 h 30 et pourquoi son nom est estropié en « Fillini ».

Federico Fellini, qui avouait volontiers, et même avec une certaine malice, être fâché avec les dates et les lieux, dira plus tard : « Je suis né à minuit et quart le dernier jour du Capricorne[1] *. » Ce Capricorne, la mythique chèvre Amalthée nourrice de Jupiter, le dixième signe compris entre 270 et 300 degrés de l'anneau zodiacal qui domine le ciel entre le 22 décembre et le 20 janvier, lui donne le goût de la magie, des choses occultes, des coups d'éclat passionnels, des amitiés troublantes et des gens du voyage ; et un ascendant Vierge, d'où sa volonté trop affirmée pour être en mesure d'affronter les conflits avec diplomatie, diront les faiseurs d'horoscopes.

Plus sérieusement, lorsque le critique cinématographique Giovanni Grazzini réalise, en 1983, une longue interview de Fellini dans laquelle il lui demande s'il croit beaucoup à l'astrologie, ce dernier lui répond :

> L'astrologie est un moyen très suggestif et divertissant d'interpréter le sens des choses, le pourquoi et le comment, et si quelqu'un se sent protégé par ce système qui au fond a aussi sa propre rationalité, à quoi sert-il de le décevoir, de lui dire que ce ne sont là que de ridicules contes de fées et qu'il n'est plus possible aujourd'hui de croire à ces sornettes[2] ?

* Les notes bibliographiques sont regroupées en fin de volume, p. 356.

La grande cornette aux ailes de mouette

Quelques mois après la naissance de Federico, sans abandonner leur résidence officielle à Rimini, les Fellini s'installent à Rome, où Urbano tente de développer son activité de représentant de commerce en denrées alimentaires, mais comme il est perturbé par les rapports difficiles avec la famille de sa femme, ses affaires en pâtissent. De son côté, Ida ne parvient pas à se réconcilier avec son père. Le séjour à Rome dure à peine quelques mois. Quand elle se trouve de nouveau enceinte, ils décident de rentrer à Rimini. Le 27 février 1921, elle donne à Federico un petit frère qu'elle baptisera du prénom de son propre père, Riccardo.

À Rimini, Urbano est plus serein. Ses affaires commencent à prospérer. Il se met à voyager, poussant quelquefois jusqu'en France et en Belgique pour se faire de nouveaux clients. Il est avenant, sérieux, sincère ; il inspire confiance et sera même surnommé « le prince des commerçants ». Ses idées républicaines lui valent bien quelques démêlés avec les premiers fascistes de Rimini, mais rien de très grave. En effet, contrairement à ce qui se passe dans beaucoup d'autres villes, Rimini accepte et subit le fascisme, telle une fatalité, avec une certaine nonchalance. À l'époque, la petite ville côtière de Romagne vit surtout de la pêche, du tissage de la soie et des activités agricoles de ses villages avoisinants. Et même si le *Duce*, qui est né dans la région, à Predappio, vient se baigner sur la toute proche plage de Riccione * qui est pour lui la plus belle d'Italie, Rimini ne sera jamais ni un bastion de la révolution fasciste comme Ferrare, Forli ou Ravenne ni un avant-poste de la résistance comme Bologne, Ancône ou Parme. Les Riminais sont plutôt des cabochards, des flegmatiques sans passion. Bons marins, braves paysans, bons vivants, ouvriers laborieux, ils ne sont guère intéressés par la politique. Volontiers blasphémateurs, ils se vantent d'être athées, mais, superstitieux, ils vivent dans la crainte de Dieu avec qui ils entretiennent des liens ambigus et privilégiés par femmes et enfants interposés.

L'enfance de Federico est tranquille, banale et plutôt solitaire. À cinq ans, il est inscrit à l'école maternelle des sœurs de Saint-Vincent, celles dont il se souviendra « avec la grande cornette aux ailes de mouette ». Physiquement, c'est un enfant un peu pataud. Psychologiquement, il est sensible, assez craintif, d'un naturel songeur. Dès son plus jeune âge, il jouit d'une fantaisie hors du commun qui lui fait voir toute chose à travers un prisme déformant,

* À dix kilomètres de Rimini.

comme cette petite épreuve qui avait tant marqué son imagination qu'il la racontait encore cinquante ans plus tard. Un jour de procession, une des sœurs lui ayant demandé de tenir une petite bougie allumée et de veiller à la protéger du vent, car Jésus ne serait pas content si elle s'éteignait, il s'acquitte bien consciencieusement de sa mission. Au premier coup de gong de la fanfare municipale, pris d'une grande frayeur, il se met à trembler et laisse échapper sa bougie. Terrorisé à l'idée de ce que Jésus va désormais lui faire subir, il éclate en sanglots.

À partir de septembre 1926, le petit Federico fréquente l'école communale Carlo Tonini dans la via Gambalunga, où il effectuera toute sa scolarité primaire, une scolarité assez médiocre, car l'école ennuie profondément ce petit garçon rêveur, sans volonté et inconstant qui, comme beaucoup d'autres enfants, n'aime rien tant que remplir des pages et des pages de dessins avec ses crayons de couleur.

Heureusement, il y a les vacances d'été qu'il passe dans l'arrière-pays romagnol, à Gambettola, dans la maison de sa grand-mère paternelle, où il découvre le vieux dialecte, les saveurs du terroir, tant de mystères et d'étranges personnages : rudes journaliers, chemineaux violents et querelleurs, clochards, simples d'esprit, incorrigibles ivrognes, matrones concoctant des philtres ou jetant des sorts :

Ma grand-mère avait toujours une canne de jonc à la main avec laquelle elle faisait faire aux hommes des bonds de dessins animés. En somme, elle faisait filer les journaliers embauchés pour travailler dans les champs. Le matin, on entendait de grands éclats de rire et un grand brouhaha. Puis, quand elle apparaissait, ces hommes violents prenaient devant elle une attitude respectueuse, comme à l'église. Ma grand-mère distribuait alors le café au lait et s'informait sur tout. Elle voulait sentir l'haleine de Gnichèla pour savoir s'il avait bu de la grappa : et celui-ci riait, donnait des coups de coude à son voisin, pris de pudeur, il devenait comme un gamin. Avec son gros fichu noir qui lui enveloppait la tête, son gros nez crochu, ses yeux brillants comme du goudron liquide, ma grand-mère Franzscheina (Francesca) ressemblait à la compagne de Toro Seduto*. Avec les animaux aussi, elle était extraordinaire, elle devinait leurs maladies, leurs humeurs, leurs ruses : ce cheval qui s'était amouraché, qui sait comment, de la chatte. « Dans trois jours, il y aura du garbein », annonçait-elle avec une certitude infaillible. Et c'était vrai. Le garbein est un vent supplémentaire que nous avons en Romagne. Un vent capricieux, instable, absolument imprévisible. Pour tout le monde, sauf pour elle. Elle avait une grande amie, ma grand-mère, un peu plus âgée qu'elle et plus robuste aussi, qui, tous les soirs, allait chercher au bistrot son mari ivre et le chargeait sur une brouette pour le ramener à la maison. Il s'appelait Ciapalos, qui n'est pas un nom grec, mais signifie : « Prends l'os** ». Un soir, les jambes pendantes en dehors de la brouette traînée par sa femme, l'homme était dans un état d'humiliation béate, après avoir essuyé la risée générale. Et, ce soir-là, j'ai rencontré son regard sous son méchant chapeau[1].

Et Fellini se souviendra de beaucoup d'autres choses de son enfance, tant à Gambettola qu'à Rimini. Les bagarres pour un héritage, pendant

* Toro Seduto (« Taureau assis »), grand chef indien dans l'imagerie italienne.
** Surnom intraduisible et d'une totale obscénité, précisera Fellini lors de ses entretiens avec Giovanni Grazzini.

vingt ans, de trois vieilles sœurs et d'un homosexuel qui se jetaient de la bouse à la figure. La petite bonne sœur naine à la démarche bizarre, les bossus entrevus à la lueur des feux de bois, les boiteux se chamaillant sur un banc qui, plus tard, lui feront tous penser à Jérôme Bosch. Il se souviendra des charbonniers en route vers les Abruzzes, du châtreur de cochons, du vieux du marché Marecchia qui pouvait aussi bien soigner les poules et les brebis que les rendre malades. Il se souviendra de la vieille voyante dans son petit salon sordide, près du port. Du marin bourlinguant sur les mers qui, d'une lointaine île des Perroquets, envoyait de temps en temps chez Raoul, le café des amis, une carte postale. Il se souviendra de Raoul, sympathique et ventripotent derrière son bar, et de ses plus fidèles habitués : des fils à papa léthargiques s'inventant mille et un stratagèmes pour ne pas travailler et se laisser inviter par des femmes plus très jeunes mais encore belles. Il se souviendra encore de ce gros moine qui, avant de prononcer la bénédiction annuelle des animaux sous les auspices de saint Antoine, rageait contre poules, canards, dindons, ânes et cochons auxquels il prétendait imposer le silence en brandissant son poing fermé sous leur bec ou leur museau. Des multitudes de personnages, de sujets, d'anecdotes que Federico, devenu cinéaste, saura évoquer avec un mélange de tendresse et d'ironie dans ses films : grotesques dans *Satyricon* ou *Amarcord*, fils à papa désœuvrés dans *Les Vitelloni* ou *La Dolce Vita*, grandes cornettes aux ailes de mouette dans le savoureux défilé de mode religieuse de *Roma*.

Je suis un grand menteur

Aux journalistes qui le questionneront sur son enfance, sur sa jeunesse, sur ce qui a pu contribuer à faire de lui le grand Fellini, Federico répondra souvent par de pures inventions, des demi-mensonges ou des vérités enjolivées et revues à l'aune de sa fantaisie. C'est le cas de la légende selon laquelle, en 1927, voyant pour la première fois le clown Pierino au cirque, il se serait enfui de chez lui pour rejoindre la caravane ; histoire souvent racontée par Federico, et reprise dans certaines biographies, mais qui sera toujours démentie par sa mère. En 1983, il répond à Giovanni Grazzini, qui lui demande quel est l'élément de vérité dans cette légende : « De vrai, il y a que cela m'aurait plu que ce fût vrai. »

D'autres tentatives de fugue auraient suivi, couronnées par autant de désaveux. Au fond, Federico est un enfant tranquille et solitaire qui aime qu'on s'intéresse à lui. Pour le moment, il continue à noircir des cahiers entiers de dessins, dit qu'il sera marionnettiste quand il sera grand et dévore le *Corriere dei Piccoli.* Les enfants retrouvent dans ce petit illustré du dimanche que le *Corriere della Sera* publie depuis le 27 décembre 1908 nombre de compagnons qui faisaient déjà rêver les petits Américains depuis longtemps et dont on a eu la bonne idée d'italianiser les noms : l'espiègle et facétieux Mio Mao (*Félix le Chat*) de Pat Sullivan et Otto Messmer ; les garnements Bibi et Bibo, mieux connus en France sous le nom de Pam et Poum (*Pim Pam Poum*), de Rudolph Dirks et Harold H. Knerr ; le vagabond philosophe Fortunello (*Happy Hooligan*) de Frederick Burr Opper, Arcibaldo et Petronilla (respectivement Jiggs, l'ex-ouvrier devenu milliardaire, et Maggie, son irascible ex-blanchisseuse d'épouse, les parvenus de *La Famille Illico*) de George McManus. Dans ce supplément hebdomadaire au *Corriere,* qui a la particularité de présenter les textes en octosyllabes rimés, il y a aussi le très chanceux Signor Bonaventura de Sergio Tofano, alias Sto. Vêtu de rouge et toujours accompagné de son inséparable basset jaune, quoi qu'il fasse ou ne fasse pas, le Signor Bonaventura parvient immanquablement, dans chacune de ses aventures, à s'attirer la fortune d'un million. N'oublions pas non plus le très génial savant créé par Giovanni Manca : Pier Cloruro de' Lambicchi, inventeur de l'archivernis, une peinture magique capable de donner vie réelle aux personnages et aux objets de carton. Mais ce sont les planches colorées du dessinateur poète et écrivain Antonio Augusto Rubino, père de nombreux personnages, qui ont la préférence du petit Federico. À tel point que le gamin Girellino et le Bohémien Zarappa, héros d'aventures publiées en épisodes par Rubino entre 1919 et 1920, seront les inspirateurs directs, et jusqu'à leurs noms, des personnages Gelsomina et Zampanò de *La Strada*.

S'agissant de la littérature enfantine, il feuillette plus qu'il ne les lit les romans de piraterie, mais il s'en saoule d'images. Surtout la série des Sandokan d'Emilio Salgari * : *Les Mystères de la jungle noire, Les Pirates de Malaisie, Les Tigres de Mompracem*, dont il mêle le héros à ses rêves, à ses jeux, à ses entreprises sur les mers, même s'il ne sait pas nager et qu'il n'apprendra jamais. Si certains classiques comme *Oliver Twist*, *Robinson Crusoé*, *Les Voyages de Gulliver* — qu'il avoua n'avoir jamais pu terminer — et *L'Île au trésor* font aussi partie de sa bibliothèque d'enfant, Federico n'est pas, et ne sera jamais, un très grand lecteur, sauf peut-être des *Maigret* de Simenon. Il ne se mettra à lire sérieusement qu'assez tardivement, vers la cinquantaine, quand il deviendra insomniaque.

D'après Tullio Kezich, critique cinématographique au *Corriere della Sera*, ami personnel de Fellini pendant plus de quarante ans et qui lui a consacré une biographie très documentée, Federico Fellini n'aurait pas non plus été un grand cinéphile. Dans une sorte d'autoportrait ** qu'il réalisera pour la chaîne de télévision américaine NBC en 1969, quand on lui demandera quels films ont pu l'influencer, Fellini répondra :

* Emilio Salgari (1862-1911), auteur de nombreux romans d'aventures.
** *A Director's Notebook* (*Bloc-notes d'un cinéaste*).

Mon premier souvenir de film remonte, je crois, à *Maciste en enfer*. J'étais assis sur les genoux de mon père, la salle était pleine, il faisait chaud et l'on vaporisait un désinfectant qui irritait la gorge et aussi étourdissait. Dans cette atmosphère un peu opiacée, j'ai le souvenir d'images jaunâtres pleines de belles femmes. Et puis je me souviens des diapositives des prêtres, dans une grande salle aux bancs de bois, des images d'églises en noir et blanc, Assise, Orvieto. Mais, du cinéma, j'ai surtout en mémoire les affiches qui m'enchantaient. [...] Je ne connais pas les classiques du cinéma : Murnau, Dreyer, Eisenstein, je ne les ai, à ma grande honte, jamais vus [1].

L'historien du cinéma italien Antonio Costa soulignait, en 1993, lors d'une rétrospective consacrée au patrimoine cinématographique, qu'il est devenu difficile de parler de ce vieux péplum sans évoquer « les mémoires du Maestro ». Il s'agissait de la version muette du film réalisé par Guido Brignone, présenté pour la première fois en Italie en mars 1926, à la foire de Milan, après avoir d'abord été censuré en octobre 1925. Fellini en a parlé à de si nombreuses reprises qu'il a beaucoup plus fait pour le tirer de l'oubli que la version restaurée et postsynchronisée ou les versions ultérieures comme celle de Riccardo Freda en 1962.

C'est un fait, aux images fixes des autochromes Lumière représentant des madones, des saints, des églises que les prêtres projettent au catéchisme, dans la salle paroissiale froide et sinistre où il faut rester trop longtemps assis sur un banc de bois, le petit Federico préfère la solitude avec ses marionnettes qu'il réalise tout seul. D'abord, il les dessine sur du carton qu'il découpe, puis il leur ajoute de petites têtes de plâtre ou de pâte à modeler qu'il fixe avec de la colle. Pour les couleurs, il réduit des carreaux de terre cuite en poussière qu'il délaye dans de l'eau. Pour les costumes, toutes sortes de matériaux de récupération qu'il se procure en allant l'après-midi à ses cours particuliers de rattrapage scolaire font l'affaire. Lorsqu'il passe devant sa boutique, Amedeo, le gentil maroquinier édenté qui fabrique de jolis objets, lui donne des chutes de cuir ; un peu plus loin, chez les jumeaux menuisiers, il trouve des planchettes de bois léger. Quand ses marionnettes sont terminées, Federico leur insuffle une âme d'étoupe, gaie ou triste selon ses humeurs, leur fait revivre les mille aventures de ses héros préférés ; et quand il n'en construit pas, il passe des heures dans le cabinet de toilette à se barbouiller le visage de poudre de riz ou à se dessiner des moustaches et des sourcils au bouchon brûlé :

Comme j'aimerais, une bonne fois pour toutes, trouver le courage de dire quels sont les livres que je n'ai pas lus. [...] Essayons de me souvenir de mes pères spirituels : Pinocchio, Bibi et Bibo, Dickens, Fortunello, Gian Burrasca, *L'Île au trésor*, Poe, Arcibaldo et Petronilla, Verne, Simenon avec lequel nous sommes devenus amis et que j'admire énormément. [...] Yambo — qui se le rappelle ? — écrivait des romans qu'il illustrait de dessins qui me semblaient très beaux. Parmi beaucoup d'autres, il avait inventé un personnage qui s'appelait Mestolino. C'était vraiment tout mon portrait : un garçonnet maigrichon, à grosse tignasse, constitutionnellement incapable de dire la vérité. [...] Je n'ai pas de grands souvenirs, je les ai tous mis dans les films que j'ai faits. En les livrant au public, je les ai effacés, mes souvenirs, et puis, je ne sais plus distinguer ce qui est vraiment arrivé de ce que je me suis inventé [2].

Dans le film réalisé en 1992 par Damien Pettigrew, et intitulé *Je suis un grand menteur*, Fellini déclare :

La mémoire est une composante mystérieuse, presque indéfinissable, qui nous lie à des choses que nous ne nous rappelons pas avoir vécues et nous pousse continuellement à entrer en contact avec des dimensions, des événements, des sensations que nous ne savons pas définir mais dont nous savons confusément qu'ils ont existé. J'ai une tendance naturelle à m'inventer une jeunesse, un rapport avec la famille, un rapport avec la vie. J'ai l'impression d'avoir toujours inventé. Pour moi, les choses qui ne sont pas arrivées mais que j'ai inventées sont beaucoup plus vraies. C'est le cas de ma ville natale ; la vraie Rimini s'est éloignée pour laisser place à la Rimini de ces deux films où j'en ai parlé : *Les Vitelloni* et *Amarcord*. Il me semble maintenant que ces deux reconstitutions appartiennent beaucoup plus à ma vie que l'autre, la Rimini topographique. En somme, je suis un grand menteur, voilà la conclusion [3].

Moyennement rebelle

Les Fellini déménagent souvent. Après le viale Dardanelli, ils vivent dans le Palazzo Ripa, 115 corso d'Augusto, en plein centre-ville, puis, en avril 1926, 48 via Alessandro Gambalunga, dans le Palazzino Ceschina, une villa avec un petit jardin devant et un grand potager derrière donnant sur le théâtre Politeama. Un jour, entendant par hasard des cris tonitruants au fond du jardin : « Assassin ! Assassin ! Je vais te rompre les os, je vais te mettre en morceaux ! », Federico découvre les comédiens du Grand Guignol. C'était la fameuse troupe de l'actrice napolitaine Bella Starace Sainati en pleine répétition. Il devait avoir tout au plus sept ans, car la compagnie Starace fut dissoute en 1928. Perché sur le mur qui se trouve un peu en contrebas du théâtre, il écarquille les yeux tant et si bien que l'un des comédiens l'aide à se hisser pour lui permettre d'entrer dans la caverne magique. Les loges dorées, les décors, les bois vernis, les rideaux cramoisis l'éblouissent. Tout en tricotant, une jeune femme donne la réplique à un acteur coiffé d'un béret basque. Subitement, la voix de sa mère le ramène à la réalité :

— *A Federì ! a pasta è servita !* Dépêche-toi !

Quelques jours plus tard, ses parents l'emmènent voir le spectacle. Une grosse locomotive noire surgie du fond de la scène menace d'écraser la femme au tricot, attachée sur des rails. Elle est sauvée au dernier moment, juste avant que ne tombe le lourd rideau de velours rouge, grâce à un homme en qui Federico reconnaît l'acteur au béret basque. Son émerveillement pour le théâtre, ce nouveau genre de spectacle qu'il vient de découvrir après le cirque et les marionnettes, ne le quittera désormais jamais plus.

En février 1929, les Fellini logent au Palazzo Dolci, 9 via Cesare Clementini. Dans cette maison-là, le 7 octobre 1929, Ida met au monde une petite fille prénommée Maria Maddalena. Ses deux grands frères la rebaptisent aussitôt Bàgolo (Myrtille). Elle deviendra actrice de théâtre ; beaucoup plus tardivement, à l'âge de soixante-deux ans, elle entamera une petite carrière cinématographique et publiera deux livres pétillants de poésie simple et quotidienne : *Storia in briciole di una casalinga straripata* (« Tranches de vie d'une ménagère débordée ») et *A tavola con Federico Fellini* (« À table avec Federico Fellini »), recueil des recettes romagnoles préférées de Federico.

En avril 1931, la famille Fellini s'installe dans la rue adjacente, 9 via Dante Alighieri, et, à partir de l'année scolaire 1930-1931, Federico commence à fréquenter le lycée Jules-César qu'il décrit comme un gros bâtiment très haut avec des escaliers qui n'en finissent pas, dirigé par un proviseur que les lycéens ont surnommé Zeus.

Pendant toutes ses années de lycée, jusqu'à son baccalauréat, Federico aura comme *compagno di banco* (voisin de classe) Luigi Benzi, fils d'un maçon, que les camarades ont surnommé Titta. L'usage voulant en Italie que, lorsqu'on ne redouble pas, l'on garde le même voisin de banc d'une classe à l'autre durant toute sa scolarité — à condition bien sûr que le professeur ne s'y oppose pas pour éviter les regroupements de trublions notoires —, il n'est pas rare que se forment des amitiés profondes et durables au-delà des études. Et ce sera le cas de Federico Fellini et Luigi Benzi qui resteront de très grands amis toute leur vie.

Ce sont les années d'Homère et de la castagne après l'école. À coups de livres qui se portaient à la mode de l'époque, liés par une sangle, Troyens et Achéens se livrent des luttes acharnées sur la petite place médiévale. Federico incarne Ulysse, Titta joue Ajax. Quand ils ne répètent pas l'*Iliade*, leur petit trio de chenapans, car ils ont aussi coopté Riccardo, subtilise les draps et les soutiens-gorge qui sèchent dans les cours d'immeubles, les harengs saurs qui trônent à l'étal des commerçants, les graines, les olives, les oranges qui s'offrent à la devanture des épiciers. À la fin de chaque défi, ils se retrouvent dans le garage du père de Titta pour partager leur butin. Jusqu'au jour où ils sont dénoncés à leur mère par un voisin. Ida s'arrange alors pour les prendre en flagrant délit, attrape chacun de ses fils par le lobe de l'oreille et, leur faisant réciter des pater et des ave en chemin, les traîne à l'église où elle les contraint à s'agenouiller devant la Madone et à implorer son pardon.

Ida est très pieuse. Elle rêve secrètement d'envoyer Federico au séminaire lorsqu'il sera grand. Urbano étant toujours en voyage pour ses affaires, c'est elle qui a pris en main les destinées de la famille. Plus rigoriste que son mari, qui est très indulgent et assez permissif avec les enfants, sans doute parce qu'il les voit plus rarement, elle les envoie au lit à huit heures et demie et les réveille tôt le matin pour qu'ils aient le temps de prendre un bon petit déjeuner et de revoir leurs leçons avant d'aller à l'école.

Federico est alors si maigre que ses camarades le surnomment Gandhi, ou encore Cigale de mer. Il en souffre plus qu'il ne veut le dire, au point de ne jamais vouloir se mettre en maillot de bain, l'été, sur la plage. Pourtant, il aimerait bien patauger, lui aussi, dans cette mer qui le fascine et dont il imagine que proviennent les monstres et les merveilles de son monde intérieur exubérant. Mais le complexe inhibiteur est plus fort que l'envie. Ainsi ne se décidera-t-il jamais à apprendre à nager ni à danser et, ce qui peut paraître incroyable pour un Italien, ne jouera-t-il jamais au football !

L'hiver, quand le rideau de fer des boutiques est baissé, les hôtels fermés, les rues désertes, il aime se perdre dans les bancs de brume qui enveloppent Rimini, entendre les appels des amis qui le cherchent et rester seul, sans leur répondre, à rêvasser avec une sorte de jubilation dans le grand silence imperceptiblement rythmé par le bruit de la mer. « J'aimais être plaint, apparaître indéchiffrable, mystérieux. Je me complaisais à être mal perçu, à me sentir victime, incompris [1]. » Il était allé jusqu'à mettre en scène son propre suicide. Il s'était barbouillé le front et les mains d'encre rouge, puis s'était étendu sur le carrelage au bas de la cage d'escalier et, malgré le froid glacial, attendait patiemment que quelqu'un le découvrît, priant tout de même avec ferveur pour que ce ne fût pas sa mère qui folle de douleur aurait pu elle-même se jeter dans l'escalier. Par chance, ce ne fut pas sa mère mais son oncle qui le trouva ainsi fagoté. Lui tapotant les genoux du bout de sa canne, l'oncle lui avait lancé un péremptoire et impassible : « Lève-toi, petit bouffon, et va te laver le visage ».

À l'en croire, à peu près à la même période, il aurait servi de modèle au peintre Bonfante Bonfantoni qui travaillait à une fresque dans l'église des Capucins de Rimini — église dite de la Colonnella en raison d'une antique colonne romaine qui se dressait sur le parvis. On pourrait en douter, dans la mesure où Fellini précise que c'est sa grand-mère, « pas la Franzscheina de Toro Seduto, mais l'autre, celle que l'on appelait "la petite grand-mère" parce qu'elle était toute rapetissée, avec un minuscule petit museau ridé, ratatiné comme les têtes des réducteurs de têtes des livres de Salgari [2] », qui l'accompagnait aux séances de pose; or nous savons que son autre grand-mère, sa grand-mère maternelle Maddalena Leali Barbiani, est morte avant sa naissance. Federico a-t-il confondu avec une vieille tante, avec une voisine ? A-t-il mêlé des souvenirs de lecture à la réalité ? A-t-il rêvé ? Il n'en reste pas moins qu'il a relaté l'histoire avec une telle profusion de détails piquants qu'on ne peut s'en priver, ne serait-ce que parce qu'elle fait partie de son œuvre écrite et qu'elle contribue à nous éclairer sur son imagination fertile, sur sa perception poétique.

La fresque devait représenter les sept plaies d'Égypte. Ne sachant plus pour lequel de ces sept fléaux il devait poser, il imagine, toujours à cause de sa grande maigreur, que c'était pour la famine. Au début, Ida se serait un peu méfiée du peintre, craignant que des personnages de femmes nues aux ailes d'ange ne figurassent dans le tableau et que cela ne perturbât grandement son fils. Elle aurait finalement donné son assentiment après que le vieil évêque paralytique lui eut fait savoir par l'intermédiaire du frère gardien qu'il garantissait personnellement la moralité de l'artiste et le bien-fondé de l'œuvre. Lorsque Federico l'aurait vue pour la première fois, la fresque commencée représentait déjà de grands nuages noirs traversés de flèches et de langues de feu, une montagne fracassée, des troupeaux, des bergers, des chiens précipités dans l'abîme, les vagues d'un raz de marée projetant en l'air des bateaux et leurs marins. « Moi, je devais rester à plat ventre, un bras levé comme pour me protéger de quelque chose qui devait me tomber dessus, avec une expression de terreur sur le visage[3] », écrit textuellement Fellini, sans douter un instant, tant il est emporté par sa fantaisie, que le peintre eût peiné à représenter la terreur sur son visage s'il était face contre terre. Poursuivant le récit, il brosse le portrait d'un mendiant borgne du nom de Pilòcc, « lui aussi ayant été choisi en raison de sa maigreur squelettique[4] », qui devait poser près de lui, également couché par terre, et avait exigé qu'on lui servît un demi-litre de vin à chaque séance. Comme ce mendiant alcoolique était obsédé, il se masturbait dans l'église. Bonfante Bonfantoni lui jetait alors tous les pots de peinture vides qui lui tombaient sous la main, mais le mendiant ne se rendait pas pour autant, surenchérissait à coups de blasphèmes, « et les moines se mettaient à chanter[5] ».

Dans le souvenir de Fellini, le saint évêque, qui avait plus de cent ans, mourut subitement, et le nouveau, qui ne portait pas les capucins dans son cœur, refusa de continuer l'œuvre, ne paya plus l'artiste qui laissa tout en l'état et un beau jour partit pour le Brésil. Pilòcc n'eut plus sa chopine et Federico s'en retourna à la maison, non sans aller quelquefois contempler sa main sous la grande bâche crasseuse recouvrant la fresque inachevée.

En juin 1935, Federico et son ami Titta passent avec succès leurs examens d'entrée en seconde au lycée Monti de Cesena, dans la province voisine *. À l'époque, le lycée Jules-César de Rimini étant

* Les provinces en Italie correspondent aux départements en France.

encore une école libre non reconnue par l'État, les professeurs devaient présenter leurs élèves à Cesena pour les examens écrits et à Forli pour les oraux. À la fin de l'année scolaire, Federico et Titta sont sélectionnés pour faire partie de l'escorte d'honneur du roi Victor-Emmanuel III qui doit inaugurer, dans la toute proche ville de Forli, une exposition consacrée au peintre Melozzo degli Ambrogi (1438-1494), un enfant du pays, contemporain et ami de Piero della Francesca, aujourd'hui mieux connu sous le nom de Melozzo da (ou de) Forli. Pendant cette excursion obligée, Federico se rend intéressant aux yeux de ses camarades. Il les fait beaucoup rire en imitant les grimaces du roi qu'il trouve très laid et ressemblant à un lapin avec ses petites moustaches blanches en croc sous le nez.

Même si son livret scolaire laisse apparaître de bonnes notes dans presque toutes les matières, excepté en maths, physique, chimie et culture militaire, l'école continue à l'ennuyer. Il n'y fait rien, sinon bayer aux corneilles et humer l'air printanier qui entre par la fenêtre. Il racontera plus tard avoir passé des après-midi entiers à se « curer les ongles avec une plume[6] » en rêvant à la Volpina qui devait être à la plage en train de flirter avec les pêcheurs derrière les rochers. Lorsqu'il le peut, Federico ne perd pas une occasion de sécher les cours. D'après les registres de l'époque, soixante-sept absences en une seule année scolaire, presque un record, note Tullio Kezich. Dans ses souvenirs d'école, qu'il publiera entre 1940 et 1941 dans le *Marc'Aurelio*, puis dans le *Travaso delle idee* entre 1946 et 1947

— deux journaux satiriques comparables au *Canard enchaîné* —, Fellini portera sur lui-même un regard sarcastique. Dans le *Travaso* du 20 octobre 1946, il décrit sa première journée de rentrée en classe de seconde :

Du fond de la place, sous la pluie, sans se presser, s'avance un garçon maigre, décoiffé, un foulard sale sur la tête. Il tourne, entre sous le porche du lycée, s'arrête sous le préau, fume un mégot en attendant... Mais en attendant quoi, s'il est déjà neuf heures moins le quart ? Mes chers amis, même si c'est le premier jour de la rentrée — il en va de son honneur —, Fellini se doit absolument d'arriver en retard... Il fume, rejetant la tête en arrière à chaque bouffée parce qu'il est toujours un peu enrhumé. À neuf heures pile, il montera...

Au cours de l'été suivant, il est envoyé au camping de Verucchio, un bourg médiéval à vingt kilomètres de Rimini, pour participer aux réunions de la GIL (jeunesse italienne du *littorio*) créée par Mussolini. Organisés en groupes hiérarchisés, revêtant l'uniforme, les enfants y sont initiés aux valeurs fascistes. *Figli della Lupa* (enfants de la Louve) de six à huit ans, les garçons deviennent ensuite *balilla*, les filles *giovane Italiane* (jeunes Italiennes). Vers douze ans, les garçons sont promus au grade de *moschettiere* (mousquetaire) et suivent une préparation militaire.

À Verucchio, il se taille un petit succès en caricaturant des *balilla* en mousquetaires. Ses dessins sont publiés dans ce qui restera l'unique numéro de *La Diana*, un petit journal destiné aux *balilla* de Rimini, sous la signature Av. Fellini Federico, où

« Av. » signifie « avant-gardiste », terme sous lequel sont désignés les adolescents dans l'organisation fasciste. Lors de ces rassemblements, comme tous les jeunes Italiens de l'époque, il entonne l'hymne fasciste « *Giovinezza, giovinezza, primavera di belle-e-e-e-zza* » et porte l'uniforme mais il y a toujours quelque chose qui ne va pas : au grand découragement de ses professeurs, une fois il oublie son fez, une autre il lui manque les bottes ou le pantalon bouffant, ou bien il a dévissé sa baïonnette et ne sait plus la remonter. Difficile de savoir s'il le fait consciemment, pour venger son père qui vient d'être bousculé par les Chemises noires, et ainsi ridiculiser ces « sales gueules » qu'il voit chaque dimanche chanter à l'église et flatter le curé, ou inconsciemment, parce qu'il est distrait, qu'il se laisse ballotter par le quotidien de la vie provinciale grise et banale sans y prendre part ni lui résister ouvertement et qu'il continue à vivre dans le monde de l'enfance. « Timide sabotage pour ne pas apparaître complètement fasciste d'un indocile instinctivement rebuté par ce climat militaire, mortel comme les processions [7] », jugera-t-il plus tard.

Rimini

Devenu adulte, Federico évoquera sa ville natale avec nostalgie, en faisant une petite station balnéaire tranquille et très provinciale qui n'existe plus. Il se délectera à décrire longuement, avec un fourmillement de détails anecdotiques, des scènes réellement vécues, souvent embellies, parfois imaginées, dans les lieux de sa jeunesse désormais défigurés par la guerre, la fièvre de la construction immobilière et le tourisme galopant :

> Je ne reviens pas volontiers à Rimini. Il me faut le dire. C'est une sorte de blocage. Ma mère, ma sœur, ma famille y habitent encore : ai-je peur de certains sentiments ? C'est surtout que le retour me semble un rabâchage, plein de complaisance et masochiste, de la mémoire : une opération théâtrale, littéraire. Certes, cela peut avoir son charme. Un charme somnolent, trouble. Mais voilà : je n'arrive pas à considérer Rimini comme un fait objectif. C'est plutôt, seulement, une dimension de la mémoire [...] une mémoire, entre autres, inventée, frelatée, altérée sur laquelle j'ai tant spéculé qu'une sorte d'embarras est né en moi [1].

Ses années d'adolescence sont marquées par ses vagabondages avec Titta Benzi autour du Grand

Hôtel de Rimini, à la recherche de sensations fortes, d'émotions troubles, obsédantes, qu'il évoquera d'une manière particulièrement onirique et réussie dans *Amarcord*.

De style Art nouveau, le fastueux palace inauguré en juillet 1908 avait perdu ses deux coupoles dans un incendie en 1920, mais pas la fascination un peu vénéneuse qu'il exerçait sur les jeunes Riminais. Pourtant, ils n'y sont jamais entrés, tout juste peuvent-ils y glisser un regard furtif. Il aurait fallu avoir mille yeux pour entrevoir l'escalier de marbre, les vitres colorées, les roses, les gardénias, les orchidées, les paons de cristal, les oiseaux exotiques, les pourpres, les dorures, les somptueux lampadaires vénitiens, les tapis persans, les rideaux de soie rouge. Il ne leur est permis que d'en contempler l'extérieur. Les palmiers grimpant jusqu'au cinquième étage, les magnifiques terrasses sur la mer plongées dans la verdure et les fleurs, les mythiques Bugatti, Mercedes, Jaguar, Alfa Romeo garées dans la cour et leurs chauffeurs de maîtres tenant en laisse de petits chiens teigneux représentent, pour leurs jeunes esprits impatients de grandir, un mélange de luxe hollywoodien et de richesse orientale. Du haut de ses quinze ans, Federico en rêve comme d'un palais magique où toutes sortes de délices et de supplices lui seraient offerts : divas aux décolletés plantureux lui proposant ambroisie, nectar, hydromel et mille sucreries dans des calices de vermeil, folles nuits d'amour, trahisons, crimes, chantages, enlèvements… Certains soirs d'été, tandis que leur parviennent des bribes de musique nostalgique, des rengaines de films américains en vogue qu'ils ont vus au cinéma Fulgor, ils épient à travers les tulles de végétation bordant les terrasses le dos nu de femmes décoiffées par la brise, alanguies dans des divans de cuir, flirtant avec des hommes en smoking blanc. Une fois pourtant, une seule, Federico s'y est risqué. Un matin d'été, très tôt, prenant son courage à deux mains, il ose traverser la grande terrasse et pénètre, tête basse, dans ce lieu d'intimidation : le hall du Grand Hôtel. À peine a-t-il le temps d'habituer ses yeux à la pénombre que, « de derrière un comptoir orné comme un corbillard napolitain, un grand monsieur, avec des cheveux d'argent, des lunettes d'or étincelantes, mis comme un croque-mort de première classe[2] », de son bras tendu, sans lui adresser un regard, lui désigne la porte.

À Rimini, d'autres lieux le fascinaient. En particulier la gare et le cimetière; le plus gai des cimetières qui se trouvait justement au-delà du passage à niveau et qu'il avait découvert à la mort de son grand-père. Il y avait couru entre les tombes avec les autres enfants, s'y cachant, bavardant avec les morts dont il voyait les photos sur les stèles et déchiffrait les noms. Tous des gens connus : Baravelli, Benzi, Renzi, Fellini, car c'étaient ceux des voisins, des camarades d'école, des familles riminaises. À l'entrée, l'étonnante fleuriste blonde aux pieds nus coupait d'un coup de dents la ficelle de ses bouquets. Et, parce que le cimetière était toujours en construction, des ouvriers y chantaient en travaillant. Quand la sonnerie stridente du passage à niveau tout proche retentissait et que les barrières commençaient à s'abaisser, il aimait regarder le monstre mécanique se tortiller comme un grand ver lumineux au croisement des voies, entrer dans la gare en soufflant sa fumée blanche et se vider d'une foule bruyante et agitée.

Non pour les raisons spirituelles que sa mère espérait, mais parce qu'elles constituaient un théâtre idéal pour les fanfaronnades et espiègleries de sa petite bande, laquelle, outre Riccardo et Titta, comptait désormais Mario Montanari et Luigino Dolci, Federico était aussi très attiré par les églises. À commencer par la cathédrale qu'il voyait, telle une apparition étrange et solennelle, « blanche comme un os de seiche l'été et luisante comme la lune la nuit[3] ». Nulle part il ne dira que cette cathédrale (Tempio Malatestiano), qui est l'un des monuments les plus intéressants de Rimini, voulue et reconstruite à la Renaissance sur l'ancienne église gothique San Francesco par Sigismond Malatesta, abrite des trésors d'art et d'histoire. Des œuvres dues aux grands artistes et intellectuels dont le condottiere devenu seigneur et mécène de Rimini avait su s'entourer, tels l'architecte Leon Battista Alberti, le graveur Matteo de' Pasti, le sculpteur Agostino di Duccio, le peintre Piero della Francesca et d'autres. Tout cela semble ne l'avoir guère intéressé, et s'il y entrait parfois en compagnie de Titta, lorsqu'il n'y avait personne, c'était pour monter l'escalier branlant qui menait à la chaire et singer l'archiprêtre dans son sermon du dimanche, ou pour tenter de vider un tronc avec un aimant au bout d'une ficelle, entreprise toujours vouée à l'échec, à son grand soulagement, car de toute façon elle ne lui disait rien qui vaille.

Les jours de bénédiction des animaux, sous les auspices de saint Antoine, c'est sur la place des Trois-Martyrs, devant la petite église des Paolotti résonnant de jappements, de bêlements, caquètements, braiments et glapissements de toutes sortes, que la petite bande aimait se rassembler. Le cœur battant, les garçons y attendaient la sortie des jeunes paysannes venues faire bénir leurs bêtes nouveau-nées par les moines ; surtout une plantureuse rousse aux cheveux de feu qui ne portait jamais de soutien-gorge et qu'ils appelaient entre eux « la moustachue » à cause du petit duvet qui assombrissait sa lèvre supérieure. Et c'était à qui apercevrait le plus de cuisses roses sous les jupons de satin noir lorsque les jeunes filles, faisant mine de les ignorer, remontaient sur leurs bicyclettes pour reprendre le chemin de leurs fermes, leur petit animal blotti dans leur corsage.

Une autre église était élue comme cible de leurs chahuts : l'inhospitalière, glaciale et humide église des Servi. N'ayant de cesse de tourmenter le prêtre, pourtant très patient, qui était leur professeur de religion au lycée, un camarade du nom de Bedassi, surnommé Tarzan, leur avait un jour parié dix lires qu'il passerait la nuit, caché dans le confessionnal, avec un kilo de lupins et des saucisses. Le lendemain matin, il fut retrouvé par le sacristain, fiévreux, avec un grand mal de ventre, recroquevillé de sommeil et de froid, appelant sa mère pour avoir du café au lait.

Une autre église encore lui est restée en mémoire : la nouvelle église des Salésiens, qui avait été une étape systématique de leurs promenades dominicales durant toute la période de sa construction. Le jour de l'inauguration, les cloches carillonnaient à toute volée, si fort et si longtemps qu'on peinait à distinguer les paroles des discours. Quand vint le tour du chef de la milice, elles couvraient si bien sa voix que celui-ci, s'interrompant au beau milieu de sa déclaration, avait croisé les bras sur sa poitrine à la manière cocasse et ridicule de Mussolini et, gonflant les veines de son cou jusqu'à s'en rendre cramoisi, s'était écrié « A-ssez-a-vec-les-clo-ches ! Les-clo-ches-a-ssez ! » — ordre aussitôt repris et répété en chœur par tous les fascistes présents : « A-ssez-a-vec-les-clo-ches ! Les-clo-ches-a-ssez ! »

Parcourir Rimini avec Federico, c'est entrer en fin d'après-midi au Café du Commerce à l'angle de la place Cavour, entendre ses propres pas crisser sur le parquet, aller s'asseoir à une table recouverte de marbre rose et siroter un chocolat chaud en regardant les habitués, bourgeois et notables, jouer aux échecs ou au billard. C'est adresser un clin d'œil à ce brave Giudizio (Sagesse) un peu simplet qu'on reverra dans *Amarcord*. Pour quelques sous ou quelques cigarettes, Giudizio se rend utile à tous, aidant les femmes à la cuisine, comptabilisant les scores sur le boulier du billard, s'improvisant coursier, gardien de nuit, docker. C'est regarder passer à travers les vitres embuées la belle Gradisca dans sa robe de satin noir — elle aussi immortalisée dans *Amarcord*. Ses boucles blondes, ses faux cils et sa poitrine généreuse palpitant à chaque pas enflammaient les jeunes sens des adolescents qui la dévoraient des yeux, échangeaient des plaisanteries lestes et lui criaient qu'ils boiraient bien du lait. Bien sûr, ce n'était pas le véritable nom de la jeune coiffeuse. S'ils l'appelaient ainsi, c'était à la suite d'une rumeur selon laquelle, ayant été un jour priée de tenir compagnie à un prince de passage dans le pays, après qu'on lui eut fait maintes recommandations sur la manière respectueuse dont elle devait se comporter, une fois nue devant lui, elle lui aurait déclaré : *Gradisca, gradisca* (« servez-vous, je vous en prie »). Histoire vraie ? Fantasme ? Federico se souviendra d'avoir croisé la belle Gradisca au cinéma Fulgor :

> Le faisceau de lumière qui sortait de la cabine auréolait ses cheveux blonds et lumineux. Je me suis assis, peut-être à cause de l'émotion, d'abord loin d'elle, puis de plus en plus près. Elle fumait lentement avec ses grosses lèvres. Quand je parvins au fauteuil près du sien, j'allongeai une main. Sa cuisse opulente, jusqu'à la jarretelle, semblait une mortadelle enserrée par de la ficelle. Elle me laissait faire, regardant devant elle, magnifique et silencieuse. J'allai plus loin, avec ma main, jusqu'à la chair blanche, pulpeuse. C'est alors que la Gradisca se tourna lentement et me demanda d'une voix tranquille : Qu'est-ce que tu cherches[4] ?

La jeune femme s'était ensuite mariée avec un marin de ses cousins. Bien des années plus tard, lors d'un retour à Rimini, Fellini chercha à la revoir et se retrouva dans une misérable bourgade marécageuse. Avisant une petite vieille qui étendait des draps au soleil, il lui demanda si elle savait où habitait la Gradisca.

— Qui la cherche ? avait demandé la femme.

— Je la connais, avait-il répondu, sauriez-vous me dire où elle habite ?

— C'est moi, avait dit la vieille femme.

On peut imaginer la déception. Son rêve, son héroïne d'*Amarcord* devait alors avoir une soixantaine d'années, et elle avait perdu toute trace de son éclat.

La Rimini de Federico n'est pas seulement un mélange d'aventures estudiantines et d'églises catholiques, c'est aussi la scène de son premier amour. Elle s'appelle Bianca Soriani. Née à Pescare en 1922, elle a quatorze ans quand elle arrive à Rimini en 1936, à la suite d'un père exubérant, typographe de métier. Elle habite rue Dante, face à la maison de Federico, avec ses parents, ses deux sœurs Elsa et Nella, et un frère jaloux qui ne cesse de l'espionner. C'est une jolie brunette avec de beaux cheveux et, Federico l'a remarqué immédiatement, car il peut l'apercevoir de la fenêtre de sa chambre, « de jolis seins pesants[5] ». Elle fréquente l'Institut technique commercial. C'est sur le trajet de l'école qu'il se décide à l'aborder pour la première fois.

C'est cette année-là qu'il séchera soixante-sept fois le lycée ; pour se promener à bicyclette avec

Bianca. Ida s'en inquiète. Elle intervient auprès de la mère de la jeune fille pour l'enjoindre de mieux surveiller sa fille qu'elle accuse de débaucher son garçon. Bianca est punie, giflée et consignée dans sa chambre. Gros chagrin pour Federico qui se sent trahi par les siens, devient maussade, renfrogné, se morfond, se désespère, s'affaiblit jusqu'à l'évanouissement lorsqu'on lui interdit formellement de revoir Bianca, et enfin complote de s'enfuir avec elle pour échapper à la tyrannie des adultes.

Ensemble, ils prennent le train pour Bologne et vivent des heures inoubliables avant d'être rattrapés par la police des chemins de fer. Là encore, cette histoire de fugue hautement revendiquée par Federico sera fermement démentie par sa mère. « En fait, leur grande aventure tient en quelques balades à bicyclette aux alentours de la ville[6] », dira-t-elle, et c'est sans doute la bonne version, confirmée par Bianca dans les années 1980 : « Elle, qui habite à Milan, dit aujourd'hui que nous ne nous sommes jamais enfuis à Bologne, comme je l'ai raconté (l'ai-je raconté ?) : tout au plus nous sommes allés à bicyclette — moi la portant sur le cadre — jusqu'après l'arc d'Auguste[7]. »

Pendant l'été 1937, Federico, qui a dix-sept ans et demi, s'associe avec un véritable peintre qui en a vingt-deux, Demos Bonini, pour ouvrir une petite échoppe artistique dans la rue du 4-Novembre, juste en face de la cathédrale. L'enseigne en est FeBo, « Fe » pour Fellini qui dessine, surtout des caricatures, « Bo » pour Bonini qui les met en couleurs. Grand succès auprès des touristes et du gérant du cinéma Fulgor, qui commande à Federico des portraits d'acteurs célèbres, surtout américains, pour ses vitrines afin d'attirer les spectateurs. En échange, il peut entrer gratuitement au Fulgor avec Titta et son frère Riccardo.

En juillet 1938, Federico passe les écrits du bac au lycée Monti de Cesena et les oraux au Morgagni de Forli. Il est reçu, excepté en culture militaire, matière qu'il devra repasser à la session de rattrapage en septembre. Puis arrive une sombre journée d'octobre, grise et pluvieuse, remplie de feuilles mortes et de regrets, où Bianca quitte Rimini avec sa famille pour suivre ce père fantasque qui vient d'acheter une typographie à Milan.

La mort dans l'âme, Federico songera, dès ce moment-là, à partir lui aussi. Leur histoire d'amour continue par l'échange de lettres enflammées qu'ils s'écrivent avec toute la fureur de l'éloignement. Federico voudrait qu'elle vienne le rejoindre à Rome où il compte bientôt s'installer définitivement, mais, elle qui n'a que seize ans, comment peut-elle quitter sur un coup de tête ses parents, son frère, ses sœurs, la chaleur d'une maison, pour rejoindre ce jeune homme passionné, certes, mais sans un sou en poche, sans véritable métier ?

Bianca épousera Roberto Mercatali, peintre et écrivain, et pendant des années elle n'aura plus de nouvelles de Fellini. C'est seulement quand il présentera son premier film à Milan qu'il cherchera et retrouvera le couple avec qui il restera en relations amicales. Lorsque Roberto, neurasthénique, éternellement insatisfait de lui-même et de son travail, mettra fin à ses jours, Federico sera très proche de Bianca, qu'il soutiendra dans son désespoir.

La fin de l'année 1938 se passe à traîner dans les cafés avec les amis, à errer avec Titta du côté de chez La Dora, près du fleuve, pour apercevoir les étranges filles enveloppées de voiles, lourdement fardées, qui fument des cigarettes à bout doré dans des fume-cigarette en or, à promener son âme en peine sur le port.

Cet inlassable rêveur n'a pas la plus petite idée de ce qu'il aimerait faire. Il n'y a jamais songé. Étant enfant, il n'a jamais fait de projets d'avenir. En un certain sens, il a toujours refusé de grandir et, ses films en témoignent, il restera un grand enfant toute sa vie. Il sait en revanche qu'il ne veut pas travailler dans le commerce paternel. Moins encore devenir prêtre, comme l'aurait voulu sa mère. Ni médecin ou avocat, comme l'aurait souhaité son père. Il a presque dix-neuf ans. Il vient d'avoir son bac et nourrit une grande impatience : devenir indépendant et gagner sa vie.

Depuis qu'il s'était adonné à la caricature avec une certaine réussite, il envoyait de temps en temps des vignettes, dessins accompagnés de légendes humoristiques, à des journaux, notamment au *Domenica del Corriere,* journal populaire très lu qui publiait en avant-dernière page une rubrique intitulée *cartoline del pubblico*, qui présente des « cartes postales des lecteurs » rétribuées vingt lires. Le 6 février 1938, sa première vignette, représentant le dialogue entre un dompteur et sa femme acrobate, paraît sous le titre *Gros jaloux* avec cette légende :

Le mari : — Et quand tu fais le saut de la mort au trapèze, pas besoin que tu serres aussi fort les mains de Giorgio. T'as compris ?

Avec ses premières lires, Federico achète un bouquet de violettes à sa mère. Tout au long de l'année, une douzaine de dessins signés Fellini sont ainsi insérés dans le journal.

D'autres dessins, signés tantôt Fellini, tantôt Fellas, seront publiés dans le *420*, du nom du terrible canon allemand à longue portée. Cette fois, c'est l'ami Demos Bonini qui s'est chargé d'envoyer les vignettes de Federico à l'hebdomadaire politico-satirique fondé à Florence en 1914 par l'éditeur Giuseppe Nerbini. Les dessins ont du succès. Lorsqu'il reçoit un courrier du journal de Florence, lui disant, à la façon d'un compliment, que les portes de la rédaction sont grandes ouvertes à tout esprit créateur spirituel et original, Federico prend sa décision : il sera dessinateur et auteur d'articles humoristiques. « Faire rire les gens m'a toujours semblé la plus privilégiée des vocations, un peu comme celle des saints[8]. » Malgré l'esprit agressif du journal qui se déchaîne contre le Négus, les républicains espagnols ou les grèves françaises, c'est en rendant deux ou trois fois visite à la rédaction du *420* à Florence qu'il a ses premiers coups de cœur pour le journalisme et qu'il s'initie aux mécanismes internes d'une maison d'édition. Quelque temps après, il décide de quitter Rimini pour tenter sa chance à Rome.

Selon sa propre version, le jour du départ était arrivé sans grands états d'âme. Le matin, Federico avait revisité avec Titta Benzi, Mario Montanari et Luigino Dolci les lieux de leurs incessantes errances dans la poussière glacée de la ville, les fameuses pâtisseries Dovesi et Zanarini, le bar de Raoul, le Café du commerce, refaisant pour la énième fois les cinq cents mètres qu'ils avaient l'habitude d'arpenter ensemble tous les soirs tandis que s'allumaient les réverbères du corso. Ils étaient allés revoir les crêtes blanches de la mer démontée par le grand vent, les pêcheurs qui réparaient patiemment leurs filets sur la plage, ces typiques filets de Rimini pour la pêche à la *tratta* (à la tirée) qui se pratique en bord de mer en jetant le filet au large pour ensuite le ramener lentement d'un mouvement ample et régulier. Ils avaient posé pour une ultime photo-souvenir qui allait immortaliser leur amitié. Ils avaient pris un dernier vermouth ensemble au café de la gare, s'agitant bruyamment comme pour fêter quelque chose d'important, tapant dans leurs mains et clignant de l'œil.

Lorsque Federico monta dans le train, sans y penser, pour lancer une boutade, qui, aujourd'hui, semble prémonitoire, Mario Montanari s'écria :

— Maintenant, Federico va devenir international !

La petite trompette de fer du chef de gare chevrota un bêlement éraillé, une forte secousse ébranla les wagons, le bruit de la locomotive couvrit les voix des amis qui s'étaient mis à hurler en chœur : « Pataca ! Pataca ! Ciao Pataca ! » — insulte romagnole qui pourrait correspondre à « cornichon » ou « grand dadais » avec une nuance affectueuse —, et le train qui l'avait fait rêver pendant tant d'années emmena Federico loin des maisons, loin du cimetière, loin du Grand Hôtel. Selon d'autres versions rapportées par les amis eux-mêmes, et notamment celle de Titta qui affirmera se souvenir très précisément de la date, le 4 janvier 1939, le petit groupe aurait accompagné Federico jusqu'à Bologne.

Rome

La véritable aventure, que nombre d'articles biographiques qualifient abusivement de « troisième fugue », les deux premières étant la soirée où il s'était attardé au cirque et sa prétendue escapade à Bologne avec sa bien-aimée Bianca, commence sur le quai de la Stazione Termini, lorsqu'un porteur attifé comme un vieux clown, aux allures de Buster Keaton, s'empare de sa valise. Le cœur gonflé d'espoir, la tête bourrée de rêves, maigre et brun dans un costume de lin blanc semblable à celui qu'il portera dans le film *Roma*, il lui emboîte le pas jusqu'à la station de tramway devant la Casa del Passaggero ; puis se retrouve, un peu étourdi, dans une petite pension du quartier San Giovanni. Il était déjà venu à Rome avec ses parents, d'abord tout bébé, puis pour un bref séjour à l'âge de treize ans, mais n'en avait gardé que le souvenir d'avoir échappé à la surveillance de la famille et de s'être perdu dans les catacombes tandis qu'ils visitaient les monuments romains avec l'oncle Alfredo, un frère de sa mère.

Physiquement, Federico est un grand jeune homme (un mètre quatre-vingt-dix), des yeux noisette, des cheveux et des sourcils noirs très fournis, le nez droit, les lèvres fines, le menton légèrement creusé, une voix chantante très particulière, douce, presque fluette et de grosses mains d'artisan. S'il a perdu la maigreur de son enfance, il est resté svelte. Il s'habille sobrement, costume trois pièces, cravate, imperméable ou pardessus court en hiver, et gardera, même pendant ses années de bohème, ce style classique, presque provincial. Rarement on le verra tomber la veste, même sur les plateaux pendant les tournages. Toujours un peu enrhumé, été comme hiver, il prendra l'habitude de porter la large écharpe et le chapeau à bord plat devenus indissociables de sa silhouette.

Peu après son arrivée à Rome, il se lie d'amitié avec un jeune peintre du même âge que lui, Rinaldo Geleng, qui deviendra son très grand ami, « son frère » comme se plaira à le dire Rinaldo lors d'interviews données à la RAI (Radiotelevisione Italiana). Mais, pour le moment, le peintre l'entraîne dans sa vie de bohème. Ils partagent amourettes et périodes de vache maigre. Pour gagner quelques sous, ils dessinent sur les vitrines des magasins, proposent leurs caricatures aux clients des restaurants, font de la figuration costumés en guerriers égyptiens dans l'*Aïda* de Verdi aux thermes de Caracalla… Le soir, ils font le tour des trattorias à l'heure de la fermeture pour terminer gratis le plat du jour ou dînent dans les rares bistrots qui leur font encore crédit. Souvent, ils finissent la soirée au Volturno, au Fenice, à l'Alcione ou au Brancaccio, petits cinémas de quartier enfumés — car on fumait dans les cinémas italiens de l'époque — qui bourdonnent de criailleries et sentent la sueur. Plus encore que par le film, Federico est enthousiasmé par les attractions qui le précèdent. Quand ils sont particulièrement en fonds, ils s'offrent une place au poulailler d'un théâtre de variétés, genre que Fellini affectionnera toujours.

Ida, qui a toujours une très grande nostalgie de Rome et n'a jamais renoncé au secret espoir de renouer avec les siens, est un peu soucieuse de savoir Federico seul dans la grande ville. Avec l'approbation de son mari, elle décide de le rejoindre. Elle emmènera Maddalena, qui a maintenant neuf ans. Certes, elle aurait préféré qu'Urbano liquidât ses affaires à Rimini et s'établît de nouveau dans la capitale avec elle et les enfants, mais lui ne pouvait raisonnablement pas, après vingt ans de sacrifices, abandonner une maison commerciale en plein essor, surtout dans la conjoncture économique qui régnait alors en Italie. Au printemps 1939, ils envoient leurs meubles à Rome. Ida s'installe avec Federico et Maddalena dans un appartement au 13 via Albalonga, près de la place des Rois-de-Rome. Urbano et Riccardo restent à Rimini dans une chambre meublée. Deux ou trois fois par mois, ils prennent le train pour aller rendre visite au reste de la famille. Cependant, Urbano voudrait bien que Riccardo, qui étudie la comptabilité, prenne sa suite au magasin. Il tente même de l'associer activement à ses affaires. Mais le jeune homme, qui a une belle voix de ténor, ne rêve que de devenir chanteur lyrique ou, à la rigueur, acteur de cinéma ; et puisque Rimini ne lui offre aucune possibilité de ce côté-là, il prend l'habitude de se rendre à Rome de plus en plus souvent. Jusqu'au jour où il s'installera, lui aussi, définitivement via Albalonga.

Entre-temps, peut-être pour se donner bonne conscience et satisfaire ses parents, peut-être pour se donner l'illusion de faire des études sérieuses, comme son camarade Titta qui va devenir avocat, Federico s'est inscrit en faculté de droit ; sans grande conviction pourtant, car s'il est venu à Rome, c'est dans la seule idée d'y faire du journalisme. Selon les souvenirs de sa sœur Maddalena, il ne passera que deux examens à l'université.

En quittant Rimini, son but secret et véritable était le *Marc'Aurelio* dont il était un lecteur assidu, au point d'aller au kiosque de la gare attendre chaque nouvelle livraison comme un fruit défendu, avec la même impatience et le même appétit que pour fumer en cachette ou entrer dans une maison close.

Bihebdomadaire à grand tirage (environ 350 000 exemplaires), le journal à l'effigie de l'empereur romain sortait chaque mercredi et chaque samedi, au prix de quarante centimes, et comptait six pages de vignettes et de petites chroniques humoristiques.

Il fut publié à Rome par l'éditeur Rizzoli de 1931 à 1954. Même si à l'époque la satire politique et sociale ne s'exprime que d'une manière plutôt voilée, pour ne pas encourir la censure et éviter les représailles fascistes, le *Marc'Aurelio* est unanimement rejeté par tous les curés d'Italie. Ceux-ci lui reprochent d'être un mauvais exemple pour la jeunesse, d'être trop polémique, de faire de l'anti-intellectualisme, en un mot d'être nuisible, ce qui n'est pas pour déplaire à Federico qui, bien qu'ayant reçu une éducation catholique, nourrit, depuis son enfance, une sincère antipathie pour les prêtres de tout bord.

En 1938, sur la plage de Riccione, Federico avait eu l'occasion de rencontrer l'un des collaborateurs du *Marc'Aurelio*, Ferrante Alvaro De Torres, qu'il avait reconnu grâce à la caricature qui en était parfois publiée dans le journal. Dans un premier temps, il n'avait pas osé lui parler, mais, deux jours plus tard, il s'était enhardi jusqu'à trouver le courage de lui soumettre quelques textes et dessins de son cru. Le journaliste l'avait alors invité à passer le voir à la rédaction s'il en avait un jour l'opportunité.

Lorsqu'il se présente au siège du *Marc'Aurelio*, 68 via Regina Elena, De Torres n'est pas là, d'ailleurs il y vient très rarement, mais probablement Federico aurait-il plus de chances de le trouver, via del Tritone, à la rédaction du *Piccolo Giornale d'Italia*. Et, en effet, c'est bien là que Federico découvrira De Torres, dans une pièce plutôt petite, meublée d'une table, de quelques chaises et d'une Remington ; une salle de rédaction qui n'a rien de commun avec l'idée qu'il s'en était faite à travers celles qu'il avait pu voir dans les films américains !

Le *Piccolo*, qui paraît à midi, depuis 1912, est un quotidien « people », comme on dirait aujourd'hui, qui n'hésite pas à mettre les événements du monde du spectacle, les comptes-rendus des premières de théâtre ou d'opéra et même les critiques de cinéma à la une.

— Tiens, fais un essai, voyons ce que tu sais faire, lui dit De Torres en lui désignant la machine à écrire. Quatre lignes, pas une de plus, pas une de moins. Je te donne même le titre : *Bienvenue, petite pluie*.

Finalement engagé comme chroniqueur de faits divers, Federico ne restera pas très longtemps au *Piccolo*.

Mon modèle était Simenon et je voyais les faits divers comme l'occasion d'écrire de longs papiers qui voulaient rendre des atmosphères à la Maigret. Je me faufilais dans les loges de concierge, j'essayais de monter dans les fourgons cellulaires lorsque les flics ramassaient les prostituées, j'étais convaincu d'être estimé par la « pègre », et un petit fait de rien du tout, que sais-je, une tentative de suicide à l'acide chlorhydrique, ou quelqu'un qui se jetait d'un pont, me suffisait pour écrire quatre ou cinq pages où je racontais toute la vie du protagoniste, de sa famille, de ses amis, de ses relations. [...] Moi, j'écrivais tout ; mais ensuite, je ne sais pas qui, le chef de rubrique ou le prote, réduisait mes quatre pages à six lignes couronnées d'un petit titre qui contredisait tout [...]. Déçu, offensé, me sentant aussi un peu persécuté, je passai au *Marc'Aurelio*[1].

Au *Marc'Aurelio*, le rédacteur en chef d'alors se trouve être Stefano Vanzina, alias Steno, futur cinéaste, auteur de soixante-treize films comme réalisateur et de plus d'une centaine comme scénariste, principalement des comédies populaires avec les plus grands acteurs comiques italiens, notamment Totò, Aldo Fabrizi, Alberto Sordi. Lui-même caricaturiste, auteur de vignettes et d'articles humoristiques, Steno repère immédiatement le talent de Federico et l'embauche.

Son premier article sort le 7 mars 1939 sous le titre : *È permesso ?* (« Puis-je entrer ? »). Il se demande alors si le jeune Fellas a du talent. Quelques mois plus tard, le voilà complètement rassuré : il fait désormais partie des collaborateurs fidèles et assidus du journal. Il signe ses articles F., parfois aussi, mais plus rarement, Fellini. L'atmosphère du journal l'envoûte. Il se plonge avec délice dans le vacarme fourmillant et affairé des rédacteurs, des secrétaires, des coursiers, des typographes et des imprimeurs qui travaillent la nuit. Il se sent enfin devenir un vrai journaliste. L'odeur de l'encre et du papier l'enivre, il s'achète des gants en peau de chamois pour toucher les morasses, il ne se lasse pas du vrombissement des rotatives au sous-sol où il reste jusqu'à l'aube. Il est heureux.

Le hasard fait que, dès le début de sa collaboration au *Marc'Aurelio*, Federico rencontre Ruggero

Maccari, futur scénariste de *La Marche sur Rome*, d'*Une journée particulière* et de comédies à l'italienne des plus célèbres, comme *Le Fanfaron*, *Parfum de femme*, *Affreux, sales et méchants**. Les deux jeunes gens sympathisent aussitôt et se mettent à écrire ensemble les légendes des vignettes pour le journal ; c'est le début d'une amicale et fructueuse collaboration qui les verra, à partir de 1941, imaginer des feuilletons radiophoniques.

En attendant, afin de boucler leurs fins de mois, ils se débrouillent pour vendre quelques sketches à des comiques populaires à la mode. Les petites scènes leur sont payées au comptant et l'acheteur les dépose en son propre nom à la société des auteurs, ce qui lui permet de gagner quelque chose en plus de son cachet. Pour l'hebdomadaire *Cinemagazzino*, ils réalisent onze interviews d'acteurs et d'actrices d'avant-spectacle, genre très en vogue à l'époque consistant en numéros de variétés, de music-hall, en sketches comiques donnés dans les cinémas avant la projection des films. L'article sortira le 18 juin 1939 sous le titre *Qu'est-ce que l'avant-spectacle ?*, accompagné de caricatures parmi lesquelles un Totò très réussi, signé Fellas.

C'est l'occasion pour Federico de faire connaissance avec l'acteur et imitateur romain Aldo Fabrizi qui dans son interview ne cache pas son amertume que les variétés soient si peu suivies,

* *La Marche sur Rome* (1962), *Le Fanfaron* (1962), *Parfum de femme* (1974), réalisés par Dino Risi. *Une journée particulière* (1977), *Affreux, sales et méchants* (1976), réalisés par Ettore Scola.

pour ne pas dire ignorées, par la critique. Pour sa part, il aimerait bien qu'un journal rendît compte de ses galères, de ses spectacles et — pourquoi pas ? — les annonçât en première page. D'autant plus qu'il est connu depuis un certain temps. Ses parodies d'hommes politiques, ses personnages populaires romains tels que le portier d'hôtel, le chauffeur de tramway, le vendeur ambulant, ses petites histoires de gens ordinaires qu'il promène d'un quartier de Rome à l'autre et à travers l'Italie plaisent au public. L'attirance de Fellini pour la variété, partagée par Ruggero Maccari, la fierté d'Aldo de fréquenter enfin deux vrais journalistes font qu'ils deviennent tous les trois très amis. Et comme Aldo Fabrizi habite via Sannio, non loin de la via Albalonga de Federico, il leur arrive souvent, après avoir pris un dernier verre avec Ruggero dans un bar fréquenté par les artistes, de rentrer ensemble après le spectacle, parcourant à pied les rues faiblement éclairées de cette Rome qu'ils aiment autant l'un que l'autre.

Quand j'entends le mot Roma, je pense à un gros visage rougeaud qui ressemble à Sordi, à Fabrizi, à la Magnani, à une expression rendue lourde et soucieuse par des exigences gastro-sexuelles. Je pense au Sud, brun, boueux, à un vaste ciel, décomposé comme une toile de fond d'opéra, avec des couleurs violettes, des lueurs jaunâtres, noires, argentées ; des couleurs funèbres. Mais, tout compte fait, c'est un visage réconfortant[2]...

Aldo Fabrizi est un vrai Romain qui connaît son *romanaccio*, l'argot des faubourgs, par cœur. Il en a la vulgarité. S'il doit faire un compliment, comme tout bon Romain du peuple, il dit simplement : « Il a une belle face de cul, celui-là. » Pour vous demander si vous allez bien : « T'as bien chié ce matin ? » Pour se défaire d'un importun : « Mais pour qui te prends-tu ? Tu n'es RIEN, tu n'es PERSONNE ! » Pour Fellini, Rome est une mère idéale qui n'oblige personne à bien se conduire, et les Romains, de grands enfants ridicules et ignorants qui veulent avant tout ne pas être dérangés dans leurs habitudes séculaires.

Ce grand enfant grotesque qui déclame dans son argot unique mille petites vérités, le soir dans les théâtres ou dans les cabarets, qui raconte crûment la vie de tous les jours à ses spectateurs, c'est bien Aldo Fabrizi, le plus Romain des Romains. Aldo admire Federico, et réciproquement, si bien que tout naturellement l'acteur demandera au journaliste d'être le parrain de son fils Massimo pour sa première communion.

Du rêve pour les pauvres

C'est aussi un peu par hasard, alors qu'il se trouve à la rédaction du *Marc'Aurelio*, que Federico va avoir pour la première fois l'occasion de travailler pour le cinéma : lorsque Mario Mattoli, réalisateur de films comiques à grand succès, débarque au journal avec un scénario sous le bras et demande à la rédaction d'imaginer des gags pour enrichir le film.

Federico participe de cette manière à plusieurs films tournés par Mario Mattoli dont l'acteur vedette est le fameux comique Erminio Macario : *Lo vedi come sei* (« Tu vois comme tu es ») en 1939 ; *Non me lo dire* (« Ne m'en parle pas ») en 1940 ; *Il Pirata sono io* (« Le pirate c'est moi ») également en 1940, film que le critique de *Cineillustrato,* Ennio Flaiano, futur lauréat du premier prix Strega * en 1947 et futur scénariste de Fellini, qualifie d'« incursion fantastique sur le terrain de chasse de Salgari [1] ». Le plus délicieux des compliments pour Federico, dont Salgari était l'auteur

* Le Goncourt italien.

préféré de son enfance. Sa contribution lui rapporte mille lires (six cent vingt-cinq euros). D'après Tullio Kezich, Erminio Macario insista auprès du producteur afin que Fellini fût mieux payé que ses collègues parce qu'il était bien meilleur que tous les autres; pourtant, pendant la période où Federico travaille au *Marc'Aurelio,* le journal est un véritable essaim de talents à l'humour corrosif. Certains vont beaucoup l'influencer, en particulier le dessinateur Gioacchino Colizzi, dit Attalo, que Bernardino Zapponi, un autre collaborateur du *Marc'Aurelio* qui deviendra le scénariste de Fellini à partir de 1968, qualifie de « pivot et symbole du journal[2] ». Dans son livre *Roma de Federico Fellini*[3], il dépeint Attalo comme « ... angéliquement malicieux, naïf plein d'esprit d'observation, interprète dans ses dessins d'une petite bourgeoisie romaine de banlieue désabusée ». D'après Zapponi, ce sont les dessins d'Attalo représentant gens ordinaires et grosses bonnes femmes qui serviront de modèle à Federico dans *Roma* pour décrire les milieux et les personnages que le héros, c'est-à-dire Fellini lui-même, rencontre à son arrivée dans la capitale.

Vito De Bellis qui dirige alors le journal, en grand professionnel qui connaît bien son public, est très satisfait des papiers de Federico sur lesquels il porte un regard paternel, impartial et attentif. Il finit par le prendre en affection et par l'associer, ainsi que son inséparable ami Maccari, aux conférences de rédaction du mercredi et du vendredi qui commencent à cinq heures de l'après-midi et se terminent souvent après minuit. Au cours de ces réunions de travail, les journalistes proposent leurs dessins politiques et commentaires d'actualité, et De Bellis leur transmet les directives du ministère, car, même si le *Marc'Aurelio* est anticonformiste, mieux vaut ne pas contrarier trop ouvertement le *Duce*, l'ancien journaliste Benito Mussolini, ex-directeur du journal *Avanti*, qui a muselé la presse italienne et qui vient d'annexer l'Albanie (avril 1939), ni son régime totalitaire dont il est intéressant de se rappeler l'un des slogans favoris : « Mussolini a toujours raison. » Pour sa part, Federico essaie de rester le plus possible en dehors de la politique qui ne le passionne pas et le rebutera toujours. Enfant terrible de la rédaction, distrait, fâché avec les horaires, un brin excentrique, il se sent protégé par le directeur qui l'appelle « petit », et son travail est fort apprécié des lecteurs.

Quelque temps après l'arrivée de Federico au *Marc'Aurelio*, le secrétaire du parti, Ettore Muti, avait voulu rencontrer la rédaction. Comme il se doit, chacun des rédacteurs se présenta au *gerarca* en énonçant son nom puis le titre de sa rubrique. Quand vint son tour, après l'inévitable salut à la romaine, Federico s'écria :

— Fellini. *Mais est-ce que tu m'écoutes ?*

En s'entendant tutoyer de la sorte, l'arrogant fasciste qui n'avait jamais rien lu de Fellini répliqua, un peu agacé :

— Mais certainement, certainement que je vous écoute, camarade Fellini !

Le 26 juillet 1939, date de parution de sa première rubrique intitulée *Mais est-ce que tu m'écoutes ?*, avait marqué pour Federico le début de sa notoriété auprès des jeunes Italiens. Cette phrase qu'ils reprenaient à tout bout de champ était devenue leur nouvelle expression à la mode. La chronique, à la fois tendre et ironique, lucide, joyeuse et pessimiste, toujours intimiste, mettait chaque fois en scène un interlocuteur différent : un garçon des faubourgs, un ami de Rimini, une soubrette bien potelée, un commerçant moustachu, et tant d'autres... toute une galerie de petits personnages qui reviendront plus tard, comme ceux de son enfance à Gambettola, dans son cinéma. C'est aussi sous cette rubrique qu'apparaîtra pour la première fois le personnage de Pallina, la petite fiancée boulotte, que Federico rebaptisera Bianchina en souvenir de son premier amour.

À Rome, les deux frères Fellini passent toutes leurs journées en ville. Riccardo suit maintenant les cours de chant d'un professeur dont il épousera la fille en 1944, et fait le tour des productions de films pour essayer d'obtenir un rôle. Federico travaille au journal. Ils sont rarement à la maison et bien souvent ne rentrent même pas pour les repas. Seule avec Maddalena la plupart du temps, Ida s'ennuie. Constatant que ses fils commencent à voler de leurs propres ailes, elle songe à regagner Rimini.

Un an après être revenue vivre à Rome, elle se débarrasse de l'appartement de la rue Albalonga, réexpédie ses meubles à Rimini et repart avec sa fille. Riccardo loue une chambre chez une veuve, près de la piazza Tuscolo. Tout en continuant à étudier le chant, il s'inscrit au Centre expérimental de cinéma et fait de la figuration ou du porte-à-porte pour gagner sa vie. Federico habite d'abord chez des amis, puis la chambre n° 9 dans une résidence au 26 via Nicotera. Maintenant qu'ils sont libres, les deux frères mènent des existences séparées. Chacun vit sa vie comme il veut ou comme il peut. De temps en temps, sans trop se chercher, ils se rencontrent en ville. Federico encourage Riccardo, lui donne quelques conseils, et surtout fait un pacte avec lui afin que la famille ne soit jamais mise au courant de leurs difficultés financières. Quant à lui, il continue à se battre au journal.

Jusqu'en 1943, il va enchaîner les rubriques les unes derrière les autres et parfois simultanément. À partir du 17 août 1940, ce sera *Luci della città* (« Lumières de la ville »), illustration de situations de la vie quotidienne aux sous-titres explicites : *Au restaurant, Chambres meublées, Hôtel de jour, Sur le banc, Jardin public,* etc. ; à partir du 13 novembre 1940, *Il riflettore è acceso* (« Sous le projecteur »), série consacrée aux potins des spectacles de variétés ; puis *Come si comporta l'uomo quando...* (« Comment l'homme se comporte-t-il quand... »), chronique des petits moments de tout un chacun, vus le plus souvent à travers un modèle que Federico connaît bien, lui-même. À partir du 7 décembre 1940, ce sera *Secondo liceo* (« Classe de seconde au lycée »), où il introduira les personnages de Luigi Benzi alias Titta, Bianca Soriani alias Bianchina, et lui-même sous le nom de Cico.

Dans tous ces récits, on le surprend dans sa vie quotidienne, relatée avec humour. À la même période, dans un petit livret de soixante-quatre pages, *Il mio amico Pasqualino* (« Mon ami Pasqualino »), dont il a illustré la couverture de sa propre caricature en petit bonhomme ôtant son chapeau, il dresse le portrait d'un personnage qui lui ressemble plus qu'un frère.

Le 10 juin 1940, au nom de l'Italie prolétaire et fasciste, Mussolini déclare la guerre à la France et à la Grande-Bretagne. Affamés par la pénurie alimentaire, enlisés dans l'instabilité politique, bâillonnés par l'autoritarisme fasciste, épuisés par le chômage, par la misère quotidienne matérielle et morale, ruinés dans une Italie délabrée, les Italiens perdent l'espoir de relever la tête. Pour remonter le moral des auditeurs, l'EIAR, l'Office italien d'audition radiophonique, décide en 1941 de produire et retransmettre des spectacles plus modernes et plus gais en faisant appel aux humoristes et fantaisistes à la mode. Fellini et Maccari sont invités à écrire un intermède pour l'émission *Kaléidoscope*, alors présentée par Nunzio Filogamo, un célèbre animateur de radio, interprète de chansons fantaisistes et futur présentateur du Festival de Sanremo.

L'intermède s'appelait *Il Cerino* (« L'allumette de cire ») et racontait l'histoire d'un type qui commence par demander une allumette, puis s'empare de la cigarette, de l'étui à cigarettes, de la veste, du pantalon et finit par partir avec la fiancée de son interlocuteur. Après ce premier interlude qui remporte un franc succès, le duo Fellini-Maccari écrit des sketches entiers. Parmi eux, *Vuoi sognare con me ?* (« Veux-tu rêver avec moi ? »), diffusé le 24 avril 1941, fait dire au *Radiocorriere,* guide hebdomadaire des programmes radio, que « les rêves sont le cinéma des pauvres ». La réaction des auteurs est immédiate. Dans le programme suivant, *Una notte cade una stellina* (« La nuit de la petite étoile filante »), ils révèlent que le secret du bonheur se trouve dans les petits instants, car « les rêves, une fois devenus réalité, ne rendent personne heureux ». Plus tard, dans *L'Intervista con una panchina del parco,* les deux complices montrent un journaliste qui, après avoir forcé les grilles d'un parc, interviewe un banc.

Parallèlement, Federico continue à écrire pour le cinéma lorsque l'occasion s'en présente. En 1942, il est sollicité par son ami Aldo Fabrizi pour participer à l'élaboration du scénario d'un sujet qu'il a imaginé avec Cesare Zavattini, auteur déjà connu pour ses livres pleins d'humour, et Piero Tellini, jeune scénariste qui, lui non plus, n'est pas un inconnu. Le film dans lequel Aldo doit faire ses débuts comme acteur de cinéma et qui sera réalisé à Cinecittà par Mario Bonnard a pour titre *Avanti c'è posto (Avancez, il y a de la place).* C'est un mélodrame où le receveur (Aldo Fabrizi) et le beau machiniste d'un trolleybus prennent sous leur protection une jeune passagère, domestique de son métier, qui vient d'être détroussée par un pickpocket. Naturellement, une rivalité s'installe entre les deux garçons pour l'amour de la belle. Mais les nobles sentiments sont du côté du receveur qui se sacrifiera et accompagnera la jeune fille auprès de son ami en partance pour le front. Si à sa sortie, en septembre 1942, le film fait un tabac auprès du grand public, il n'en va pas de même de la critique qui lui reproche sa « vision mesquine, limitée et petite-bourgeoise ».

Puis, toujours avec Aldo et Piero Tellini, Federico signe l'adaptation du sujet du second film d'Aldo Fabrizi, *Campo de' Fiori* *. C'est un autre mélodrame, une histoire d'amour et de jalousie dont les protagonistes sont les petits commerçants du marché : Aldo Fabrizi, le poissonnier ; Peppino De Filippo, le coiffeur ; Anna Magnani, la marchande de fruits ; et Caterina Boratto, une élégante à la double vie. Le film sort en juillet 1943. Contrairement au précédent, c'est un échec, peut-être parce que les Italiens n'ont plus le cœur d'aller au cinéma en ce moment où le pays traverse l'une des plus graves crises de son histoire, plus vraisemblablement parce que c'est un navet. La critique se déchaîne. Giuseppe De Santis, futur réalisateur de *Riso amaro (Riz amer)*, écrit dans la revue *Cinéma* que Fabrizi, « au lendemain du succès et des extraordinaires recettes d'*Avancez il y a de la place*, [a] exigé et obtenu plus d'un million de lires ** », alors « qu'il ne mérite pas le nom d'acteur », que le film est une « insulte au bon sens »,

* À Rome, célèbre place de marché où fut supplicié le philosophe Giordano Bruno, condamné au bûcher par l'Inquisition romaine.

** Environ 278 000 euros d'aujourd'hui.

prenant « la voie du mensonge » et diffusant une atmosphère de « marché noir[4] ».

La collaboration avec Aldo se poursuit par l'écriture du scénario de son troisième film, *L'Ultima Carrozzella (Le Diamant mystérieux)*, réalisé par Mario Mattoli. L'acteur y incarne l'un de ces cochers qui s'opposent à l'invasion des taxis. Par malheur, l'une de ses clientes, une chanteuse interprétée par Anna Magnani, oublie dans son fiacre une petite valise contenant un brillant, cadeau d'un admirateur. Lorsque le brave cocher rapporte le bagage à la chanteuse qui a fait passer une annonce dans le journal où elle promet une récompense de cinq cents lires à qui le lui rapportera, elle l'accuse d'avoir subtilisé le bijou et de l'avoir remplacé par un faux. Après un procès mouvementé où il est innocenté, le brave cocher ordonne à son cheval de le ramener à la maison. Dans la scène finale, Federico avait imaginé de faire parler le cheval, mais rien à faire : Fabrizi refusa catégoriquement, répétant à qui voulait bien l'entendre que Fellini était devenu fou à lier. Le film sortira en décembre 1943 avec une bonne critique.

On ne peut pas parler de vocation cinématographique chez Federico Fellini. La plupart du temps, il ne signe même pas ces scénarios auxquels il collabore pour des raisons surtout alimentaires et qui ne l'enthousiasment pas outre mesure. Cependant, ses premières approches, dues à la fois aux circonstances et à son talent de gagman, lui permettent de côtoyer des professionnels du cinéma qu'il saura retrouver le moment venu. Et, parmi eux,

Leo Catozzo, assistant réalisateur sur *L'Ultima Carrozzella*, futur inventeur de la « colleuse » qui révolutionnera le montage au début des années 1960 en remplaçant la collure à l'acétone par le ruban adhésif, et deviendra plus tard le monteur attitré de Fellini. Pour le moment, fort de ses succès de journaliste humoristique, Federico se contente de transposer ses inventions fantaisistes et se comporte avec le septième art comme il le fait avec les journaux ou la radio, si ce n'est que le cinéma touche un public plus nombreux et rapporte davantage d'argent. Et comme tant d'autres, journalistes et écrivains, il flirte avec Cinecittà. La faune colorée qui circule dans les studios lui rappelle les paillettes du cirque et des variétés qui l'attirent tant. Il aime le travail en équipe. Après *L'Ultima Carrozzella*, il collabore avec Piero Tellini au scénario de *Quarta pagina* (« Quatrième page »), l'histoire d'un commis de banque qui s'est envolé avec un gros magot. S'inspirant d'une chronique d'un journal du dimanche qui publiait des photos de personnes disparues accompagnées d'avis de recherche, ils écriront encore ensemble le scénario et les dialogues de *Chi l'ha visto ?* (« Qui l'a vu ? »).

Cinemagazzino considère désormais Fellini et Tellini comme « deux spécialistes bien rodés ». Pendant toute cette période, signant ou ne signant pas les scénarios, Federico participe à bien d'autres petits films. Le tournage de *Gli Ultimi Tuareg* (« Les derniers Touaregs ») le conduira jusqu'à Tripoli, voyage qu'il a accepté pour différer son départ au front. Durant une indisposition du réalisateur, il dirigera lui-même quelques scènes, faisant ainsi ses premiers pas comme metteur en scène. Mais bientôt les bombardements anglais pleuvent sur Tripoli ; les décors du film en sont même soufflés. Débandade sur le tournage qui doit s'interrompre — et ne sera jamais terminé.

Rentré à Rome, après un voyage rocambolesque qui passera par la Sicile, Federico fréquente les bureaux de l'ACI *, via Francesco Crispi, où beaucoup de gens de cinéma cherchent du travail. C'est là qu'il rencontre pour la première fois Roberto Rossellini, collègue et ami de Vittorio Mussolini, fils du *Duce* et directeur de l'ACI. Les deux hommes sympathisent et se promettent de travailler ensemble. Roberto sait que Federico est très lié avec la vedette du moment, Aldo Fabrizi, qu'il aimerait faire tourner dès que l'occasion se présentera.

À la radio, pendant l'été 1942, Cesare Cavallotti lance un nouveau concept dont le titre, *Terziglio*, est inspiré d'un jeu de cartes italien qui se joue à trois. Il s'agit de proposer chaque semaine à trois auteurs différents de collaborer sur un thème qu'ils doivent développer en trois séquences séparées, mais contiguës, pour une durée totale d'une heure. Pour cette nouvelle émission, Federico adapte les histoires de ses personnages Cico et Pallina, reprenant parfois ses petits scénarios déjà publiés dans le *Marc'Aurelio*.

* Alliance cinématographique italienne.

Terziglio débute le 3 septembre 1942 par le sujet des lettres d'amour. La contribution de Federico met en scène un petit paysan, Roberto, lequel vit heureux dans son village, est amoureux fou de la belle Adrianella, qui l'aime aussi en retour, mais hélas, trop pauvre pour se marier, décide d'aller tenter fortune en ville. Comme ni l'un ni l'autre ne savent lire ni écrire, ils s'envoient tous les jours une feuille blanche. Le temps passant, Roberto apprend à lire et à écrire ; et, un jour, il réalise qu'il n'est plus amoureux d'Adrianella. Trop lâche pour le lui avouer, cinq ans plus tard, marié et père de deux enfants, il continue d'envoyer sa page blanche et pour la fête d'Adrianella lui en envoie même deux.

Dans le deuxième épisode de *Terziglio*, diffusé le 8 septembre 1942, *Marito e moglie* (« Mari et femme »), Federico met en scène un jeune ménage qui a enfin les moyens de s'offrir une petite bonne. Les personnages en sont Cico et Pallina, c'est-à-dire Federico et Bianchina, et la servante Rosetta.

Dans l'épisode diffusé le 5 octobre, *Viaggio di nozze* (« Voyage de noces »), le préfet Leopoldo Zurlo, responsable de la censure, pratique des coupures datées du même jour. Il s'agit du voyage de noces de deux très jeunes époux qui ne parviennent pas à consommer leur mariage.

Dans *Giochi di società* (« Jeux de société »), diffusé le 20 novembre, il est question d'une mystérieuse machine qui ne cesse de répéter les paroles et les discours du patron au cours d'une fête que l'industriel offre à ses cent dix employés.

Dans l'émission du 25 décembre 1942, Cico et

Pallina jouent à la tombola dans une belle maison toute neuve et invitent un mendiant à fêter Noël avec eux. Dans celle du 20 février 1943, *Primo impiego* (« Premier emploi »), Federico entraîne ses auditeurs dans la maison de banlieue où habitent Cico et Pallina.

Le 6 juin 1943, l'ami peintre Rinaldo Geleng se marie avec une jeune artiste qu'il a connue à l'Académie des beaux-arts. Naturellement, Federico et Riccardo Fellini sont de la fête. Federico a dessiné les invitations. Riccardo chante l'*Ave Maria* de Schubert pendant la cérémonie. Le couple aura deux enfants, Giuliano, qui deviendra peintre et réalisera plus tard l'une des très belles affiches d'*Amarcord*, et Antonello, qui deviendra décorateur et travaillera aussi avec Federico.

À dater de ce même mois de juin 1943, le *Radiocorriere* indique le nom des interprètes de *Terziglio*. Parmi eux, une jeune actrice de théâtre qui prête sa voix à Pallina et donne la réplique à Cico dans les épisodes *Rifugio di montagna* (« Refuge de montagne ») et *Invenzioni* (« Inventions ») : Giulia Masina.

Le dernier numéro de *Terziglio* auquel participera Federico Fellini est celui du 17 juillet 1943, intitulé *La Casa nuova* (« La nouvelle maison »). Il a pour sujet un déménagement durant lequel, après mille péripéties et recommandations aux déménageurs napolitains, Pallina finit par casser elle-même un précieux miroir.

Après la guerre, à partir de novembre 1946,

apparaîtra une nouvelle série radiophonique sponsorisée par une marque de parfums : *Le Avventure di Cicco et Pallina* (« les aventures de Cicco et Pallina »). Cette fois, Cicco y prend deux c, elle est signée Fellini et interprétée par Giulietta Masina.

Federico, qui travaille donc maintenant très régulièrement à la radio et commence à écrire des scénarios de films, espace sa collaboration avec le *Marc'Aurelio* qui lui prend beaucoup de temps. Il ne fait plus que de rapides apparitions au journal et s'éclipse aussitôt pour de longues périodes. Mais, en réalité, ses absences sont dues au fait qu'il a récemment reçu un nouvel avis de conscription et qu'il craint d'être repéré plus facilement s'il s'attarde au journal.

Sur la liste des appelés depuis 1939, il a réussi jusque-là à échapper à l'incorporation grâce à toutes sortes de stratagèmes. Après avoir fait reporter à plusieurs reprises son départ au front à cause d'une fantomatique tachycardie et de prétendus désordres thyroïdiens, jouant sur l'équivoque de sa double résidence à Rome et à Rimini, il navigue entre l'hôpital militaire de Rome et celui de Bologne dont dépend Rimini :

Pendant des années et des années, nous avions été éduqués par l'Église et le fascisme au mythe de la romanité, du crucifix, du calvaire, de la vie qui ne vaut rien, dans une inflation d'héroïsme, de sacrifice pour la patrie. [...] La guerre semblait une fête promise depuis longtemps et finalement arrivée. Quoi qu'il en soit, moi j'ai tout fait pour ne pas être invité, et j'y suis parvenu en corrompant des médecins et en simulant les maladies les plus mystérieuses. Je suis même resté trois jours dans un asile psychiatrique, en slip, avec une serviette-éponge sur la tête, comme un maharadjah [5].

En été 1943, la situation en Italie est des plus chaotiques. Dans la nuit du 9 au 10 juillet, les Alliés débarquent en Sicile. Des bombardements continuels s'abattent sur le pays. Sur Rome, le 19 juillet, ils font des centaines de morts dans le quartier San Lorenzo. À Bologne, où Federico se trouve justement convoqué à l'hôpital militaire, ils ont commencé depuis le 16 :

Quand les médecins militaires italiens furent remplacés par des médecins allemands, que la longue série des certificats de convalescence qui m'avaient permis de m'en sortir pendant trois ans semblait devoir inéluctablement s'interrompre, me remettant un paquet d'affreuses paperasses officielles, un Allemand aux yeux d'ivrogne me dit que je devais rejoindre « unmittelbarunverzüglich » [directement et immédiatement] mon régiment en Grèce (j'ai compris qu'il me fallait filer en vitesse). À peine avait-il fini de prononcer « züglich », voilà que l'enfer se déchaîna. Les Américains étaient en train de bombarder Bologne, même l'hôpital fut touché, et moi je me retrouvai à galoper comme un cheval, couvert de plâtras, sans chaussures, le long des Arcades remplies de gens qui criaient, qui pleuraient, se jetaient à genoux entre les hurlements des sirènes d'ambulance et la terre qui tremblait à grandes secousses [6].

Les archives s'étant volatilisées dans le bombardement, Federico n'aura plus jamais de nouvelles de son dossier militaire. Sans aucun document en poche, ni carte d'identité ni carte de rationnement, il se cache en lieu sûr et ne se rend plus au journal en attendant des temps meilleurs. En fait, on est à la veille du 25 juillet 1943, jour de la destitution de Mussolini par le roi.

Le fascisme tombé, le roi Victor-Emmanuel III appelle le maréchal Badoglio à former un nouveau gouvernement. Le 13 août, le nouveau Premier ministre proclame Rome ville ouverte. Fellini qui ne fait toujours pas de politique réintègre Rome et son logement de la via Nicotera. Il y héberge et cache son collègue et ami de la radio, Riccardo Aragno, évadé du pénitencier de Castelfranco Emilia où il avait été emprisonné sous l'accusation de conspiration avec le Parti d'action antifasciste.

Moins en règle que jamais quant à ses obligations militaires, Federico vit dans une semi-clandestinité, apparaissant rarement au journal et plus du tout à la radio. C'est pendant cette période troublée qu'il va se marier avec Giulia Masina qu'il a rencontrée quelques mois auparavant, en automne 1942, à la radio.

La Masina

Vénitienne par sa mère, Émilienne par son père, Giulia Anna Masina est née à San Giorgio di Piano, à une vingtaine de kilomètres de Bologne, le 22 février 1921. Son père Gaetano est violoniste dans l'orchestre lyrique Ghione, réputé en Italie et à l'étranger. Quand il rencontre sa femme, Angela Flavia Pasqualin, une institutrice, il quitte la musique et ses tournées pour devenir caissier dans une usine chimique de la région. Giulia est l'aînée de leurs quatre enfants. Derrière elle viennent Eugenia, née en 1922, et les jumeaux Mario et Maria, nés en 1929. À l'âge de quatre ans, la petite Giulia passe quelques mois chez son oncle maternel Eugenio Pasqualin et son épouse Giulia Sardi, un couple très aisé, sans enfants, passionné de musique et de théâtre qui vit dans un grand et bel appartement de la via Lutezia à Rome. Malgré son jeune âge, ils amènent Giulia avec eux à tous les spectacles et concerts, lui donnant ainsi très tôt le goût du théâtre et des belles choses.

Lorsque l'oncle Eugenio meurt quelques mois plus tard, à l'âge de quarante-six ans, laissant son épouse dans la solitude et le désespoir, la tante Giulia obtient de la famille Masina que la petite fille, à laquelle elle est très attachée, vienne vivre à Rome avec elle. La petite ne fréquente pas l'école primaire, car sa tante préfère la garder auprès d'elle ; c'est sa mère institutrice qui s'emploie à combler le retard pendant les vacances d'été. Au moment d'aller au lycée, la tante Giulia inscrit sa petite Giulietta chez les Ursulines. Elle y fait toutes ses études secondaires jusqu'au bac, y apprend aussi le chant, le piano, la danse et la récitation. Douée pour la comédie, elle remporte un vrai succès au théâtre du lycée dans *La Famille de l'antiquaire* de Goldoni.

À l'Université, elle s'inscrit en lettres modernes et philosophie, mais ne rêve que de danse et de théâtre, et s'enhardit jusqu'à passer une audition au Théâtre GUF de Rome. Dans l'organisation fasciste, les GUF * encadraient toutes les activités collectives des étudiants ; ils pouvaient y faire du théâtre amateur ou du cinéma, sans rétribution mais néanmoins sous l'égide de grands professionnels. Après son audition où elle présente des extraits de Pirandello, Giulia est engagée immédiatement. Très vite, elle se révèle parmi les meilleures élèves-comédiennes et passe bientôt de la scène universitaire aux théâtres en ville, le Teatro delle Arti, l'Argentina, le Quirino, l'Eliseo.

Nous sommes en 1941, elle a vingt ans et sur les affiches elle s'appelle encore Giulia Masina, mais la tante Giulia lui fait très fermement comprendre

* Groupes universitaires fascistes.

que, si elle veut continuer à s'amuser avec le théâtre, elle doit d'abord et surtout terminer ses études ; ce qu'elle fera finalement en 1945 en soutenant une thèse sur l'archéologie chrétienne. Des études qui ne la passionnent guère, car elles consistent la plupart du temps à décrypter des signes mystérieux à peu près effacés sur les tombes des premiers chrétiens, mais qui lui permettent de continuer à jouer la comédie.

En 1942, elle interprète *Le Trombe d'Eustachio* (« Les trompes d'Eustache ») de l'auteur sicilien Vitaliano Brancati qui débute au théâtre. Puis elle entre dans la Compagnie du théâtre comique musical de l'EIAR où elle joue et chante dans plusieurs revues et opérettes retransmises en direct. Et, ce qui ne gâche rien, elle gagne enfin un peu d'argent en se divertissant beaucoup, notamment dans son nouveau rôle de Pallina pour l'émission *Terziglio*.

Un beau jour de l'automne 1942, elle se trouve dans le bureau de Cesare Cavallotti, le producteur de l'émission, quand l'auteur des *Aventures de Cico et Pallina* y fait irruption. Cavallotti procède aux présentations d'usage. Le grand jeune homme dégingandé aux yeux malins et aux cheveux longs, sympathique et cordial, laisse Giulia indifférente. Elle ne le remarque même pas. Elle-même est une petite jeune fille maigrelette au visage enfantin qui se juge personnellement assez laide. Pas de séduction, pas de coup de foudre entre eux. Mais Federico a remarqué son regard, à la fois rieur et sérieux, limpide comme un matin de printemps et sombre comme une nuit de tempête. Ils ne se reverront que lorsqu'il lui téléphonera pour lui demander une photo, car il a écrit le script d'un projet de film, *Ogni giorno è domenica* (« C'est tous les jours dimanche »), dans lequel pourrait lui convenir un rôle. Ainsi commence leur histoire d'amour : par la demande d'une photo pour un film qui sera tourné deux ans plus tard dans les pavillons de la Biennale de Venise transformés en studios de cinéma — sans Giulia, devenue définitivement Giulietta, et sans le nom de Fellini au générique.

Les deux jeunes gens n'ont que peu de points communs. Federico ne sait pas encore où il va ni ce qu'il veut vraiment faire. Giulietta, elle, bourrée de valeurs bourgeoises, a déjà une vision pragmatique de la vie et de vieux principes. Sage, déterminée, ambitieuse, elle sait ce qu'elle veut : devenir actrice.

Quand il entre dans la maison de tante Giulia via Lutezia, si vaste, si élégante, si paisible, dorée par le soleil qui l'inonde dès le matin, Federico, qui a toujours vécu dans des chambres meublées, des hôtels minables, de petits appartements sans confort, se sent comme s'il abordait un rivage tranquille au printemps. Il commence à aimer les discours rassurants de Giulietta sur l'existence et le bonheur. À ses amis de bohème qui s'étonnent de son empressement pour cette maigrichonne à la frimousse de chat mal léché, pas assez bien en chair pour lui qui n'aime que les filles plantureuses, Federico réplique qu'avec son air de lutin malicieux Giulietta lui donne une grande envie de vivre et de s'amuser.

Depuis le débarquement des Alliés en Sicile et l'armistice signé en septembre 1943, l'Italie est aux abois, partagée en deux, avec deux gouvernements. Dans le Midi, la monarchie et Badoglio, qui voit d'un œil fataliste et même plutôt favorable l'arrivée des Alliés ; dans le Nord, la République sociale italienne de Mussolini réfugié à Salò, près du lac de Garde, et ses irréductibles fascistes toujours fidèles à l'Allemagne nazie. Poursuivis par les forces anglo-américaines, les Allemands, devenus des ennemis, ont amorcé leur remontée à travers l'Italie. Le *Marc'Aurelio* a fermé. La radio, contrôlée par le commandant suprême des forces alliées, a cessé ses émissions habituelles. Le climat de guerre, l'incertitude, la terreur ambiante à la vue de la Wehrmacht sillonnant les rues de la capitale malgré son statut de ville ouverte, les pressions continuelles des autorités fascistes sur les cinéastes pour les convaincre de quitter Rome et de se transférer au Nord sous la bannière de la République de Salò, vont amener Federico et Giulietta à précipiter leur décision de se marier.

Le samedi 30 octobre 1943, après neuf mois de fiançailles, en présence de quelques amis mais sans leurs familles respectives, Federico et Giulietta échangent leurs consentements devant monseigneur Luigi Cornaggia Medici, chanoine de la basilique Sainte-Marie-Majeure et titulaire d'une dispense pour officier dans son appartement privé qui se trouve justement sur le même palier que celui de tante Giulia. Le témoin de Giulietta est l'acteur Vittorio Caprioli, celui de Federico, le peintre

Rinaldo Geleng. Comme pour le mariage de Rinaldo au mois de juin précédent, Riccardo chante l'*Ave Maria* de Schubert pendant la cérémonie et Federico a dessiné les faire-part : des caricatures les représentant, Giulietta en robe blanche et lui en queue-de-pie et haut-de-forme, à genoux au centre d'un cœur où se croisent deux chemins de campagne qui portent leurs noms. Sous le cœur, deux oiseaux soutiennent des cartons où l'on peut lire leurs adresses : 11 via Lutezia pour Giulietta, 26 via Nicotera pour Federico.

Après le mariage, les jeunes époux habiteront un certain temps avec tante Giulia dans le grand appartement de la via Lutezia. Par crainte des perquisitions nazies et de la police, Federico sort rarement de la maison, d'autant qu'il n'a toujours pas de papiers en règle. Comme beaucoup de jeunes gens, il a peur d'être enrôlé, car, depuis une loi exceptionnelle de la République de Salò du 18 février 1944, l'âge du service militaire a été porté de dix-sept à trente-sept ans et tous ceux qui seraient surpris en situation irrégulière sont passibles de la peine capitale. Un jour, pris dans une rafle piazza di Spagna pendant l'une de ses rares sorties, Federico est obligé de monter dans un camion allemand. Piégé, désespéré, il se sent perdu. Il ne devra son salut qu'à ses facultés d'improvisation. Tandis que le camion progresse au ralenti dans la via del Babuino, il aperçoit un officier de la Wehrmacht qui passe tranquillement dans la rue. Son imagination ne fait qu'un tour. Faisant mine de le reconnaître, il se met aussitôt à gesticuler en criant : Fritz ! Fritz !, saute brusquement du camion et se précipite sur l'Allemand pour l'embrasser. La mascarade ne dure que quelques instants, mais qui ont suffi pour que le camion s'éloigne, et se termine par de grandes excuses à l'officier qui n'a évidemment rien compris. Prenant ses jambes à son cou, Federico se retrouve haletant et tremblant sous un porche de la toute proche via Margutta.

De Giulietta, Fellini dira à maintes reprises que sa femme est fort intelligente et que, même si elle lui rappelle un personnage sorti d'un livre de contes, elle n'en est pas moins son solide point d'ancrage.

« La » Masina, comme disent les Italiens, sera pour lui une source d'inspiration, une amie, une confidente et une compagne dévouée, toujours prête au sacrifice, dans l'art comme dans la vie.

Le sergent de ville qui m'a fait traverser la rue

La liesse populaire du lendemain de l'armistice et l'immense bouffée d'espoir suscitée par la chute de vingt ans d'étouffement fasciste cèdent bientôt le pas à une forme de panique, prélude à la déroute générale. Le gouvernement se révèle tout aussi incapable d'éviter la déportation de ses soldats capturés en masse par les Allemands que de protéger ses populations civiles contre les représailles. Le 24 mars 1944, en riposte à un acte de résistance où avaient péri trente-trois S.S., un commando allemand massacre trois cent trente-cinq otages dans les fosses Ardéatines près des catacombes de San Calisto, au sud de Rome. La nouvelle provoque un véritable traumatisme. La ville endeuillée vit des journées d'extrême tension.

Finalement libérée le 4 juin par les troupes de la Ve Armée alliée sous les ordres du général Mark Clark, Rome est très éprouvée par les bombardements. Rues défoncées, immeubles en ruine, plus de journaux, plus de cinémas, ni de théâtres, ni de boutiques. Les Romains s'installent tant bien que mal dans les décombres et sympathisent avec les Américains. En plein chaos, le 12 juin, Riccardo Fellini épouse Alessandra, la fille de Giulio Moreschi, son professeur de chant. Chacun s'active comme il peut pour trouver de quoi nourrir sa famille. C'est alors que Federico a l'idée de remonter pour les soldats alliés une échoppe de dessins dans l'esprit artisanal du FeBo qui avait si bien fonctionné à Rimini. Avec quelques amis du *Marc'Aurelio* et le producteur Domenico Forges Davanzati qui en assure le financement, il met sur pied, dans la via Nazionale, la principale avenue commerçante de Rome, une boutique de caricatures qu'il appelle *The Funny Face Shop*. Pour trois dollars, les soldats de passage s'y font tirer en dix minutes un portrait qu'ils enverront à leurs familles, à leurs amis ou à leurs fiancées. Dans un grand album, Federico et ses amis ont réuni des centaines de dessins où la tête du personnage a été laissée en blanc. Les modèles représentent un G.I. tuant un lion au Colisée, pêchant une sirène dans la baie de Naples, guidant une gondole à Venise ou soutenant la tour de Pise d'une main. Lorsque le client a choisi la situation qui lui plaît, il leur suffit d'y rajouter son visage. Dans le même esprit, les soldats peuvent enregistrer un petit message ou chanter pendant une minute et demie sur un disque-souvenir qu'un ami, technicien du son, avait mis au point en enduisant de petits supports de métal d'une sorte de pâte visqueuse. Mais ce disque ne pouvait être écouté qu'une seule fois. La seconde fois, il s'autodétruisait, se transformant en un tas de spaghettis ébouriffés.

Federico et ses acolytes avaient parié sur le fait

qu'habituellement ces soldats ne venaient en permission à Rome que trois jours, consacrant le premier à une visite de la ville, le deuxième aux achats de souvenirs et repartant le troisième. Mais il arrivait parfois que l'un d'eux revienne, furieux, tenant entre ses mains le disque piteusement effiloché, hurlant « *Bastard ! Bastard !* Fascistes ! ». Les caricaturistes s'empressaient alors de rembourser et de s'excuser avec de grands gestes d'impuissance et un sourire faussement étonné : « *Sorry. Technical trouble. Very sorry*[1]. »

C'est dans cette boutique que Federico revoit Roberto Rossellini mêlé aux soldats en uniforme. Il semblait chercher quelqu'un. En fait, plus que Fellini, Rossellini cherchait son ami Aldo Fabrizi qu'il pressentait pour jouer le rôle principal de son prochain film. Il avait donc besoin de Federico, non seulement pour convaincre Fabrizi de participer au film, mais aussi pour le persuader d'accepter un cachet raisonnable. Le film dont le titre provisoire était *Storie di ieri* (« Histoires d'hier ») devait retracer le martyre de don Giuseppe Morosini, curé de Santa Melania, un faubourg populaire de Rome, fusillé par les S.S. le 4 avril 1944 pour avoir aidé des déserteurs.

Né en 1906 dans une famille riche de la grande bourgeoisie romaine, Roberto Rossellini était l'aîné des trois enfants de l'architecte Angelo Giuseppe Rossellini, grand constructeur, et le frère de Renzo, musicien déjà connu. Grand amateur de femmes et de belles voitures, Roberto avait eu une jeunesse oisive, un peu tapageuse et dorée, fréquenté les soirées mondaines de la comtesse Edda Ciano, fille de Mussolini, puis travaillé avec son frère, le producteur Vittorio Mussolini, à la réalisation de documentaires, principalement animaliers. Lorsqu'il propose à Federico de participer à l'écriture de son prochain film, il s'est déjà affirmé comme cinéaste avec trois longs métrages de guerre à la gloire de la marine, de l'aviation et de l'armée de terre : *La Nave bianca (Le Navire blanc)* en 1941, *Un pilota ritorna (Un pilote revient)* en 1942, *L'Uomo della croce (L'Homme à la croix)* en 1943.

Dans un premier temps, Fellini n'accueille pas la proposition avec un enthousiasme démesuré. La boutique est pleine du matin au soir, il gagne très bien sa vie en faisant ce qui lui plaît le plus au monde — et ce qu'il a toujours voulu faire jusque-là : des dessins humoristiques. En outre, il pense que le cinéma italien n'a plus d'avenir depuis la réapparition en masse des films américains. Mais comme, par affabilité naturelle, il ne sait rien refuser à personne, il se laissera finalement convaincre. De même qu'Aldo, qui acceptera de tourner pour la somme de quatre cent mille lires au lieu du million qu'il prétendait obtenir.

Dans son contrat daté du 21 octobre 1944, Federico s'engage, pour la somme de vingt-cinq mille lires *, à collaborer à la rédaction du scénario et des dialogues, et se met aussitôt au travail avec Sergio Amidei, l'autre scénariste du film. Le tournage,

* Environ mille cinq cents euros.

qui a lieu au début de 1945, relève du parcours du combattant. Personne n'y croit vraiment. Budget minimal, manque de moyens techniques ; les studios de Cinecittà, occupés par des réfugiés, sont indisponibles. On tourne où l'on peut, dans un sous-sol, dans un bordel ; et comme on peut, avec des acteurs non professionnels, sans lumière par manque d'électricité, avec de la pellicule périmée à cause de la pénurie… Stoïque, Rossellini déploie des trésors de patience, il ne crie pas, ne se fâche jamais, malgré les assauts de mauvaise humeur des deux acteurs-vedettes, Anna Magnani et Aldo Fabrizi, qui se jalousent, rivalisent de caprices et se rendent insupportables. Là, tout en se tenant le plus possible à l'écart d'Aldo qui lui reproche à tout instant de l'avoir fourré dans un sale guêpier en l'entraînant dans ce tournage de misère, Federico découvre les mille facettes de la réalisation, le savoir-faire de Roberto Rossellini et surtout sa manière de diriger, totalement différente de celles auxquelles il avait déjà pu assister à Cinecittà, qui l'avaient un peu « effrayé » et qu'il décrit dans son livre *Faire un film* :

> […] par-dessus la grande confusion, une voix puissante, métallique, tonnait en donnant des ordres qui ressemblaient à des verdicts : « Lumière rouge, groupe A attaquez à gauche ! Lumière blanche, groupe des barbares reculez en fuite ! Lumière verte, éléphants et cavaliers cabrez-vous et chargez ! Groupe E et groupe F, croulez à terre ! IM-MÉ-DIA-TE-MENT ! ! ! » […] Quelqu'un me prêta des jumelles et là-haut, à plus de mille mètres, sur un fauteuil solidement vissé à la plate-forme de la grue, avec des jambières de cuir étincelantes, un foulard de

soie indienne au cou, un casque sur la tête et trois mégaphones, quatre micros et une vingtaine de sifflets pendus autour du cou, il y avait un homme : c'était lui, c'était le metteur en scène, c'était Blasetti [2].

Naturellement, au moment où il rapporte — trente-cinq ans plus tard — ses premières impressions de tournage, sûrement celui de *La Couronne de fer*, film d'aventures tourné en 1940 par Alessandro Blasetti, certains détails peuvent paraître exagérés, mais sans doute s'est-il laissé emporter une fois de plus par sa nature et son talent de caricaturiste.

Tant dans les interviews que dans ses écrits, Federico parlera souvent de ce que fut l'apport crucial de Rossellini à son changement d'orientation et à son futur style de réalisateur. En voyant travailler Rossellini, en le voyant tirer naturellement parti des conditions les plus adverses et les métamorphoser au profit de son film, il découvre qu'il n'y a pas de différence fondamentale entre la réalisation cinématographique et l'écriture ou la peinture ; il comprend qu'on peut faire du cinéma aussi simplement, avec le même enthousiasme, les mêmes hésitations et la même liberté que l'écrivain qui rature et corrige ou que le peintre qui cherche ses couleurs sur sa palette.

Le 22 mars 1945, Giulietta et Federico ont mis au monde un petit Pierfederico qui, terrassé par une encéphalite, n'a malheureusement vécu qu'un mois. Face au drame qui l'a accablé plus qu'il ne le dira jamais, Federico se plonge dans le travail, surmontant avec courage les dissensions qui l'opposent sans cesse à son collègue Amidei, caractériel et jaloux.

En revanche, il s'entend très bien avec Roberto Rossellini, même s'ils sont très différents, tant par leurs caractères que par leurs façons de travailler. Rossellini improvise beaucoup, prend des risques, ment comme un arracheur de dents ; vivant au jour le jour, il est brouillon, survolté, toujours en retard, toujours entre deux aventures, entre deux femmes. Giulietta l'apprécie comme artiste, mais elle déteste son désordre, sa vie dissolue et sa façon de jeter l'argent par les fenêtres. Beaucoup plus paisible, Federico gère ses journées de travail avec méthode et ses fonds avec parcimonie ; bien sûr, il ment aussi, mais sans malice, comme un enfant gâté. En fait, son mariage marche bien et Giulietta redoute que Roberto n'ait une influence négative sur Federico, qui est un mari attentif et affectueux.

Après la fin du tournage, pendant l'été 1945, Federico revient pour la première fois à Rimini. Il n'y a que cinq ans qu'il a quitté sa ville natale, sa famille et ses amis, mais tout a terriblement changé. Il ne reconnaît plus rien, il a l'impression de débarquer « sur la lune » : plus de rues, une désolation de trous et de gravats, une maison sur cinq inhabitable, des débris partout, des gens hagards qui ont dû fuir ou s'abriter dans des grottes pour échapper aux bombardements — comme ses propres parents et Maddalena réfugiés à San

Marino —, qui manquent de tout, à tel point que les femmes sont obligées d'utiliser l'eau de mer pour faire la cuisine. Occupée par les Allemands, Rimini, qui était par sa position géographique une ville clef d'un point de vue stratégique entre le Nord et le Sud, avait été pour les Alliés un objectif de première importance à neutraliser. Entre l'automne 1943 et l'automne 1944, pas moins de trois cent quatre-vingt-seize bombardements, aériens, navals et terrestres, y avaient provoqué la mort de plus de six cents civils.

Federico revoit Titta, en passe de devenir avocat, et se promène avec lui dans les lieux de leur enfance qui agonisent maintenant dans la poussière. Le Politeama a été touché par les bombes, de même que leurs maisons, leurs écoles, leurs cafés, les arbres de la petite place où ils aimaient « faire le coup de poing ». Federico a presque honte d'être resté en dehors de tout ce désastre.

— Et le Fulgor ? demande-t-il à son ami avec un pincement au cœur.

— Détruit aussi. Tu ne peux pas savoir ! Sur la place Giulio Cesare, là où il y avait les parterres de fleurs, les nazis ont pendu trois Riminais.

À son retour à Rome, le film de Rossellini est présenté pour la première fois au public le 24 septembre 1945, pendant le Festival du théâtre Quirino, sous le titre *Roma città aperta (Rome, ville ouverte)*. Parmi les autres films proposés figurent : *Henry V* de Laurence Olivier, la première époque d'*Ivan le Terrible* d'Eisenstein, *Les Enfants du paradis* de Marcel Carné. Mal compris, jugé cruel à cause de ses scènes de torture, *Rome, ville ouverte* est accueilli plutôt fraîchement par la critique et les professionnels qui estiment que le propos politique est trop lourd, mais le public lui réserve un triomphe au point qu'il bat tous les records de recettes de la saison. À Rome, les cinémas qui le passent sont pris d'assaut.

En février 1946, il sera nominé aux oscars pour le scénario de Fellini et Amidei ; et en octobre, au premier Festival de Cannes, il obtiendra le grand prix * ; un grand prix que Rossellini recevra avec une joie relative, dans la mesure où ce très curieux festival le lui attribuera ex aequo avec dix autres réalisateurs, parmi lesquels Jean Delannoy pour *La Symphonie pastorale*, David Lean pour *Brief Encounter (Brève rencontre)*, Billy Wilder pour *The Lost Week-end (Le Poison)*, Alf Sjöberg pour *Hets (L'Épreuve)*...

Après *Rome, ville ouverte*, en janvier 1946, Roberto Rossellini donne le premier tour de manivelle de *Paisà,* drame de guerre qui relate en six épisodes la traversée du pays, du sud vers le nord, par les libérateurs américains après le débarquement. Fellini est son premier assistant, le second étant le baron Renzo Avanzo, un cousin germain de Rossellini. Le scénario a été écrit avec la collaboration de Sergio Amidei, Federico Fellini, Klaus Mann (fils de Thomas Mann), l'écrivain américain Alfred

* La Palme d'or n'existera qu'à partir de 1955.

Hayes, le réalisateur Marcello Pagliero et l'écrivain florentin Vasco Pratolini. Renzo Avanzo, Marcello Pagliero et Giulietta Masina y interprètent de petits rôles.

Pendant une brève maladie de Rossellini, c'est Federico qui est chargé de tourner certaines prises de vues. Et, là, il prend conscience, lui qui ne connaît rien à la caméra, ignorant tout de son fonctionnement ou de son chargement, de l'importance du travail accompli par Otello Martelli, le directeur de la photo. Il comprend que la réussite d'un film dépend en grande partie de celui qui oriente et distribue les éclairages, façonnant les visages à l'aide de la lumière comme un véritable maître du portrait. Un apprentissage qui lui plaît énormément et au terme duquel il ne peut que constater que le cinéma est tout ce qu'il aime dans la vie. Le tournage itinérant de *Paisà*, de la Sicile au delta du Pô en passant par Naples, Rome, Florence et la Romagne, lui donne aussi l'occasion de parcourir son pays, de découvrir la diversité de ses paysages, de ses habitants, de ses dialectes :

> Le voyage de Paisà représenta pour moi la découverte de l'Italie. Jusque-là, je n'avais pas vu grand-chose [...] Cette façon qu'avait Rossellini de faire du cinéma comme un voyage agréable, une partie de campagne entre copains, m'a plu. Ce fut là, me semble-t-il, le bon grain [3].

Appelés aux urnes le 2 juin 1946, en même temps qu'ils élisent leur Assemblée constituante, les

Italiens abolissent leur monarchie et instituent la République *.

Paisà est projeté le 17 septembre, lors de la clôture de la Mostra **. Rossellini, qui vient de perdre son fils, Romano, pendant la guerre civile espagnole, n'y assiste que par égard pour ses distributeurs de la MGM.

Comme ce fut le cas pour *Rome, ville ouverte*, les critiques ne comprennent pas bien le modernisme du film, ses improvisations, les différents tons des épisodes. Il obtient tout de même trois Rubans d'argent : meilleur film, meilleure réalisation et meilleure musique pour Renzo Rossellini. En 1948, *Paisà* recevra le New York Film Critics Award du meilleur film étranger et, en 1949, une nouvelle nomination aux oscars pour le scénario. La revue *Hollywood Reporter* élit Roberto Rossellini « un des géants de l'écran ». Ces expériences et ces récompenses vont d'autant plus encourager Federico à poursuivre dans la voie cinématographique. « Rossellini a été une sorte de sergent de ville qui m'a aidé à traverser la rue… [4] Je lui reconnais, à mon égard, une paternité comme celle d'Adam : une sorte de lointain aïeul dont nous sommes tous descendus [5]. »

* La République triomphe de justesse, grâce aux voix du nord de la péninsule, par 12 717 913 suffrages contre 10 719 824.

** Festival international du film de Venise.

La tribu des scénaristes

A priori, rien, ni vocation, ni formation, ni relations, ne prédisposait Federico Fellini à embrasser une carrière cinématographique. En tant que spectateur, ce qui l'attire avant tout au cinéma, c'est l'avant-spectacle avec ses ambiances chaleureuses, ses cohortes de saltimbanques, la convivialité du public populaire, toute une atmosphère qui lui rappelle le monde du cirque de son enfance. Pour lui, le cinéma, voire le théâtre, sont des lieux de rencontre où l'on peut se divertir entre amis. En tant que scénariste, ce qui l'intéresse, c'est de raconter des histoires, de laisser vagabonder son imagination, et d'être payé pour le faire. Il ne prend pas l'initiative des propositions, ne fait jamais le siège des producteurs, des acteurs ou des réalisateurs, se bornant à accepter les offres qui se présentent, quitte à servir de nègre. Quand il participe à une œuvre collective, il s'efface volontiers pour laisser la vedette aux autres, mais ce n'est pas par manque d'ambition ou par humilité, peu lui importe, tout simplement : « C'était formidable de faire le scénariste, tu n'avais vraiment aucune responsabilité ;

entre autres parce que ce que tu avais fait était refait par d'autres, puis par d'autres encore, et s'il y avait quelque chose de bon dans le film, tu pouvais toujours dire que c'était de toi[1]. »

Traditionnellement en Italie, l'écriture des scénarios et des dialogues a presque toujours été, depuis l'origine, l'œuvre de groupes d'auteurs ou, pour le moins, de tandems. Après avoir fait équipe à ses débuts avec Ruggero Maccari, Federico se trouve depuis 1941 au cœur d'un véritable « brain-trust » de scénaristes dont font aussi partie, ensemble ou à tour de rôle, Cesare Zavattini, Piero Tellini, Sergio Amidei, Alfredo Guarini, le journaliste écrivain Ercole Patti et Tullio Pinelli, un avocat passionné de littérature et de théâtre, récemment converti au cinéma.

Federico et Tullio Pinelli, qui ne se connaissaient que de vue pour s'être croisés et salués à plusieurs reprises dans les couloirs de la Lux Films, une société de production créée dans les années 1930 par l'aventurier, industriel et mécène Riccardo Gualino, s'étaient trouvés un matin à lire les mêmes gros titres affichés sur le kiosque à journaux de la piazza Barberini. Le hasard veut que, n'ayant rien de pressé à faire ce jour-là, ils se mirent à bavarder, firent plus ample connaissance, se découvrant des points communs, des affinités particulières, et passèrent tout le reste de la matinée ensemble. Le lendemain, Tullio Pinelli était invité via Lutezia, point de départ d'une longue collaboration qui allait durer dix-huit ans, cesser une vingtaine d'années puis reprendre ; quant à leur amitié, elle ne s'interrompit jamais.

Tullio Pinelli est né à Turin en 1908, il a douze ans de plus que Federico. Avocat, officier de cavalerie, père de famille et déjà auteur de plusieurs pièces à succès, il a les pieds sur terre. Plus rigoureux et moins instinctif que Federico, plus ancré que lui dans la réalité, il lui apporte une véritable complémentarité. Très vite, ils mettent au point une technique pour écrire à quatre mains et se partager les scènes, car ils travaillent à plusieurs scénarios en même temps. Le matin, chez Tullio, ils écrivent les scénarios les plus importants comme ceux pour Alberto Lattuada, Pietro Germi, Roberto Rossellini. L'après-midi, chez Federico, ils se consacrent aux films de série B, plus commerciaux, moins chers et vite faits de Gennaro Righelli, Raffaello Matarazzo, Gianni Franciolini, des films dont en général ils ne signent pas les scénarios. Federico excelle dans la composition des histoires et l'écriture des répliques. Tullio est plus habile pour colorer les ambiances et situer les scènes. Le soir, ils se retrouvent avec Amidei, Tellini et Zavattini autour d'un plat de pâtes très épicées, *all'arrabbiata,* dans les repaires favoris des intellectuels romains, la trattoria Cesaretto via della Croce, le Roi des Amis dans la même rue, le Caffè Rosati piazza del Popolo ou aux terrasses des bars de la via Margutta l'été, pour parler encore et toujours de cinéma.

Après la guerre, au cours de l'hiver 1946, dans les bureaux de la Lux Films, le producteur Carlo Ponti et Aldo Fabrizi forment le projet d'adapter à l'écran *Giovanni Episcopo,* une nouvelle de Gabriele D'Annunzio écrite et publiée en 1891, largement inspirée du monde de Dostoïevski. Après l'avoir lue, Fabrizi en achète les droits et pense aussitôt à Fellini pour la scénariser. Naturellement, il se réserve le rôle-titre ; quant au metteur en scène, ce sera Alberto Lattuada qui a déjà réalisé plusieurs films, notamment *Il Bandito (Le Bandit)* l'année précédente avec Amedeo Nazzari, Anna Magnani et Folco Lulli. C'était le premier film produit par la Rdl, une société récemment constituée entre les producteurs Luigi Rovere et Dino De Laurentiis.

Lattuada est un homme cultivé qui a fait des études d'architecture à Milan, journaliste, photographe passionné, précis, méticuleux et exigeant. Federico qui fait encore figure d'amateur, qui ne connaît rien à la photo et n'aime rien tant que son indépendance, se voit mal travailler avec ce réalisateur de quarante-trois ans, à la réputation affirmée, qui lui en impose un peu. Mais, contre toute attente, le duo fonctionne bien. Une relation de franche cordialité et de respect réciproque s'instaure entre les deux hommes. Ils réduisent à une vingtaine de pages pleines de trouvailles le livre de D'Annunzio qui en comporte une soixantaine. Sous la plume de Federico, le thème de la nouvelle prend dans les bas-fonds de Rome des allures néoréalistes plus proches des préoccupations sociales du moment. De Giovanni Episcopo, petit employé aux Archives nationales, terne, médiocre et complexé, poussé à la folie criminelle par un scélérat, un escroc vulgaire, tyrannique et sadique qui, l'ayant dépouillé de sa volonté, l'exploite jusqu'à l'esclavage, s'installe chez lui et finit par dévoyer sa femme et tuer son fils, Fellini fait un brave homme naïf, heureux et tranquille entre son bureau et sa chambre meublée, dont la vie va basculer pour l'amour d'une femme aussi belle qu'elle est vénale, manipulatrice et sans scrupules.

En sa qualité de coproducteur, Aldo Fabrizi, inquiet et soupçonneux comme à son habitude, exige l'adjonction à l'équipe de deux autres scénaristes : Piero Tellini, déjà vieux complice de Federico, et une jeune femme de trente-deux ans promise à une longue et brillante carrière de scénariste et dialoguiste, Suso Cecchi d'Amico, qui deviendra entre autres une collaboratrice attitrée de Luchino Visconti.

Malgré des difficultés de tournage liées au mauvais caractère et à la jalousie d'Aldo qui commence à prendre ombrage du talent d'un jeune acteur venu comme lui de l'avant-spectacle, Alberto Sordi, *Le Crime de Giovanni Episcopo* est très réussi. Le Festival de Venise lui décerne en 1947 un prix pour l'interprétation d'Aldo Fabrizi ainsi que pour la meilleure qualité technique. Les critiques, de leur côté, le déclarent meilleur film de l'année, ex aequo avec *Caccia tragica (Chasse tragique)*, le premier film réalisé par Giuseppe De Santis.

Dès la fin de l'été 1947, Federico part en Toscane avec son ami Pinelli et le chef de production Clemente Fracassi pour repérer les lieux du tournage du prochain film d'Alberto Lattuada, *Senza pietà (Sans pitié)*. Sur une idée d'Ettore Margadonna, Fellini, Lattuada et Pinelli ont scénarisé un drame qui se déroule au lendemain de la guerre dans les quartiers mal famés de Livourne, le port et la pinède voisine de Tombolo. Cette pinède, un enfer de drogue, de racket et de prostitution, grouille de truands, de soldats et de filles faciles venant de toute l'Italie, attirés par les dollars et le vice. Le film raconte l'histoire d'un amour impossible entre un soldat noir américain resté en Italie après la guerre et une jeune Italienne tombée dans la prostitution par nécessité. Assistant réalisateur sur le film, Federico se charge de trouver les figurants : des soldats, des officiers américains, des prostituées qui acceptent de participer au tournage. Le rôle du soldat noir est confié à l'acteur d'origine américaine John Kitzmiller et celui de la prostituée à l'actrice Carla del Poggio, qui est devenue Mme Lattuada à la ville deux ans plus tôt, en avril 1945. Font également partie de la distribution, dans les rôles respectifs d'un chef de bande et d'une petite prostituée mutine, le comédien Folco Lulli que Lattuada a découvert l'année précédente lors du tournage du *Bandit* et Giulietta Masina qu'il avait admirée au théâtre. Comme pour *Le Crime de Giovanni Episcopo*, la musique est signée Nino Rota, qui va devenir un très grand ami du couple Fellini.

Le 29 août 1948, à la Mostra de Venise, Carla del Poggio et Giulietta Masina seront très applaudies, début prometteur pour la carrière de Giulietta qui obtiendra le Ruban d'argent du meilleur second rôle.

Pour Fellini, l'aventure de *Sans pitié* constitue une expérience aussi importante et aussi formatrice que celle de *Paisà*. Contrairement à Rossellini qui donnait souvent l'impression brouillonne de laisser faire et de n'être que de passage sur le plateau, Lattuada est toujours présent, maîtrisant parfaitement ses acteurs et ses situations, ce qui constituera un enseignement novateur pour Federico qui saura s'attacher plus tard au moindre détail.

Entre-temps, pour faire plaisir à Anna Magnani, sa maîtresse du moment, Rossellini lui a fait tourner une adaptation de *La Voix humaine*, le pathétique huis clos théâtral de Jean Cocteau dans lequel une femme téléphone pour la dernière fois à son amant qui vient de la quitter pour en épouser une autre. Mais, avant de terminer le film, Roberto tente d'entraîner Federico dans une autre aventure cinématographique : il s'agit de se rendre à Berlin pour filmer, dans les ruines de la ville complètement dévastée par les bombardements, l'errance matérielle et morale d'une famille qui n'ose survivre. Un projet trop grave et trop lourd pour un Federico humoriste et casanier. Trop occupé par *Giovanni Episcopo*, il décline l'invitation de Rossellini. Roberto partira donc seul à Berlin pour réaliser *Allemagne année zéro,* le troisième de ses films consacrés aux effets de la guerre.

Dès son retour à Rome, au début de l'été 1948, dans l'intention de le présenter à la prochaine Mostra qui doit avoir lieu en août, Rossellini procède au montage de *La Voix humaine*. Mais le film dure tout juste quarante minutes. Il faut absolument trouver une idée pour le compléter, et en vitesse. Une seconde histoire d'amour de quarante minutes serait l'idéal. Et un soir, en plein restaurant, Anna Magnani apostrophe Federico avec son tempérament et sa gouaille habituels :

— Au lieu de rester ici à bouffer, ce qui te fait engraisser et perdre ton air romantique de crève-la-faim, pourquoi n'écris-tu pas une belle petite histoire pour moi et ce fou de Roberto, c'est ton ami, non ?

Piqué au vif, Fellini se met aussitôt au travail avec Tullio Pinelli, mais l'histoire qu'ils imaginent — une prostituée de banlieue, ramassée par dépit par un acteur très connu, restée confinée toute une nuit dans une salle de bains tandis que son client se réconcilie avec sa maîtresse — ne plaît pas du tout à Anna :

— Dis donc, Federì, lui crie-t-elle avec son fort accent romain, tu t'imagines que quelqu'un comme moi va se laisser enfermer dans les chiottes par un con d'acteur ?

Finalement, Rossellini décide de réunir les scénaristes chez Sergio Amidei pour passer en revue toutes les idées qui pourraient lui permettre de terminer son film le plus rapidement et le plus économiquement possible. Mais les idées ne viennent pas. Sergio Amidei marche de long en large, Tullio Pinelli feuillette et refeuillette fébrilement des nouvelles de Pirandello, Rossellini reste silencieux, absorbé par ses pensées, l'air sombre.

Il est trois heures et demie de l'après-midi quand subitement Federico a comme une vision : il vient d'imaginer une histoire de bergère, gardienne de chèvres un peu simplette, qui croit avoir reconnu saint Joseph dans le vagabond blond et barbu qui l'a mise enceinte. La pauvre fille accoucherait seule dans le clocher d'une église de campagne abandonnée, persuadée d'avoir mis au monde un enfant divin. Mais Federico, qui est un grand timide, n'ose pas l'exposer à ses amis et s'entoure de circonlocutions pour leur dire qu'il se souvient d'avoir lu quelque chose, peut-être dans un livre de contes russes, peut-être dans un journal français, il s'embrouille, dit qu'il ne se rappelle plus, enfin une histoire qui lui avait paru très belle. Puis, devant l'intérêt suscité par son sujet, prenant son courage à deux mains, il finit par leur avouer la vérité : l'idée est entièrement de lui. Rossellini téléphone aussitôt à Anna Magnani.

Cette fois, elle est d'accord :

— Ah, nous y voilà maintenant ! Bravo ! Voilà enfin un beau personnage pour moi. Viens ici que je t'embrasse ! Roberto, embrasse-le, toi aussi !

Là-dessus, Rossellini persuade Fellini d'interpréter lui-même le vagabond dans l'histoire qui va s'appeler *Le Miracle*.

Réunis sous le titre *Amore, La Voix humaine* et *Le Miracle* sortent le 30 octobre 1948, et Anna Magnani rencontre un succès formidable. Dans un article daté du 31 octobre, le journal *France-Dimanche* écrit : « Le pape a trouvé merveilleuse cette version moderne du miracle de la Vierge réalisée par un communiste. » On peut douter que Pie XII ait vu le film et que Rossellini ait été communiste ; en revanche, il est avéré que Fellini fut accusé de plagiat dans un hebdomadaire de Buenos Aires, *El Hogar*, daté du 3 septembre 1948. Se référant à une interview que Federico avait donnée avant la sortie du film à la *Revue du cinéma*, et peut-être même avant de l'avoir vu, l'auteur de l'article, le journaliste et scénariste argentin Francisco Madrid, soutenait que *Le Miracle* était un « plagiat littéraire-cinématographique » d'un roman du poète et écrivain espagnol Ramón del Valle-Inclán, *Flor de santidad* *, publié en 1904.

Le professeur Mario Verdone, spécialiste international d'histoire du cinéma, cite dans son livre, *Federico Fellini*, une lettre de ce dernier au directeur du *Progresso d'Italia*, que le journal italien, qui s'était auparavant fait l'écho de l'accusation, publia le 25 novembre 1948. Dans sa lettre, Federico démontrait comment le journaliste argentin,

* Paru en français sous le titre *Fleur de sainteté*, traduction de Maurice-Edgar Coindreau, Gallimard, 1967.

citant des propos issus de la *Revue du cinéma* à l'appui de sa thèse, les avait détournés et transformés en pseudo-confession de plagiat :

> Maintenant, tandis que je ne peux ni admettre ni nier de possibles ressemblances avec une nouvelle que je n'avais pas, et que je n'ai encore pas lue, et dont jusqu'à hier j'ignorais le nom et le contenu, je peux réfuter catégoriquement l'existence du plagiat ; et bien évidemment nier encore plus catégoriquement avoir jamais fait cette confession[2].

À la Mostra de 1948, la Panaria Film, une société créée par un groupe de jeunes aristocrates siciliens, Francesco Alliata di Villafranca, Quintino di Napoli, Pietro Moncada, auxquels s'est ajouté le cousin de Rossellini, Renzo Avanzo, présente sous le titre *Isole di cenere (Îles de cendres)* un très beau documentaire de douze minutes sur les volcans actifs des îles Éoliennes, Stromboli et Vulcano. Rossellini est si ému, si impressionné par les conditions de vie et les paysages montrés qu'il décide de réaliser son prochain film à Stromboli, toujours avec Anna Magnani. Mais à la fin de l'année 1948, pendant qu'il achève les prises de vues de *La Macchina ammazzacattivi (La Machine à tuer les méchants)* dans les environs de Naples, et alors que la Panaria Film a déjà signé les contrats de coproduction et de distribution pour le prochain film à Stromboli, sa relation avec Anna sombre définitivement dans le désastre. Sans doute l'homme à femmes qu'était Roberto lui avait-il souvent donné des raisons valables de déchaîner sa jalousie démentielle contre lui, mais elle devient réellement invivable, le harcelant de scènes continuelles, se livrant en public à des voies de fait, allant jusqu'à lui renverser des spaghettis sur la tête... Or, quelques semaines auparavant, Roberto avait reçu un message d'Ingrid Bergman. La plus grande star de l'époque lui écrivait :

> Cher Monsieur Rossellini, j'ai vu vos films *Rome, ville ouverte* et *Paisà* et les ai beaucoup appréciés. Si vous avez besoin d'une Suédoise qui parle très bien anglais, qui n'a pas oublié l'allemand, qui se fait mal comprendre en français, et qui ne sait dire que « ti amo » en italien, je suis prête à venir en Italie pour travailler avec vous.

Il n'en faut pas davantage à Roberto Rossellini pour s'envoler vers Hollywood et lui signer un contrat pour *Stromboli, terra di Dio (Stromboli, terre de Dieu)*. Bien que mariés chacun de leur côté, ils s'éprennent aussitôt l'un de l'autre. Ils se marieront en 1950 après le divorce d'Ingrid et l'annulation du premier mariage de Roberto.

Ingrid Bergman arrive à Rome le 20 mars 1949. Le soir même, Roberto la présente à ses amis au cours d'une fête organisée chez lui, via Buozzi, avec fleurs, mandolines, guirlandes multicolores, pâtes à la *matriciana*, vin des Castelli et *maritozzi*, ces petits gâteaux typiquement romains que les fiancés offrent traditionnellement à leurs promises à l'approche de Pâques. Federico s'est surpassé en couvrant les murs de la maison d'amusantes caricatures inspirées par le futur tournage sur l'île de Stromboli.

Le 4 avril, ils s'embarquent pour l'île au volcan.

Et voilà les petites îles Éoliennes au nord de la Sicile devenues le théâtre des rivalités entre les deux stars, car Anna Magnani, qui ne s'est pas résignée, tourne le film de la Panaria sur un scénario de Renzo Avanzo et Piero Tellini, mais à Vulcano, sur l'autre volcan éolien, et sous la direction du réalisateur allemand William Dieterle. C'est aussi la Panaria Film qui produira en 1952 le célèbre *Carrosse d'or* de Jean Renoir d'après Prosper Mérimée, avec Renzo Avanzo parmi les scénaristes et Anna Magnani dans le rôle principal.

Dans *Stromboli,* Ingrid Bergman incarne une jeune Lituanienne prisonnière d'un camp de réfugiés qui, pour recouvrer la liberté, épouse un pêcheur italien. Peu à peu, l'île de son mari à la terre aride, aux conditions de vie dures et misérables, aux habitants hostiles et frustes, se révélera une nouvelle prison.

Dans *Vulcano*, Anna Magnani est une originaire de l'île, tombée dans la prostitution à Naples. Assignée à résidence et obligée de rentrer dans son village natal, où elle aussi est en butte à l'hostilité des habitants, elle se sacrifiera pour empêcher sa petite sœur, séduite par un proxénète, d'être prise au même piège qu'elle.

À Rome éclate une sorte de querelle des deux volcans : le monde du cinéma romain se coupe en deux, les uns prennent parti pour Anna Magnani, les autres pour Ingrid Bergman. Les Fellini restent dans le clan Rossellini. Au retour de Stromboli, Ingrid Bergman et Giulietta deviennent amies. Désormais, les Fellini et les Rossellini se fréquenteront très régulièrement, l'hiver dans la capitale, l'été dans la villa de Roberto Rossellini à Santa Marinella, une localité balnéaire à une soixantaine de kilomètres au nord-ouest de Rome.

Federico adapte ensuite, avec Tullio Pinelli, *Piccola Pretura* (« Justice de paix »), livre non publié de Giuseppe Lo Schiavo, un magistrat qui raconte son expérience de juge d'instance dans une petite bourgade sicilienne. Le producteur Luigi Rovere a demandé à Pietro Germi d'en être le réalisateur. Tourné comme un western dans les environs de Sciacca en Sicile, *In nome della legge (Au nom de la loi)* met en scène Massimo Girotti dans le rôle du juge, aux prises avec Charles Vanel dans celui d'un dangereux chef de mafia. Sorti avec succès au printemps 1949, le film consolide les relations entre le producteur et les scénaristes. Federico prend l'habitude de passer une heure ou deux tous les matins dans le bureau de Rovere. Buvant un café *stretto*, fumant une Nazionale, ils discutent de nouveaux projets tandis que Federico griffonne.

L'écriture réunit encore Federico et Tullio Pinelli autour d'Alberto Lattuada pour le scénario du *Moulin du Pô (Il Mulino del Po)*, tiré du roman homonyme de Riccardo Bacchelli. Il s'agit d'une malheureuse histoire d'amour entre une meunière (Carla del Poggio) et un paysan (Jacques Sernas), sur fond de lutte des classes. Projeté hors concours le 22 août 1949 à la Mostra, le film, qui expose aux regards la dure réalité de la paysannerie italienne exploitée par les patrons, plaira au public mais fera de multiples mécontents dans la classe politique, à droite comme à gauche.

Au début de l'année 1950, Federico reprend sa collaboration avec Roberto à la fois comme scénariste et comme assistant réalisateur de *Francesco giullare di Dio (Les Onze Fioretti de François d'Assise*, sous-titrés *Saint François, ménestrel de Dieu)*, onze histoires inspirées de la vie de saint François, avec Aldo Fabrizi dans le rôle du tyran d'Assise. Puis, avec Tullio Pinelli, il écrit pour Pietro Germi le scénario de *Il Cammino della speranza (Le Chemin de l'espérance)* ou la longue odyssée d'émigrants siciliens qui passent clandestinement la frontière pour aller chercher du travail en France, un film qui rappelle *Les Raisins de la colère,* tourné en 1940 par un réalisateur que Federico admire beaucoup pour sa force et sa simplicité, John Ford. Couronné par plusieurs prix dans divers pays, *Le Chemin de l'espérance* rencontrera un meilleur accueil à l'étranger qu'en Italie.

Premiers claps

Pendant la dizaine d'années durant lesquelles il a travaillé comme scénariste, adaptateur, dialoguiste, et même s'il a été assistant réalisateur, Federico n'a jamais pensé qu'il pourrait un jour passer lui-même derrière la caméra :

Je pensais n'être pas taillé pour la mise en scène. Il me manquait le goût de la tyrannie, la cohérence, la maniaquerie, la constance au travail et tant d'autres choses, mais surtout l'autorité. Toutes ces qualités étaient absentes de mon tempérament. Enfant, j'étais fermé, solitaire, facile à agresser, vulnérable jusqu'à l'évanouissement. Et je suis resté très timide, quoi qu'on en pense. Comment concilier tout cela avec les bottes, le mégaphone, les hurlements, armes traditionnelles du cinéma [1] ?

Certes, le cinéma représentait pour lui une sorte de liberté, une fête où il pouvait assouvir son imagination, donner vie à ses rêves, mais il n'osait entreprendre cette aventure où il faut être à la fois maniaque et despotique. Ce sont les exemples de Rossellini, Lattuada, Germi et les succès répétés de leurs films, succès auxquels il a largement contribué, qui lui donnent l'impulsion décisive pour franchir le pas.

Encouragés par les louanges et les bonnes recettes qui ont couronné *Le Crime de Giovanni Episcopo*, Alberto Lattuada et Federico décident avec leurs épouses respectives, Carla del Poggio et Giulietta Masina, de créer une coopérative pour la production indépendante d'un prochain film qu'ils envisagent de coréaliser. Bianca, la sœur d'Alberto Lattuada qui se chargera de la direction de la production, et son père, Felice Lattuada, qui composera la musique, prennent part, eux aussi, à cette coopérative « entre maris et femmes », comme l'appellent les journalistes. Et ce n'est bien sûr pas par hasard, mais sur une idée de Federico, que ce film, baptisé *Luci del varietà (Les Feux du music-hall)*, va être consacré à un sujet qui lui est si cher : le monde des variétés.

Fellini et Lattuada travaillent leur scénario avec Tullio Pinelli et Ennio Flaiano. Nouveau venu parmi les coscénaristes de Federico Fellini, l'écrivain ne le quittera plus durant les quinze années suivantes et cosignera, de même que Tullio Pinelli, les dix premiers grands films du Maestro. Les prises de vues se font pendant l'été 1950, dans les studios de la Scalera à Rome et à Capranica, à une cinquantaine de kilomètres au nord-ouest de la ville, pour les extérieurs. L'ambiance est allègre et détendue. Le film est tourné de façon artisanale mais avec une sérieuse volonté artistique. Comme directeur de la photo, les deux amis ont appelé

Otello Martelli, que Federico avait tant admiré sur *Paisà*. Pour le reste, ils se partagent la tâche. Plus expérimenté, Alberto choisit les plans, règle les problèmes techniques et dirige le montage. Plus familier du monde des saltimbanques, Federico, qui connaît bien leur cabotinage, leurs rivalités, leurs petites misères, façonne des personnages attachants, des situations drôles ou mélodramatiques, imprime au film un rythme populaire rappelant le ton des émissions de *Terziglio*.

Rompant avec le néoréalisme qui s'attachait à décrire la vie concrète dans sa réalité quotidienne, dans ses aspects les plus humbles et sans idéalisation, le scénario des *Feux du music-hall* fait une large place à la psychologie des personnages, à leurs rêves, à leurs illusions et à leurs désillusions. De quoi s'agit-il ? À l'occasion du passage dans un petit théâtre de province d'une troupe de comédiens plutôt pitoyables, une jeune fille (Carla del Poggio), dont le rêve est de faire carrière sur les planches, joue sur les sentiments qu'elle inspire au meneur de la revue (Peppino De Filippo) pour se faire engager. Ce qui provoque la jalousie des actrices de la compagnie et en particulier de l'imitatrice (Giulietta Masina), amie de cœur de l'acteur. Ce dernier, qui aspire à devenir directeur de sa propre troupe, abandonne la compagnie et emmène sa jeune protégée faire une tournée dans les cabarets des grandes villes... jusqu'au jour où elle s'enfuit avec un imprésario (Folco Lulli) qui la fait réellement débuter. Consolé par son amie l'imitatrice qui ne l'a jamais trahi, il ne reste à ce Pygmalion qu'à renouer avec ses anciens compagnons pour reprendre sa vie itinérante de village en village, de banlieue en banlieue, dans les wagons de troisième classe et les auberges mal famées. N'ayant toutefois pas perdu l'espoir de monter sa grande revue, il profite un jour de ce que sa compagne s'est éloignée un moment pour aborder une jeune fille assise face à lui dans le compartiment :

— Vous êtes actrice ? Non ? Et pourtant vous pourriez... *

Malgré le très bon accueil de la presse, *Les Feux du music-hall* seront un échec retentissant du point de vue commercial, et ce parce qu'un film concurrent, sur le même sujet, lui vole en quelque sorte la vedette. En fait, craignant que Lattuada et Fellini ne fassent école et que les cinéastes puissent désormais parvenir à éviter le recours aux producteurs établis pour monter leurs financements, Carlo Ponti avait violemment réagi contre la coopérative. Pendant qu'Alberto et Federico tournaient avec leurs propres moyens, il engageait Aldo Fabrizi et un jeune acteur au sourire ravageur nommé Marcello Mastroianni pour tourner, sous la direction de Steno et Mario Monicelli, sur un scénario de Steno, Amidei, Maccari et une musique de Nino Rota, *Vita da cani* (*Dans les coulisses*). L'histoire de ce film — une soubrette qui pour faire carrière s'appuie sur le talent d'un comique qu'elle laisse tomber une fois le succès obtenu — ressemblait

* Réplique du film.

étrangement à celle des *Feux du music-hall* que précisément, quelque temps auparavant, Carlo Ponti avait refusée à Federico Fellini et Aldo Fabrizi.

Naturellement, la coopérative ne résistera pas à cette malheureuse expérience. Fellini et Lattuada mettront des années à rembourser leurs dettes ; leurs relations s'en ressentiront ; et tandis qu'Alberto se remettra à travailler pour Carlo Ponti et Dino De Laurentiis, Federico, qui s'est désormais pris au jeu de la réalisation, passera de plus en plus de temps chez Luigi Rovere à chercher une autre idée qu'il puisse lui-même réaliser. En attendant, il retourne à son activité de scénariste avec son fidèle ami Tullio Pinelli.

Ils s'attaquent d'abord à une comédie policière, *La città si difende* (*Traqué dans la ville* ou *La ville se défend*) de Pietro Germi, où, dans une Rome pittoresque, tumultueuse et généreuse, quatre petits voleurs improvisés se prennent eux-mêmes au piège de leur propre incapacité. Des personnages et des situations préfigurant déjà *Il Bidone* dans cette ville que Federico connaît bien, car elle est celle de ses débuts.

Le film suivant, *Il Brigante di Tacca del Lupo (La Tanière des brigands)*, tiré d'un récit de l'écrivain Riccardo Bacchelli, qui traite de la répression du banditisme après l'unité italienne *, sera mal accueilli tant par le public que par la critique et se soldera, malgré les succès engrangés jusque-là, par

* Victor-Emmanuel est proclamé roi d'Italie le 27 avril 1861.

la fin de la collaboration entre Federico et Pietro Germi.

Dans *Europe 51*, le personnage principal est une bourgeoise égoïste et futile absorbée par ses occupations mondaines au point de négliger l'amour et l'éducation de son fils, un enfant de douze ans qui, pendant une réception, se sentant exclu, se suicide en se jetant dans un escalier pour attirer l'attention et l'affection maternelles. Accablée de remords et de culpabilité, elle décide de se consacrer désormais aux autres. Tout aussi égoïste, son entourage est persuadé qu'il s'agit d'un caprice. Mais, alors qu'elle aide un malfaiteur en fuite, elle est arrêtée par la police. Pour sauver les apparences, son mari la fera passer pour folle et interner dans un asile d'aliénés.

Face aux implications morales du projet qui décrit un monde où l'altruisme passe pour de la folie, Federico se sent mal à l'aise. Il admire Rossellini, sa façon de s'attaquer aux problèmes humains, politiques et sociaux, mais il craint quant à lui de ne pas être à la hauteur. Finalement, il préfère se retirer et se bornera à souffler quelques suggestions à Roberto pendant le tournage. Le film, qui verra Ingrid Bergman dans le rôle principal et Giulietta Masina dans un petit rôle, sera présenté à la Mostra sans le nom de Fellini au générique.

Libéré d'*Europe 51*, Federico accompagne Giulietta à Turin, où elle se rend, à la demande de Luigi Rovere, pour jouer encore une fois une petite prostituée drôle et émouvante dans le film *Persiane chiuse (Volets clos)*, la première réalisation du critique de cinéma Gianni Puccini. Dès les premiers jours de tournage, le producteur constate que tout va de travers, congédie le réalisateur, arrête le film et demande à Fellini de le reprendre. Mais Federico, nullement inspiré par le sujet, décline l'offre avec beaucoup de diplomatie et conduit Rovere à faire appel à Luigi Comencini. Toutefois, pour ne pas faire perdre de temps ni d'argent à la production, il accepte de tourner quelques scènes en attendant l'arrivée du nouveau réalisateur. Épaté par sa conscience professionnelle et son savoir-faire, le producteur se promet de lui confier la réalisation d'un film. Et l'occasion ne va pas tarder à se présenter...

Durant l'été 1951, Carlo Ponti leur fait lire *Caro Ivan* (« Cher Ivan »), quelques pages dactylographiées de Michelangelo Antonioni où il est question d'un jeune provincial émigré dans la capitale qui après avoir quitté sa fiancée devient acteur de romans-photos avec un certain succès. Au moment où il s'y attend le moins, voici que de sa province natale arrive la fiancée séduite et abandonnée... Antonioni qui jusque-là n'avait réalisé que des documentaires voudrait tirer un film de son histoire. Carlo Ponti a pris une option sur le sujet, mais le financement s'avère laborieux. Il demande à Fellini et à Pinelli de l'adapter. Dans leur scénario, la fiancée abandonnée deviendra une jeune épouse en voyage de noces qui quitte subrepticement l'hôtel où elle loge avec son mari pour rencontrer son héros de romans-photos préféré dans une Rome touristique et monumentale. Mais, l'adaptation ne plaisant pas du tout à Antonioni, Carlo Ponti revend l'histoire à un autre producteur, le Commendatore Mambronio, un gros Milanais homme du monde portant de petites lunettes en or et amateur de cigares qui a l'intention de la faire réaliser par Lattuada. Après d'autres péripéties, c'est finalement Luigi Rovere qui hérite du projet et en propose la réalisation à Federico :

— Pourquoi ne le fais-tu pas, toi ? Après tout, ces deux jours où tu as tourné *Volets clos*, tu t'en es assez bien sorti.

Federico ne se fait pas prier davantage. Le sujet, qui le replonge dans le monde petit-bourgeois des histoires de ses débuts au *Marc'Aurelio* et à la radio, lui va comme un gant. Il se remet au travail avec Tullio Pinelli et Ennio Flaiano pour parfaire le scénario. Comme directeur de la photo, il appelle Arturo Gallea — un vieux briscard qui connaît toutes les ficelles du métier —, croisé lors de sa brève participation à *Volets clos*. Pour la musique, il sollicite Nino Rota, déjà rencontré sur *Le Crime de Giovanni Episcopo* et *Sans pitié*, et avec qui va désormais s'instaurer un rapport miraculeux, amical et fraternel. Le rôle de l'acteur de romans-photos sera confié à Alberto Sordi que Federico a déjà croisé dans la bohème des années difficiles et recroisé sur le tournage du *Crime de Giovanni Episcopo*. Mais le reste du casting est difficile à monter. Pour le jeune époux, Federico verrait bien

Peppino De Filippo, le meneur de revue des *Feux du music-hall*. Luigi Rovere fait la moue :

— Il ne rapporte pas un sou. Prends plutôt Carlo Croccolo.

Federico se décidera finalement pour un acteur non professionnel qu'il a vu par hasard sur des rushes dans une salle de projection. Il s'appelle Leopoldo Trieste, c'est un dramaturge calabrais âgé de trente-quatre ans. Il jouait le rôle d'un curé fusillé pendant la révolution mexicaine pour un film tiré d'une de ses œuvres. On ne saura pas ce qui, du propre aveu de Fellini, avait pu déclencher chez lui une crise de fou rire « à s'en étouffer derrière les rideaux de la salle » à la vue de ce bout d'essai, puisque le film sur la révolution mexicaine ne sera jamais terminé faute de moyens, mais, dès lors, Leopoldo Trieste deviendra un excellent acteur, très populaire en Italie, et un ami très cher de Fellini. Pour le personnage de la jeune mariée, les choses se compliquent. Giulietta Masina est convaincue que le rôle est fait pour elle, mais Federico ne l'entend pas ainsi ; il préfère le confier à Brunella Bovo et charge Ennio Flaiano de la délicate mission de convaincre Giulietta de jouer un second rôle et, qui plus est, à nouveau celui d'une prostituée. Sa réaction était prévisible ; elle se rue sur Ennio :

— J'en ai marre de ce rôle de pute qui va me coller à la peau ! Je ne suis pas sûre de le faire !

— Mais c'est ton mari qui l'a décidé.

— Ah, mon mari ! Un lâche qui n'a pas le courage de dire les choses et qui t'a chargé de la besogne.

— Mais non. Il craint juste que le personnage de Wanda ne soit pas fait pour toi. C'est une petite provinciale ingénue et stupide et toi tu es trop citadine, trop intellectuelle. Pour ce personnage, mieux vaut la Brunella Bovo avec son air de lectrice de *Boléro*.

En mai 1947, après le cauchemar de la guerre, l'éditeur Cino Del Duca, qui s'était établi en France depuis 1932, avait lancé le magazine *Nous deux*. Sous la forme de romans dessinés, l'hebdomadaire, principalement destiné aux femmes, proposait des histoires sentimentales idéalisées où les héros, invariablement jeunes et beaux, triomphaient toujours de l'adversité. Ces histoires d'amour finissaient bien, et généralement par un grand mariage. En juin 1949, Cino Del Duca eut l'idée de remplacer les dessins par de véritables photos et publia *Festival*, la première revue de romans-photos. À l'origine, ce sont les stars de l'époque qui posent pour les photos. Le succès fut tel qu'un an plus tard, en août 1950, *Nous deux* paraissait également avec un roman-photo. Parallèlement, en Italie, ses deux frères cadets, Domenico et Alceo Del Duca, font rêver les Italiennes avec *Grand Hôtel* et *Boléro*, du cinéma de poche sur papier qui tire à deux millions d'exemplaires et touche environ cinq millions de lecteurs. Ces journaux font en outre une large place au courrier des lecteurs qui, sous couvert d'un pseudonyme, n'hésitent pas à écrire des lettres enflammées à leurs héros favoris ou à demander conseil à la rédaction pour résoudre leurs propres difficultés sentimentales. La presse du cœur était née.

Ce premier film entièrement réalisé par Federico va s'appeler *Lo Sceicco bianco (Courrier du cœur* ou encore *Le Cheik blanc).* Deux jeunes époux débarquent à Rome, chargés de valises, fatigués par un long voyage. La stazione Termini est bondée de pèlerins, car c'est l'année sainte. Wanda (Brunella Bovo), avec son air un peu niais et rêveur, se laisse ballotter par la foule. Ivan (Leopoldo Trieste) tente désespérément d'obtenir les égards qu'il estime dus à sa dignité et à sa respectabilité de provincial en visite dans la capitale. Légèrement effrayés, ils arrivent à leur hôtel où, avant de s'étendre pour une petite sieste, Ivan téléphone à son oncle, personnage haut placé au Vatican, pour lui annoncer leur arrivée et lui demander de leur faire visiter la ville en attendant l'audience pontificale collective, clou de leur voyage de noces. Puis il s'endort, satisfait et tranquille, sans se douter que sa femme, grande lectrice de romans-photos, n'a qu'une idée en tête : rejoindre le Cheik blanc dont elle est secrètement éprise et à qui elle écrit depuis des années à travers le journal sous le pseudonyme de Poupée passionnée. Poussée par une force irrépressible, elle profite de l'assoupissement de son mari pour quitter la chambre… et se retrouve, le cœur battant, devant l'immeuble du journal. Le moment si attendu de réaliser son unique rêve est enfin là, sous ses yeux éblouis, à sa portée. Elle déclare à la personne qui la reçoit qu'elle veut rencontrer le Cheik blanc. Juste à ce moment-là, une troupe d'acteurs sort de la salle de rédaction pour se rendre sur les lieux des prises de vues. Et, parmi eux, il y a le Cheik blanc (Alberto Sordi). Émerveillée, Wanda reconnaît tous les personnages, mais dans la confusion ne parvient pas à trouver son idole. Elle est au bord des larmes. Quelqu'un lui propose alors de monter dans le camion avec les autres acteurs. Oubliant tout, mari, famille, voyage de noces et audition pontificale, la voici partie avec la caravane... À l'hôtel, désespéré par la disparition inexplicable de sa femme, Ivan n'a pas le courage de révéler la vérité à ses parents et prétend qu'elle est souffrante... Entre-temps, la caravane des artistes est arrivée sur une plage. Un instant, Wanda prend conscience de sa situation et voudrait rentrer à l'hôtel... mais soudain le Cheik lui apparaît, coiffé d'un turban, enveloppé d'un beau manteau blanc. Elle se sent paralysée par la magie de ce qu'elle vit, ses idées se confondent. Oubliant de nouveau la réalité, elle se laisse habiller en esclave de harem, danse avec le chevalier de ses rêves, participe aux photos... À Rome, tout en continuant à la chercher, Ivan visite la ville avec ses parents et réussit de nouveau à leur donner le change... Sur la plage, l'innocente et romantique Wanda, toujours aux prises avec sa merveilleuse aventure, accepte une promenade en barque que lui propose son Cheik, sans soupçonner ses intentions ; et ce n'est qu'au moment où il devient désagréablement entreprenant qu'elle découvre qu'il n'est pas celui qu'elle a imaginé. Une tempête providentielle lui permet d'échapper aux assauts répétés mais risque de les faire chavirer. Ils sont sauvés du naufrage par de braves gens qui les ramènent sur la plage où les attendent le metteur en scène, les acteurs, les badauds attirés par l'accident et, parmi tous ces gens, la véritable épouse du Cheik, ou plutôt de l'acteur, énergique et résolue, qui gifle violemment Wanda pendant que son misérable, hypocrite et vil séducteur de mari s'éloigne lâchement. Wanda s'enfuit honteuse et en larmes... À Rome, Ivan profite de la soirée à l'Opéra pour s'éclipser un instant et signaler la disparition de sa femme au commissariat, mais il le fait si maladroitement qu'il est pris pour un fou... Rentré à l'hôtel, il y retrouve ses parents décidés à monter dans la chambre pour rendre visite à la malade. Bien que de plus en plus embrouillés, ses mensonges suffisent une fois encore à les en dissuader. Après une nuit de désespoir passée à errer dans une Rome déserte, il rencontre Felga et Cabiria (Giulietta Masina), deux prostituées qui l'écoutent, le réconfortent et lui offrent l'hospitalité... Pendant ce temps, toujours habillée en odalisque, pitoyable, au comble du désespoir elle aussi, Wanda qui a réussi à regagner Rome téléphone au concierge de l'hôtel pour le prier de transmettre ses dernières volontés à son mari, puis s'en va se jeter dans le Tibre. Sauvée par un riverain, elle est conduite dans un asile de fous... Tout semble perdu. Hagard et défait, Ivan arrive à l'hôtel, où sous les yeux de ses parents médusés qui l'attendent déjà, après avoir reçu un coup de téléphone, il diffère une nouvelle fois le moment de la rencontre... Puis il se précipite à l'asile et récupère enfin Wanda... Les explications viendront plus tard... Pour l'heure, il faut absolument sauver les apparences, s'habiller et rejoindre les parents sur la place Saint-Pierre, ainsi qu'une centaine d'autres jeunes mariés, pour l'audience papale.

Le film est tourné en septembre 1951 dans les rues de Rome et sur la plage de Fregene, station balnéaire à quarante kilomètres de la capitale. La première journée a très mal commencé. Bien que parti à l'aube, Federico est en retard. Un pneu de sa Fiat 500 a éclaté sur la route d'Ostie ; ne sachant pas le changer, il s'énerve. Par chance, un camionneur sicilien s'arrête et l'aide à monter sa roue de secours. Il repart, agité de contradictions, angoissé comme un étudiant qui se prépare à passer un examen, marmonne une vague prière sans y trouver l'apaisement espéré.

Ses premiers ordres aux acteurs et aux techniciens sont incertains, mal assurés ; il ne respecte pas le plan de travail établi par Enzo Provenzale, le chef de production, et se dispute avec lui. Ce premier jour qui devait être consacré au tournage du pseudo-naufrage se révèle catastrophique. Le mauvais temps s'est mis de la partie. Federico n'a pas réussi à cadrer la barque qui bouge trop sur la mer.

— Et demain ? l'interroge-t-on.

— Demain, je ferai ce que nous n'avons pas fait

aujourd'hui, répond calmement Federico, nous tournerons la scène en mer… sur la plage.

— Certainement pas ! s'écrie le chef de production.

— Et moi, au contraire, je pense que ça peut se faire… réplique Fellini qui précisera plus tard : « Je n'en étais pas sûr du tout, mais cela n'entamait pas mon inconsciente tranquillité[2]. »

Le lendemain, ainsi que l'a prévu Federico, la scène est tournée sur le sable. Provenzale préfère quitter le plateau et s'improvise un bureau dans les parages pour continuer à travailler à distance par l'intermédiaire d'un assistant. Quand il voit Alberto Sordi, juché sur la mule, et le chameau loué au zoo de Rome, Federico retrouve ses moyens. Et le voici enfin derrière la caméra à crier ses ordres dans un mégaphone :

— Moteur !

— Clap !

— Action !

Le reste du tournage se déroule dans une joyeuse ambiance de vacances. Aussitôt le montage terminé, en février 1952, le film est pressenti pour faire partie de la sélection italienne au Festival de Cannes qui doit avoir lieu en avril. Trois films sont déjà sélectionnés : *Due soldi di speranza (Deux sous d'espoir)* de Renato Castellani, *Il Cappotto (Le Manteau)* d'Alberto Lattuada d'après une nouvelle de Gogol, *Umberto D.* de Vittorio De Sica. Pour le quatrième, on hésite entre *Le Cheik blanc* de Federico et *Guardie e ladri (Gendarmes et voleurs)* de Steno et Monicelli avec Totò et Aldo Fabrizi. C'est *Gendarmes et voleurs* qui ira à Cannes et remportera le prix du scénario tandis que le grand prix ira à *Deux sous d'espoir*, ex aequo avec *Otello* d'Orson Welles. On gardera la sortie du *Cheik blanc* pour la Mostra de Venise de septembre, où il sera projeté le 6, à la même session que *La Tanière des brigands* de Pietro Germi et *Europe 51* de Rossellini. Le public rit et applaudit beaucoup, la presse est plus partagée. La revue *Bianco e Nero* émet des critiques contradictoires : « un film tellement décadent par la grossièreté du goût, l'insuffisance narrative et la banalité de construction » pour l'une ; « un renforcement du style de Fellini qui a réussi à construire un film entièrement à lui » pour une autre, etc.

Échec commercial cuisant, *Le Cheik blanc* sera en partie cause de la faillite du producteur Luigi Rovere qui dira cependant : « Nous avons fait un très beau film, qui a cinq ans d'avance[3]. » Et Federico sait que c'est vrai. Il a acquis plus d'expérience, plus d'assurance. Il sait qu'il a fait un bon film, même s'il lui est parfois reproché de ne pas se mêler de politique dans un pays où le cinéma penche de plus en plus à gauche, même s'il est parfois considéré comme réactionnaire et même si Roberto Rossellini accepte mal que son élève devienne un cinéaste à part entière. Federico refuse les observations de Roberto sur certains de ses cadrages, notamment à propos de la scène tournée sur le sable, et Roberto qui a nettement l'impression que Federico ne veut plus de ses conseils se raidit :

— Si sur un tableau de Raphaël il y a un peu de poussière, il faut bien la souffler pour qu'elle s'en aille, non ? lui lancera-t-il, agacé.

La bouderie ne va pas durer. L'année suivante, Roberto, malade, lui demande de le remplacer pour diriger la scène finale de son film *Dov'è la libertà ? (Où est la liberté)*, l'histoire d'un barbier libéré pour bonne conduite de la prison où il est incarcéré depuis vingt ans pour avoir tué l'amant de sa femme et qui, afin de fuir la méchanceté qui règne dans le monde libre, n'aura de cesse d'y retourner. Le personnage du barbier est interprété par Totò, le prince du rire, le génial comique lunaire admiré de tous, qui fascine Federico et avec qui il a toujours tant rêvé de travailler. Prince, l'acteur napolitain qui s'appelle en réalité Antonio De Curtis Gagliardi Ducas Comneno di Bisanzio l'est aussi par sa naissance ; il descend de la famille Comnène qui a donné six empereurs byzantins et un tribunal de Naples lui a reconnu les titres d'altesse impériale, comte palatin, chevalier du Saint Empire romain, exarque de Ravenne, duc de Macédoine et d'Illyrie, prince de Constantinople, de Thessalie, Moldavie, Dardanie et du Péloponnèse, comte de Chypre et d'Épire, comte et duc de Drivasto et Durazzo. Avant de demander le moteur et de faire entendre son clap, Federico lui dit, très intimidé :

— Prince, voici ce que nous pourrions faire... Prince, vous viendriez par ici, vers l'avant...

— Certes, mais vous pouvez aussi m'appeler

Antonio, répond Totò en faisant rouler ses yeux comme des billes pour dérider l'atmosphère.

Les années passant, Fellini et Rossellini continueront à s'estimer, à s'admirer réciproquement, mais avec une certaine rivalité. Federico suivra les infortunes de son ami Roberto avec Ingrid Bergman, leurs scènes de jalousie, leur séparation, son voyage en Inde, son remariage, ses discours sur le déclin du cinéma, ses théories sur la télévision comme instrument didactique, ses films historiques. Roberto fera de même, tout en répétant que Federico s'égare, qu'il se trompe de route. Il le désapprouvera totalement à propos de *La Dolce Vita*. Les films historiques de Rossellini n'intéressent pas Federico et pour Roberto les films de Fellini sont de petites fantaisies sans importance. Mais lorsque Rossellini mourra, le 4 juin 1977, malgré leurs conceptions divergentes, Federico se sentira beaucoup plus seul et comme orphelin de père.

Zoom sur Nino Rota

Contrairement à de nombreux compositeurs, Nino Rota ne fréquente pas les salles de montage. Il ne s'installe pas non plus dans une salle de projection pour visionner et revisionner le film dont il va faire la musique. Si, de son propre aveu, Federico n'a guère d'affinités avec la musique — elle le rend trop mélancolique —, Nino Rota n'en a pas davantage avec le cinéma : il l'endort. Il préfère que Federico lui raconte son film, qu'il lui décrive ses images et lui explique les sentiments et les émotions qu'il veut susciter. Nino est aussi silencieux que Federico est bavard. Assis devant son piano, laissant ses doigts vagabonder instinctivement sur les touches d'ivoire, écoutant ou n'écoutant plus son intarissable ami, il fredonne, improvise — en un temps « honteusement bref », confessera-t-il — un thème qui va agir sur le film comme une alchimie et restera gravé dans la mémoire de chaque spectateur.

Nino Rota, né à Milan le 3 décembre 1911, avait été un enfant prodige. Son grand-père maternel, Giovanni Rinaldi (1840-1895), pianiste classique très apprécié et compositeur, surnommé le Chopin italien, avait été connu dans toute l'Europe. Sa grand-mère maternelle était également pianiste. Sa mère, Ernesta Rinaldi, pianiste elle aussi, s'était naturellement employée à lui donner, dès son enfance, les meilleurs professeurs de piano et de composition. Il avait fréquenté le conservatoire de Milan et l'Académie Santa Cecilia de Rome, étudié avec les plus grands maîtres de l'époque tels que Ildebrando Pizzetti puis Alfredo Casella, un ancien élève de Fauré, ami de Debussy, Ravel et Stravinsky. À peine âgé de douze ans, Nino avait écrit sa première œuvre classique, *L'Infanzia di San Giovanni Battista (L'Enfance de saint Jean-Baptiste)*, un oratorio qui fut joué en concert à Milan et en France dès 1923. Il n'a pas encore vingt ans lorsqu'un ami de ses parents, qui n'est autre qu'Arturo Toscanini, le plus célèbre chef d'orchestre du monde, l'encourage à se rendre aux États-Unis pour y étudier la conduite d'orchestre. Ayant obtenu une bourse d'études, il passe les années 1930 à 1932 au Curtis Institute de Philadelphie où il s'intéresse à toutes les musiques, perfectionne sa composition avec Rosario Scalero et sa direction d'orchestre avec le grand chef d'origine hongroise Fritz Reiner. De retour en Italie, il signe en 1933 sa première musique de film pour *Treno popolare* (« Train de troisième classe »), un moyen métrage de Raffaello Matarazzo. À partir de 1942, tout en continuant à composer des œuvres classiques très personnelles : opéras, ballets, musique de chambre, pièces pour orchestre, il commence à travailler pour le cinéma. Entre films et séries pour la télévision, il écrira près de cent soixante musiques dont bon nombre vont faire le tour du monde.

Même s'ils se sont parfois déjà croisés dans les couloirs de la Lux Films et même si Nino Rota a déjà écrit la musique de deux films dont Fellini avait été l'un des scénaristes, la véritable rencontre entre les deux hommes se produit lors du tournage du *Cheik blanc*, en 1951, alors que Nino Rota, qui a quarante ans, a déjà composé la musique d'une soixantaine de films. C'est une rencontre magique. Le musicien va devenir l'indissociable complice de Federico, l'indispensable créateur des musiques de ses futurs films.

De stature et de corpulence moyennes, affable, discret, jovial, les yeux brillants de malice, un profil de pierrot lunaire, l'air ravi mais aussi rêveur, presque un clown noble et visionnaire comme les aime Federico, et, de tous ses collaborateurs, celui qui le comprend le mieux, qui sait traduire à merveille ses états d'âme, ses points de vue, son ironie, Nino est un homme chaleureux, d'une grande bonté et d'une grande simplicité. Aucun nuage, aucune divergence, aucune difficulté n'obscurciront jamais leurs relations fondées sur une connivence doublée d'un réel attachement affectueux et fraternel.

Parmi les morceaux restés les plus célèbres, si l'on excepte dix-sept des vingt-trois films de Federico Fellini, Nino Rota est l'auteur des partitions de *Senso*, des *Nuits blanches*, de *Rocco et ses frères* et du *Guépard* pour Luchino Visconti ; de celles de

Barrage contre le Pacifique et de *Plein soleil* pour René Clément ; de *Roméo et Juliette* pour Franco Zeffirelli ; de *Guerre et Paix* pour King Vidor ; de *Waterloo* pour Serge Bondartchouk ; du *Parrain* pour Francis Ford Coppola, et de tant d'autres.

Compositeur de Fellini, Nino Rota le demeurera jusqu'à la fin de sa vie, le 10 avril 1979. Lors d'un entretien filmé en 1992, Federico confiera au réalisateur Damien Pettigrew : « Quand il est mort, il ne me restait qu'un royaume d'ombres muettes [1]. »

Premiers succès

Malgré l'abattement matériel et moral qui persiste, l'Italie des années 1950 s'active à surmonter son récent passé fasciste et les désastres de la guerre. Grâce à la débrouillardise et aux nouvelles techniques, les Italiens reprennent peu à peu la situation en main. On réhabilite les banlieues négligées depuis longtemps, on construit de nouvelles routes, de nouveaux logements, des écoles, des hôpitaux, on encourage la science, on rebâtit le pays, on le modernise, et progressivement on commence à s'acheminer vers un bien-être que les économistes qualifieront plus tard de miracle italien.

Nous sommes en 1952. C'est dans ce climat de grands espoirs, de grands bouleversements, d'euphorie mais aussi d'incertitude et de nostalgie que naît chez Federico le désir de réaliser une fable moderne, cocasse et féroce, où deux êtres totalement dissemblables feraient ensemble un bout de chemin, sans même savoir pourquoi. L'un des deux personnages serait interprété par Giulietta Masina, qui lui inspire depuis longtemps l'envie de consacrer un film entièrement à elle :

[...] elle me semblait singulièrement douée pour exprimer spontanément les étonnements, les désarrois, les allégresses frénétiques et les assombrissements comiques d'un clown. Giulietta est une actrice-clown, une authentique clownesse[1].

Et il se trouve qu'à la même époque Tullio Pinelli revient de vacances avec une idée de film, comme il le raconte, dans un excellent français, à Damien Pettigrew dans une interview réalisée à Rome en mai 2001 :

J'avais ma famille encore à Turin en Piémont et, tous les ans, j'allais en voiture de Rome à Turin. Il n'y avait pas encore l'autoroute du Soleil et on passait par les montagnes. Et un jour, sur une montagne, sur une pente, j'ai vu Zampanò et Gelsomina. C'était un grand homme qui tirait une charrette avec un rideau décoré d'une sirène, et derrière, une petite femme qui poussait. Alors, voilà, ça m'a donné l'idée de raconter l'histoire des gens qui passent leur vie sur la route, la grande route. Je suis rentré à Rome et j'ai dit à Federico : « Je crois que j'ai une idée que j'aime beaucoup pour ton prochain film », il m'a dit : « Mais moi aussi, j'ai eu une idée. Raconte-moi d'abord la tienne. » Il a dit : « C'est la même. » C'est-à-dire, c'était presque la même, c'était plutôt sur les petits cirques. On a mis ensemble les deux choses et on a fait l'ambiance de *La Strada* : les petits cirques et les gens qui vivent sur la grande route[2].

Ce jour-là, Federico et Tullio passent tout l'après-midi à parler du projet, dans l'exaltation d'une grande effervescence créatrice. Federico s'enflamme et décrit à Tullio la vie dans les villages et les vallées de l'Apennin toscan-romagnol, en hiver, quand il était petit. Il lui raconte comment, précédés par les hurlements des cochons qui les sentaient du fond de leur porcherie, les châtreurs de porcs, leurs grands couteaux pendus à la ceinture comme dans les tableaux de Bruegel, dévalaient les pentes de la montagne ; comment la matelassière recousait les pompons de coton sur le matelas qu'elle venait de refaire dans la cour de la ferme ; comment le maquignon Nasi s'était rompu les jambes en tombant d'un arbre dont il sciait une branche, assis du mauvais côté ; l'arrivée du rémouleur dans le tintamarre de sa machine brinquebalante ; les rixes des paysans...

Ce film s'appellera donc *La Strada* (« la route » en italien) et racontera l'histoire de Gelsomina, une petite va-nu-pieds clownesque, douce et délicate, vendue par sa mère pour dix mille lires à Zampanò, un colosse taciturne, brutal et vulgaire qui se produit sur les foires dans un numéro de force herculéenne, brisant des chaînes avec sa poitrine. Elle devient son assistante, son esclave et sa compagne. Au hasard des routes et des villages qu'ils parcourent à bord d'une roulotte de fortune montée sur un triporteur, pour aller proposer leur spectacle itinérant à un public curieux et avide, Gelsomina apprend par la voix d'un autre vagabond, un funambule surnommé le Fou, que tout un chacun, aussi humble et petit soit-il, sert à quelque chose et que si elle est là, c'est sans doute pour être utile à son compagnon de route et de misère. Même s'il la maltraite en permanence, elle comprend que l'ignorant Zampanò a besoin d'elle pour exister, se prend d'affection pour lui et renonce à le quitter. Mais, un jour, Zampanò tue le Fou qui n'a jamais pu se retenir de se moquer de lui, et Gelsomina en perd la raison. Redoutant que la folie de sa compagne ne l'amène à le trahir, il l'abandonne dans un champ pendant qu'elle dort. Resté seul, il apprendra plus tard que Gelsomina est morte. Prenant alors conscience du grand vide de son existence sans elle, le monstre, enfin humanisé, pleurera sur sa compagne et sur lui-même en regardant la mer.

Luigi Rovere aux prises avec d'énormes difficultés financières ne peut, à son grand regret, assurer la production du film et rétrocède ses droits à un autre producteur : Lorenzo Pegoraro, patron et principal actionnaire de la PEG Produzione Film. Pegoraro tient à faire un film avec Federico, mais il a aussi en mémoire le fiasco du *Cheik blanc* et craint de se lancer sur le sujet de ces saltimbanques vagabonds et miséreux. Il préfère financer une comédie légère. Federico est donc contraint de laisser provisoirement *La Strada* de côté.

Avec Tullio Pinelli et Ennio Flaiano, il met au point *I Vitelloni* (*Les Vitelloni* *) — littéralement : jeunes veaux. Dans l'argot de Rimini, les *Vidlòn* sont les fils à papa, les jeunes bourgeois oisifs qui passent leurs étés sur la plage à courtiser les touristes et leurs hivers à rêvasser en attendant l'été. « Leur devise : un poil dans la main, les mains dans les poches[3] », nous dit la bande-annonce de la version française de l'époque. Ils sont cinq, la trentaine, désœuvrés et futiles, dédaignant les

* Parfois traduit en français par « Les Inutiles ».

emplois modestes dans l'espoir d'une combine qui les mènera à Milan ou à Paris à la tête d'une brillante situation, flâneurs invétérés, ne parlant que de femmes et d'aventures, se traînant de la tiédeur du foyer familial au confort d'un café ou d'un cinéma. En vérité, des fainéants qui se laissent entretenir par leurs familles, ne font rien de la journée et s'ennuient à ne rien faire dans l'attente d'un miracle qui changerait leur vie.

Federico époussette quelques souvenirs de sa province étriquée et immobile. Il décide de tourner à Cinecittà et, pour ne froisser aucune susceptibilité, les extérieurs sur la plage d'Ostie, à quinze kilomètres à l'ouest de Rome, où sera réinventée celle de Rimini en hiver. Le premier tour de manivelle est donné en décembre 1952, sous l'œil attentif du directeur de production Luigi Giacosi avec qui Fellini avait déjà vécu la mémorable épopée des *Derniers Touaregs* à Tripoli. La direction de la photographie est assurée par Otello Martelli, les prises de vues par Roberto Gerardi. La musique est de Nino Rota. Les cinq *vitelloni* sont joués par Franco Interlenghi (Moraldo), l'inquiet et le plus sensé de la bande, Riccardo Fellini (Riccardo), le bon viveur à la belle voix de ténor, Leopoldo Trieste (Leopoldo), l'intellectuel qui rêve de devenir écrivain, Alberto Sordi (Alberto), l'insouciant farceur toujours dans les jupes de sa mamma et Franco Fabrizi — qui n'a aucun lien de parenté avec Aldo Fabrizi — dans le rôle du lâche et coureur Fausto. Ils passent toutes leurs journées à la salle de billard, se chamaillant, rêvant d'amours impossibles, de voyages lointains et d'aventures extraordinaires. Tous les soirs, au moment de rentrer à la maison après la dernière blague de la journée, ils sont pris de mélancolie et se mettent à ressasser inlassablement les mêmes chimères, bla-bla et petits riens qui les aident à supporter leur ennui quotidien. Mais un jour, malgré lui, Fausto est obligé de se marier avec Sandra, la sœur de Moraldo, qu'il a mise dans une situation embarrassante, et il doit se mettre à travailler. Ne renonçant pas pour autant à ses habitudes de *vitellone*, il trahit sa femme sans vergogne, et va jusqu'à tenter de séduire l'épouse de son employeur, un commerçant en objets religieux. Après une rude crise familiale qui se soldera par une bonne raclée administrée par son propre père, Fausto sera pardonné une nouvelle fois par Sandra à condition de changer de vie. Leopoldo qui rêve de percer dans la littérature sera un moment le jouet d'un vieil acteur de théâtre homosexuel qui feint de s'intéresser à ses écrits pour lui faire des avances audacieuses. Les autres *vitelloni* continueront à arpenter les rues désertes en échafaudant d'inutiles projets de voyage. Seul Moraldo, dans un sursaut de conscience et de courage mais sans rien dire à ses amis, trouvera, par un beau matin brumeux, la force de partir vers la grande ville.

Pour le personnage du vieil acteur homosexuel, Fellini confie à Giovanni Grazzini qu'il avait d'abord pensé à Vittorio De Sica, puis, se ravisant, il précise que c'était en réalité Lorenzo Pegoraro qui en avait eu l'idée :

Il n'y a pas un nom dans ce film ! Vous, Fellini, vous sortez d'un désastre commercial avec *Le Cheik blanc*. Sordi fait fuir les gens. Leopoldo Trieste, que vous vous entêtez à vouloir reprendre encore une fois, n'est rien ! Accordez-moi au moins cela : prenez De Sica pour ce rôle ! Convainquez-le, allez vous-même lui parler, ne me ruinez pas[4] !

Se rendant aux raisons de son producteur, Federico s'était décidé à aller voir Vittorio De Sica, de vingt ans son aîné. C'était un soir d'hiver, et leur première rencontre. Le maître, qui travaillait alors à son film *Stazione Termini (Station terminus)*, le reçut dans un wagon-restaurant de première classe rangé sur une voie de garage de la gare de Rome. Il était en train de dîner, son éternelle écharpe rouge autour du cou. Il l'accueillit gentiment, le fit asseoir en face de lui dans une semi-obscurité irréelle, lui offrit un verre de vin et lui demanda de sa voix chantante ce qu'on pouvait faire pour lui.

— Cher Vittorio, je sais que vous êtes très occupé par votre tournage, mais je voudrais quand même vous proposer un petit rôle intéressant qui vous amuserait beaucoup, j'en suis sûr.

Sachant dans quels problèmes financiers se débattait son jeune collègue, De Sica, souriant, l'encourage :

— Allez ! Continue. Explique-toi.

— Ce serait un grand acteur célèbre, un vieux coquin un peu bellâtre qui essaierait de séduire un jeune écrivain.

— Quoi ! Un homo ? demande De Sica à voix basse.

Un peu hésitant, très intimidé, Fellini fait signe que oui.

— Mais... humain ? demande De Sica.

— Très, très humain, s'empresse d'affirmer Fellini.

— Parce qu'il peut y avoir beaucoup d'humanité chez les homos, plus qu'on ne pense.

— Ah, bien sûr. Il n'y a aucun doute, acquiesce Fellini.

Hochant la tête pour signifier qu'il ne peut s'engager à la légère, De Sica fait comprendre qu'il hésite :

— Toute ma vie j'ai joué les séducteurs. Tu me vois en inverti ? Ta proposition m'honore. Bravo, beau personnage. Il me plaît. Prends rendez-vous avec mon avocat. Nous en reparlerons.

Mais ils n'en reparlèrent plus, et ce fut sans doute préférable, car De Sica était trop sympathique et trop séduisant pour incarner un tel personnage. Finalement, c'est un vieux comédien de théâtre, Achille Majeroni, qui sera choisi pour le rôle.

L'équipe s'entend bien et travaille dans une ambiance de fête, les plaisanteries ne manquent pas, ni les accrochages avec Pegoraro qui, décidément, ne comprend pas Federico et se hâte de revendre ses droits à Angelo Rizzoli. Hélas pour lui, car le 26 août 1953, à la Mostra de Venise, *Les Vitelloni* remportent un succès phénoménal. Le public et la presse sont unanimes. Federico reçoit un Lion d'argent des mains du poète Eugenio Montale, président du jury, futur Prix Nobel 1975 ; le deuxième Lion d'argent après celui remporté par le Japonais Kenji Mizoguchi pour *Les Contes de la lune vague après la pluie*, car le jury n'ayant pas décerné de Lion d'or cette année-là attribua six trophées d'argent. Le film se verra également couronné de trois Rubans d'argent : meilleur film, meilleure réalisation et meilleur second rôle masculin pour Alberto Sordi. Quelques réserves cependant seront émises par la jeune gauche italienne qui aurait souhaité un peu plus d'engagement politique et social de la part de Fellini. Ceux qui ont vu le film n'auront pas oublié l'irrésistible scène où, revenant en voiture avec ses copains d'une randonnée à la campagne, Alberto Sordi se dresse par le toit ouvrant, interpelle des ouvriers sur un chantier au bord de la route :

— Travailleurs !

et leur fait un bras d'honneur accompagné d'un bruit obscène.

Premier film de Federico à rencontrer une distribution internationale, *Les Vitelloni* obtiendront partout le même succès : en France, en Argentine, en Amérique, en Angleterre, en Espagne. Beaucoup de réalisateurs vont s'en inspirer ou tenter de l'imiter.

Devant pareil accueil, les producteurs réclameront avec insistance une suite des *Vitelloni* à Federico, mais en vain. En revanche, il acceptera la proposition de deux producteurs un peu fauchés : Riccardo Ghione et Marco Ferreri — le futur auteur de *La Grande Bouffe* — qui, pour fidéliser leur public, ont eu l'idée de produire une série de films conçus comme les numéros d'un magazine. Il s'agit de faire intervenir plusieurs réalisateurs sur le même sujet dans des films-enquêtes, genre docu-fiction avant la lettre. Cesare Zavattini a été appelé pour diriger et superviser la série dont l'objectif est de faire des films à sketches en prise directe sur la vraie vie, sur les faits et personnages de la réalité quotidienne. Ce magazine filmé s'appellera *Lo Spettatore* (« Le spectateur ») et sera publié sur grand écran toutes les six à huit semaines.

Federico est emballé par le projet qui le ramène à l'époque du *Marc'Aurelio*, lorsqu'il était titulaire d'une rubrique. Le premier film, *Amore in città (L'Amour à la ville)*, est consacré au thème de l'amour. Il réunit Carlo Lizzani pour *L'Amore che si paga* (« l'amour vénal »), qui traite de la prostitution ; Dino Risi pour *Paradiso per tre ore (Le Bal du samedi soir)*, sur les bals de banlieue ; Michelangelo Antonioni pour *Tentato suicidio (Suicides manqués)*, relatant quatre tentatives de suicide par amour ; Federico Fellini pour *Agenzia matrimoniale (Agence matrimoniale)* ; Francesco Maselli et Cesare Zavattini pour *Storia di Caterina (L'Histoire de Catherine)* ou le drame d'une fille mère ; et Alberto Lattuada pour *Gli Italiani si voltano* (*Les Italiens se retournent*), sur les hommes qui se retournent sur les femmes dans la rue.

Dans l'épisode écrit avec Tullio Pinelli, Fellini fait entreprendre à l'acteur Antonio Cifariello, dans le rôle d'un journaliste, une fausse enquête sur les méthodes et la clientèle d'une agence matrimoniale. Reçu par la responsable de l'agence, le journaliste expose le cas d'un riche ami d'enfance qui vit à la campagne avec ses parents et veut rencontrer l'âme sœur en vue de se marier. Mais cet ami a un problème : il souffre de lycanthropie. Selon son médecin, le mariage lui apporterait la guérison. Rendez-vous est pris avec Rossana, une jeune paysanne qui cherche désespérément à se marier. Après avoir entendu l'histoire du prétendant, elle s'émeut et compatit.

— Oh, le pauvre ! Au moins, est-il bon ? Car s'il est bon, je me connais, je suis capable de m'attacher à lui.

N'ayant pas le courage de continuer à mentir à la pauvre fille, le journaliste coupe court et sous prétexte de complications récentes lui annonce que le projet ne peut aboutir pour le moment. Déçue, Rossana constate en haussant les épaules :

— Je savais que ce n'était pas pour moi.

Federico tourne son sketch en quelques jours dans le sinistre hospice de San Michele au bord du Tibre, qui avait déjà servi pour *Le Crime de Giovanni Episcopo*. C'est la première fois qu'il travaille avec le grand et talentueux directeur de la photographie Gianni di Venanzo, qu'il reprendra sur *Huit et demi* en 1963 et sur *Juliette des esprits* en 1965, et avec lequel il aurait sans doute continué à travailler si Venanzo n'était mort prématurément. Le film sortira en novembre 1953 mais ne rencontrera pas le succès public escompté par les producteurs et restera le seul de la série. Dans l'ensemble, les critiques seront plus cléments, surtout pour *Agence matrimoniale*, l'épisode de Federico, où ils croient déceler des accents kafkaïens. À l'étranger, il sera présenté sans l'épisode de Carlo Lizzani sur la prostitution, jugé préjudiciable à l'image de l'Italie. Fellini soutiendra que cette aventure du journaliste humilié par l'ingénue jeune fille lui était autrefois arrivée à lui-même, peut-être pour justifier aux yeux de Cesare Zavattini son « enquête », naturellement complètement imaginaire, contrairement aux autres réalisateurs qui ont joué le jeu de la vérité préconisé par le concept d'origine.

Après le succès des *Vitelloni*, Federico réactive son projet de *La Strada*. Cette fois, Lorenzo Pegoraro est moins réticent, mais il persiste à ne pas vouloir de Giulietta Masina dans le film. Comme elle le craignait, le rôle de prostituée lui colle à la peau. Personne, même Ennio Flaiano, ne la voit dans un rôle de bohémienne.

— Mais Gelsomina, c'est Juliette ! C'est pour elle que j'ai écrit le rôle. Et c'est elle qui va le tourner, insiste Fellini.

Pegoraro ne se laisse pas convaincre, renonce au projet et le revend à Carlo Ponti et Dino De Laurentiis, alors associés. Entre Dino De Laurentiis et Fellini, le courant passe bien. Ils se connaissent et s'estiment depuis longtemps pour s'être souvent entrevus dans les studios de la Lux Film où le producteur a fait d'éblouissants débuts en 1949 avec *Riz amer*.

Né en 1919 à Torre Annunziata *, Dino a le même âge que Federico. Depuis peu, il s'est joint à Carlo Ponti, lui aussi un ancien de la Lux, pour créer la PDL (Ponti-De Laurentiis) qui a déjà à son actif, entre autres, deux films de Rossellini sur lesquels Federico a plus ou moins travaillé, *Europe 51* et *Où est la liberté ?*.

Federico fait couper les cheveux de sa femme, et même si le film est en noir et blanc, les lui fait teindre en jaune. Pour les raidir et les rendre plus hirsutes, il les badigeonne de savon à barbe ; lui fait endosser un vieux tee-shirt, une jupe déformée et une sorte de houppelande trop grande pour elle ; lui fait chausser socquettes et tennis fatiguées ; lui met un chapeau avachi sur la tête et une trompette entre les mains.

— Et qu'est-ce que je vais faire avec toutes ces nippes sur le dos ? lui demande Giulietta, froissée dans son élégance.

— Tu feras une petite saltimbanque, innocente et maladroite, pleine de bonne volonté, avec du bon sens, une fidélité naturelle, une dignité naïve, des assombrissements subits, des étonnements muets, des joies et des désespoirs spontanés comme ceux d'un petit clown.

* À vingt-cinq kilomètres au sud de Naples.

— Je voyais ce personnage comme une créature douce, comme une victime, pas comme un dindon de farce.

— Mais non, absolument pas, tu ne vas pas jouer les Cendrillon, tu vas être un clown glorieux, fort et batailleur, avec sa gaieté, sa mélancolie, sa solitude.

— En somme, tu veux des grimaces ?

— Je veux des grimaces, mais aussi de la fantaisie et du silence, beaucoup de silence. Je veux une Gelsomina étrange, d'humeur querelleuse, je ne veux pas d'une créature faible et soumise.

Pour les personnages masculins de Zampanò et du Fou, Federico est plus ennuyé. Les multiples essais, dont ceux d'Alberto Sordi, n'ont pas été concluants. Or il se trouve qu'à la même époque Giulietta Masina est en plein tournage : une fois encore, elle joue une prostituée, ou plutôt une ex-prostituée (Rosita), dans le film *Donne proibite (Femmes damnées)*, un mélodrame sur le devenir de quatre ex-pensionnaires après la fermeture des maisons closes, question alors très débattue en Italie autour du projet de loi du sénateur Lina Merlin (la Marthe Richard italienne). Les trois autres ex-prostituées sont interprétées par Linda Darnell, Lea Padovani, Valentina Cortese. Le film est dirigé par Giuseppe (dit Peppino) Amato, producteur passé à la réalisation. Federico le connaît bien : c'est lui qui avait monté *Avanti c'è posto, Rome, ville ouverte, Les Onze Fioretti de saint François*, sans oublier *Le Voleur de bicyclette* et *Umberto D.*

de De Sica… Par la suite, il produira *La Dolce Vita*, *Le Petit Monde* et *Le Retour de Don Camillo*, etc.

Un jour, en allant chercher Giulietta sur le plateau de Peppino Amato, Federico fait la connaissance d'Anthony Quinn, qui joue également dans le film, ainsi que du mari de Valentina Cortese, l'acteur américain Richard Basehart venu lui aussi chercher sa femme au studio. Fellini a aussitôt le coup de foudre pour les deux acteurs. Il sent qu'il a trouvé ses deux personnages masculins. Après quelques rencontres autour d'un bon repas, il parvient à convaincre Anthony Quinn de jouer le rustre Zampanò briseur de chaînes. Richard Basehart sera le Fou, funambule drolatique et poète. Et bien qu'Anthony Quinn soit pris en même temps par le colossal *Attila, fléau de Dieu* de Pietro Francisci, le tournage de *La Strada* commence à la fin du mois d'octobre 1953.

Le directeur de la production, Luigi Giacosi, craint que les sacrifices imposés — logement dans un petit hôtel de montagne sans chauffage ni eau chaude, inconfort du tournage lorsqu'il faut travailler par moins cinq degrés à 1 375 mètres d'altitude sur le haut plateau d'Ovindoli dans les Abruzzes, et les moyens réduits dont on dispose — ne puissent décourager les deux Américains habitués à la facilité, au luxe et aux cachets substantiels des productions hollywoodiennes. Mais la gentillesse des techniciens, leur bonne humeur, la qualité artistique du film qui n'a pas échappé aux deux acteurs contribuent à leur faire accepter les conditions spartiates du tournage, dont ils garderont par ailleurs un excellent souvenir. En 1990, Anthony Quinn adressera à Federico et Giulietta un petit mot, signé Antonio, dans lequel il écrira : « Pour moi, vous représentez tous deux le sommet de ma vie [5]. »

Une vingtaine de jours avant la fin du tournage, pendant la mise au point d'une scène sur le môle de Fiumicino, Federico se sent tout à coup submergé par un grand découragement. Moralement incapable de faire un pas de plus, confus, écrasé, malade de lui-même, il a l'impression de tomber au fond d'un trou noir. En réalité, c'est un début de dépression. Sans abandonner son travail, il commence une thérapie avec le chef de file de la psychanalyse italienne, le professeur Emilio Servadio, mais, dès les premières séances sur le divan, il a l'impression de suffoquer, il supporte mal le tic-tac de l'horloge qui martèle le temps et, à la première occasion, s'échappe du cabinet du psychiatre. Heureusement, l'angoisse sera courte, mais, à partir de là, la vie et les films de Federico se confondent. Sa vie caracole sur les hauts et les bas de ses films ; et ses films, expression consciente ou inconsciente de sa perception du monde, naissent de ses rêves, de ses cauchemars, de ses douleurs, de ses phobies et de ses espoirs :

J'ai déjà dit que je ne me serais jamais attendu à devenir réalisateur, mais ensuite, à partir du premier jour, de la première fois où j'ai crié : « Moteur ! Action ! Stop ! », j'ai eu l'impression de l'avoir toujours fait, je n'aurais pas pu faire autre chose, c'était moi et c'était ma vie. Par conséquent, en faisant des films, je ne me propose rien d'autre que de suivre cette inclination naturelle, c'est-à-dire raconter avec le cinéma des histoires qui sont dans mes cordes et que j'aime raconter en un inextricable mélange de sincérité et d'invention, de volonté d'étonner, de me confesser, de m'absoudre, de désir effronté de plaire, d'intéresser, de faire la morale, le prophète, le témoin, le clown... de faire rire et d'émouvoir[6].

La Strada fut prête pour la présentation à Venise le 6 septembre 1954. Selon le témoignage du critique Tino Ranieri, dans un compte-rendu pour Radio-Trieste :

La soirée s'est déroulée dans une ambiance étrange, tendue, sans chaleur. Le public était distrait, inquiet et irritable. Fellini et Giulietta Masina n'ont eu droit qu'à quelques pâles flashes lorsqu'ils sont apparus dans la salle. Et le film a donc commencé dans un climat froid, qui nous a semblé inexplicable, à moins qu'il ne fût dû à la fatigue qui pèse désormais sur tous les festivaliers. Mais *La Strada* n'est pas une œuvre ratée. C'est un beau, par moments très beau film... Le public, qui a violemment manifesté sa désapprobation pendant la projection, a changé d'avis à la fin. Mais, malgré cela, le film n'a pas eu l'accueil qu'il méritait[7].

Le lendemain soir a lieu la cérémonie de la remise des prix.

Jusque-là, le favori était *Senso* de Luchino Visconti. Mais ce dernier était considéré par le pouvoir démocrate-chrétien en place comme un leader communiste à abattre, car depuis son film *La Terra trema (La terre tremble)*, tourné en 1948 dans le petit village sicilien d'Acitrezza au pied de l'Etna où il décrivait la vie des pauvres pêcheurs qui triment pour un quignon de pain, il était devenu, pour la gauche italienne, le chantre des nouvelles idées politiques et du néoréalisme. Dans les années 1950, en Italie, tout est politisé, davantage encore qu'en France. La culture est à gauche, le pouvoir à droite. Croyant alors trouver en Fellini un contre-pouvoir idéal au cinéma matérialiste de cet aristocrate marxiste, le sous-secrétaire d'État au Spectacle, Giuseppe Ermini, n'avait pas hésité à faire exercer des pressions sonnantes et trébuchantes sur certains membres du jury. On murmurait que *La Strada* serait primée, au détriment de *Senso*. Mais comme dit le proverbe italien : « *Tra due litiganti, il terzo gode* » (« Entre deux querelleurs, un troisième l'emporte »), ce fut le *Roméo et Juliette* d'après Shakespeare de Renato Castellani qui reçut le Lion d'or. Suivirent quatre Lions d'argent pour *Sur les quais* d'Elia Kazan, *Les Sept Samouraïs* d'Akira Kurosawa, *L'Intendant Sanshô* de Kenji Mizoguchi et *La Strada* de Federico Fellini. L'annonce de ce palmarès déchaîna des huées dans la salle, bientôt suivies d'insultes et d'échange de horions entre les néoréalistes convaincus et les partisans d'un cinéma plus psychologique. Le scandale fut complet lorsqu'on apprit que, malgré les deux interprétations exceptionnelles d'Alida Valli dans *Senso* et de Giulietta Masina dans *La Strada*, le jury n'était pas parvenu à décerner le prix de la meilleure actrice. Quoi qu'il en soit, le film de Federico ne s'en sortait pas trop mal : il décrochait aussi les deux Rubans d'argent du meilleur film et de la meilleure mise en scène.

À sa sortie sur les écrans italiens, Pier Paolo Pasolini, qui venait de faire ses débuts de scénariste dans *La Fille du fleuve* de Mario Soldati, le définira comme un véritable chef-d'œuvre, mais il ne sera guère suivi. Le public le boudera, d'autres critiques en parleront comme d'une œuvre artificielle qui ne correspondrait pas à son époque, littéraire et irréelle, confuse, bourrée de finasseries et de naïveté. En revanche, à Paris, une ville que les Italiens considèrent alors avec ironie comme culturellement attardée, l'enthousiasme sera unanime. Bouleversés par la poésie débordante du film et les mimiques extraordinaires de Giulietta Masina, la presse et le public — qui découvrira Fellini avec ce film — ne tariront pas d'éloges. Dans le monde entier, *La Strada* moissonnera une bonne cinquantaine de prix internationaux, parmi lesquels le prix de la critique à New York et l'oscar 1956 du meilleur film étranger, et Giulietta sera qualifiée de « Charlot féminin » par la presse américaine.

Le 1er février 1966, dans une interview pour le *New York Times,* à la question : « Quelle est la personnalité du cinéma que vous admirez le plus ? », le grand Charlie Chaplin répondra : « Giulietta Masina est l'actrice que j'admire le plus. C'est la seule qui m'ait fait pleurer. »

Raconter des histoires...

Le petit marionnettiste artisanal est devenu un bel et grand artisan conteur. Raconter des histoires, voilà donc ce qui motive Federico Fellini lorsqu'il forge ses personnages. Comme *La Strada*, les deux films qui vont suivre mettent en scène un petit monde pitoyable poussé par la faim, la solitude, la médiocrité à se marginaliser pour exister, des personnages sans envergure à la fois victimes et coupables. Il s'agissait, dira Fellini, « de regarder la vie, le monde, les hommes, d'une manière non conformiste et sans préjugés[1] ».

Pour *Il Bidone*, d'après un mot d'origine lombarde signifiant « entourloupe, arnaque », Fellini se serait inspiré d'une anecdote personnelle qui lui serait arrivée en 1940, lorsqu'un certain Lupaccio l'avait envoyé vendre un faux bijou à une actrice de Cinecittà.

Après de longues hésitations de Dino De Laurentiis, c'est Goffredo Lombardo de la Titanus qui produit le film. Fellini choisit l'acteur américain Broderick Crawford au visage buriné, aux yeux larmoyants et à la lourde démarche — oscar 1950 du meilleur acteur dans *Les Fous du roi* de Robert Rossen — pour interpréter Augusto, un escroc minable qui va de combine en combine jusqu'à la tragédie finale. Ses deux acolytes seront Richard Basehart dans le rôle d'un peintre raté surnommé Picasso, époux de la belle Iris (Giulietta Masina), et Franco Fabrizi dans celui du lâche et véreux Roberto. Le tournage commence fin avril 1955.

À bord d'une limousine dont ils viennent de substituer les plaques d'immatriculation contre de fausses plaques du Vatican sur une route de campagne déserte, Augusto, déguisé en évêque, son secrétaire Picasso et son chauffeur Roberto débarquent dans une ferme. En secret, le faux monseigneur raconte aux paysans avoir reçu d'un ex-malfaiteur mourant sa confession selon laquelle, à la suite d'un vol, il aurait autrefois tué l'un de ses complices, puis l'aurait enseveli sur leurs terres avec un trésor. À l'endroit indiqué, sous un vieil arbre, les paysans creusent, trouvent des ossements et des bijoux — de la camelote, naturellement — dans une cassette que les escrocs avaient pris soin de déposer là quelque temps auparavant. Les faux ecclésiastiques leur font alors miroiter la possibilité d'entrer en possession du trésor pourvu qu'ils fassent dire cinq cents messes à mille lires chacune à la mémoire du défunt. Une fortune pour ces malheureux qui vont se démener pour se procurer la somme... La deuxième escroquerie a lieu au préjudice de pauvres gens logés dans des taudis qui attendent désespérément une H.L.M. Moyennant une première traite de cinquante mille lires, le trio leur attribue un appartement qu'ils ne verront jamais... Le lendemain, les escrocs s'en prennent à un pompiste pour se faire remettre de l'essence et de l'argent contre un vieux manteau rajeuni laissé en gage et l'assurance qu'ils repasseront le soir... Puis, un jour, Augusto rencontre par hasard sa fille Patricia qu'il a perdue de vue depuis longtemps. La jeune fille rêve d'une vie meilleure et d'un travail honnête. Aussi fier qu'ému, il se promet et lui promet de l'aider à trouver la caution dont elle aurait besoin afin d'obtenir une place de caissière. Après dîner, ils vont au cinéma. Mais hélas l'une de ses victimes le reconnaît et il est arrêté sous les yeux de sa fille... À sa sortie de prison, quelques mois plus tard, Augusto prend conscience de ses échecs, de sa vie corrompue, de sa déchéance. Pour lui, c'est trop tard, mais si au moins il pouvait reconquérir l'estime de sa fille en tenant sa promesse... Incapable de travailler honnêtement, il se met à la recherche de ses anciens complices pour retenter l'arnaque au trésor. Cette fois, les paysans escroqués ont une fille du même âge que la sienne, une poliomyélitique, et les trois cent cinquante mille lires qu'ils viennent de lui remettre, toutes leurs économies, étaient justement destinés à la soigner... Augusto est ébranlé, il hésite... Finalement, il estime que cet argent pourrait payer la caution de Patricia. Quand il retrouve ses associés, il essaie de leur faire croire qu'il n'a pas eu le courage de prendre l'argent à l'infirme. Ceux-ci l'accusent de vouloir les évincer et commencent à le brutaliser. Dans sa tentative de fuite, Augusto fait une mauvaise chute et se fracasse la colonne vertébrale. Les autres s'acharnent sur lui, le rossent, le fouillent, reprennent l'argent et l'abandonnent, agonisant, au bord de la route…

Le film est tourné en grande partie dans les Castelli Romani, région de collines dans les environs de Rome. Broderick Crawford, qui est alcoolique au dernier degré, donne du fil à retordre à tout le monde : crises de larmes, disparitions subites, oubli des dialogues ; il lui arrive même de ne pas reconnaître ses collègues. Mais le bonhomme est costaud ; avec l'aide de l'équipe et de quelques ardoises où l'on a inscrit ses répliques, il parvient à camper un Augusto saisissant d'authenticité, empêtré dans ses contradictions, au bout du rouleau. Pour le reste, l'ambiance sur le plateau est des plus agréables. On rigole avec les acteurs et les techniciens. Les collaborateurs rapprochés * de Federico, qui sont les mêmes depuis plusieurs films, sont désormais plus que des amis, ils sont devenus sa famille et forment autour de lui une équipe solide et serrée. Contrairement à ses habitudes, Nino Rota fait quelques apparitions pendant le tournage.

Le 16 juillet, on effectue les derniers gros plans sur le visage pathétique d'un Crawford-Augusto

* Ses coscénaristes Ennio Flaiano et Tullio Pinelli, son directeur de la photo Otello Martelli, le chef opérateur Roberto Gerardi et Nino Rota.

mourant. Le producteur qui croit beaucoup au film et espère obtenir un succès à Venise presse tout le monde pour hâter les finitions. Il engage deux monteurs pour travailler sur deux tables simultanément. Le 28 août, le maestro Franco Ferrara enregistre la musique composée par Nino Rota. Le mixage * se termine le 5 septembre 1955, juste à temps pour éditer la copie et l'envoyer à la Mostra la veille de la clôture.

Peu d'applaudissements et beaucoup de grognements à la soirée du 9 septembre. C'est à n'y rien comprendre. La salle se vide, hostile et glaciale, ignorant Fellini. Le 10, le Lion d'or est décerné à *Ordet* de Carl Theodor Dreyer. Pour *Il Bidone* : rien, pas même un Ruban de consolation. La presse le qualifie d'œuvre complètement ratée, maladroite et déplaisante. Dégoûté de tant d'incompréhension, Federico décide de ne plus présenter ses films à Venise.

Le film suivant, *Le Notti di Cabiria (Les Nuits de Cabiria)*, lui sera inspiré par le génie tragicomique de Giulietta Masina. Fraîche, spontanée, optimiste, généreuse, déterminée, menant sa maison avec bon sens et sagesse, d'une grande moralité, totalement dévouée à Federico tout en restant libre et indépendante, digne en tout point des enseignements de sa tante Giulia, son épouse, qui

* Opération consistant à équilibrer les différents niveaux sonores, dialogues, bruitages et musiques.

a maintenant trente-quatre ans, s'est aussi révélée une actrice extraordinairement intelligente, équilibrée, modeste, courageuse, toujours disponible, jamais capricieuse. Bourreau de travail infatigable, elle passe une grande partie de temps à remplir des carnets d'écolier où elle note toutes ses idées. Petit à petit, sa frimousse ronde, ses mines clownesques, son air de lutin malicieux, son naturel, sa vivacité, ses moues silencieuses pour passer de l'étonnement à l'émerveillement, de la candeur à la ruse, de la défaite à l'espérance, se sont imposés dans l'esprit de Fellini comme les attributs d'un nouveau personnage « qui pouvait avoir la même force de sympathie et d'émotion que Gelsomina dans *La Strada*[2] ». Cherchant une idée qui puisse cadrer avec ce personnage, il pense l'avoir trouvée en se souvenant d'une histoire du XIXe siècle, lue à la bibliothèque du couvent de Bagnoregio, un bourg médiéval près de Viterbe, durant le tournage de *La Strada*. Il s'agissait d'une petite bonne sœur dont la foi et le dévouement faisaient tant de menus miracles dans son village qu'elle avait attiré la curiosité des autorités ecclésiastiques. Convoquée à Rome pour répondre aux questions du Saint-Office, elle s'était sentie si seule et si déracinée loin de son couvent qu'elle était morte de tristesse avant de pouvoir affronter son procès en béatification. Mais le projet s'enlise ; se promettant d'y revenir plus tard, Federico le met en sommeil. Avec Tullio Pinelli, il en reprend un autre tiré d'un livre de Mario Tobino. Dans *Le Libere Donne di Magliano (Les Folles* *de Magliano)* *, le psychiatre décrivait la dure réalité de l'univers carcéral où vivaient ces femmes qui ont perdu la raison et cherchait à montrer que même la folie obéit à une logique et à des règles propres. Ce projet n'avance pas non plus. Pourtant, Federico sent que l'idée est là, toute proche, mais il ne parvient pas à la saisir vraiment.

Nous sommes au printemps 1956. C'est finalement un fait divers survenu au cours de l'été précédent qui va lui donner le point de départ de son film. Une malheureuse jeune serveuse de restaurant avait été trouvée décapitée au bord du lac de Castel Gandolfo. Quelques jours auparavant, elle avait annoncé à son entourage qu'elle allait se marier avec un brave garçon. Elle avait aussi vidé son livret de caisse d'épargne. On n'avait retrouvé ni le brave garçon ni les économies. Cette fois, Federico se frotte les mains : il tient enfin son sujet ! Il va rapprocher cette histoire de celle d'une prostituée prénommée Wanda qu'il a rencontrée pendant le tournage de *Il Bidone*. Wanda habitait l'une de ces masures faites de planches, de vieilles tôles disjointes et de matériaux de récupération qui fleurissaient alors sous le vieil aqueduc romain. Elle lui avait plus ou moins raconté sa vie de misère sans hésiter à l'enjoliver d'anecdotes imitées de films qu'elle avait vus ou de romans-photos. Federico se dit que le moment est aussi venu d'utiliser le petit scénario de la salle de bains imaginé pour Rossellini qui avait tant déplu à Anna Magnani. Giulietta

* Publié en 1953 par l'éditeur Vallecchi et en 1954 en France par Denoël.

Masina sera le personnage principal. Elle incarnera une petite prostituée ingénue rêvant de changer de vie, de métier et de rencontrer le grand amour. Elle rencontrera un héros de romans-photos ou une vedette de cinéma via Veneto, la rue chic et à la mode de Rome, et passera avec lui des heures inoubliables. Wanda sera son amie et, comme la prostituée du *Cheik blanc*, elle s'appellera Cabiria — probablement un hommage de Fellini au péplum monumental, *Cabiria,* réalisé en 1914 par Giovanni Pastrone. Ce nom de Cabiria comme celui de Maciste sont dus à Gabriele D'Annunzio, coauteur du sujet avec Pastrone et Emilio Salgari, et auteur des cartons.

Pour brosser une peinture véridique du milieu et en étudier les personnages, Federico commence à hanter les endroits fréquentés par les prostituées romaines : les abords du Colisée, les digues le long du Tibre, les cafés, night-clubs, maisons de rendez-vous, la promenade archéologique et les faubourgs. Il y observe tout un monde qu'il ne connaissait pas, mesquin et effroyable, duquel il saura tirer des moments de poésie et d'espoir. Souvent, il se fait accompagner dans ses repérages par Piero Gherardi, décorateur et costumier, pour lequel la région n'a pas de secret, et par le journaliste écrivain frioulan Pier Paolo Pasolini, qui connaît bien les milieux de la prostitution et a habité le quartier archéologique pendant deux ans à son arrivée à Rome, et qui vit à présent à Rebibbia, en banlieue, dans l'est de la ville. Ils s'entassent dans la petite

Fiat 500 que Federico a fait obtenir à Pasolini en contrepartie de ses conseils artistiques, et les voilà partis à la découverte de terrains vagues, de plages mal famées, de bidonvilles où croupissent les exclus de la société.

Pendant ces escapades nocturnes qui se prolongent fréquemment jusqu'à l'aube, Giulietta reste seule à tourner en rond dans l'appartement de la via Lutezia devenu désert et trop silencieux depuis que sa chère tante Giulia est morte au mois d'avril 1955. Sa tristesse se double d'inquiétude quand elle apprend que Pasolini, qui lui est des plus antipathiques, participe aux expéditions. Son côté bourgeois se rebelle. Elle est sans doute aussi, sans se l'avouer, un peu soupçonneuse, ou jalouse, d'éventuelles aventures qui pourraient arriver à Federico durant ses repérages. Lorsqu'il rentre, vers quatre heures du matin, elle lui fait parfois des réflexions aigrelettes chargées de sous-entendus ; mais tant pis si l'homme ne plaît pas à Giulietta, Pasolini est un excellent collaborateur. Passionné par l'usage des dialectes, c'est même lui qui va s'appliquer à transcrire en romanesco, le parler populaire romain, les dialogues du scénario auquel travaillent déjà Tullio Pinelli et Ennio Flaiano.

Sauvée in extremis par un groupe d'ouvriers de la noyade dans le Tibre où l'a jetée un client après lui avoir arraché son sac, Maria Ceccarelli, dite Cabiria, rejoint son amie Wanda (Franca Marzi) sur la promenade archéologique. Mais tout va mal. Pour se changer les idées, elle décide d'aller faire un tour via Veneto. Là, elle est embarquée par un bel homme élégant qui vient de se disputer avec sa maîtresse, élégante et belle elle aussi. Cabiria n'en croit pas ses yeux. C'est lui, c'est bien lui, elle l'a reconnu ! C'est l'acteur Alberto Lazzi (Amedeo Nazzari), la star en vogue. Par dépit, l'acteur l'entraîne dans sa fastueuse résidence, où elle vit un rêve jusqu'à ce que sa maîtresse rentre à la maison, l'obligeant à enfermer la pauvre fille dans la salle de bains où elle passera le reste de la nuit... Les jours suivants, Cabiria fait avec son amie Wanda et tous les déshérités du quartier le pèlerinage à la Madone du Divin Amour, la sainte patronne protectrice de Rome... Un autre soir, elle entre dans un petit cinéma de quartier où, pendant l'avant-spectacle, sous les yeux d'une salle qui se moque d'elle, elle est hypnotisée par un magicien à qui elle dévoile sa simplicité d'âme, ses sentiments de brave fille paumée, ses espoirs de midinette. À la sortie du spectacle, elle fait la connaissance d'Oscar (François Périer), un séduisant comptable qui se prétend seul, incompris et malchanceux comme elle. D'abord incrédule, puis méfiante, elle finit par accepter les rendez-vous, les attentions et la cour pressante d'Oscar... jusqu'au jour où il lui demande de l'épouser. Malgré les avertissements de son amie Wanda, elle vend sa petite maison et rassemble ses économies pour partir avec lui. Pendant le voyage, tandis qu'elle admire le coucher du soleil, toute à son nouveau bonheur, l'homme lui arrache brutalement son sac et tente de la pousser dans le lac avant de s'enfuir. Désemparée, démunie, seule et abandonnée, Cabiria s'effondre, toutes ses illusions perdues. C'est la musique d'une petite bande de jeunes qui passent sur la route, chantant et s'accompagnant de guitares, qui la ramène à la réalité. Se remettant à espérer en une vie meilleure, elle se relève pour les suivre…

Federico passe maintenant ses journées d'un producteur à l'autre, à la recherche d'un financement sérieux. Il s'évertue à obtenir des avances, des promesses, mais ses démarches se compliquent lorsque les producteurs apprennent le sujet du film : prostitution dans la très catholique capitale italienne où siège le pape. Et toujours au moment où le projet d'abolition des maisons closes de Lina Merlin continue à soulever les plus vives passions. Mais Federico ne s'avoue pas vaincu ; au contraire, croyant le moment plus que jamais propice, il insiste… et c'est encore Dino De Laurentiis, tenté par le scénario, qui va se charger du montage financier et même convaincre une société parisienne, Les Films Marceau, d'entrer en coproduction.

La grosse machine de la préparation se met en route à la fin du mois de mai 1956, mais, alors que tout marche à merveille, Fellini apprend que son père vient d'avoir une attaque et qu'il est au plus mal. Il se précipite à Rimini, au chevet d'Urbano. Les deux hommes se regardent longuement dans les yeux, ils savent que le moment de se quitter est arrivé. Federico se revoit sur ses genoux, en costume marin, dans la fumée du cinéma Fulgor, suçant une glace pendant que des images floues défilent sur l'écran. Il revoit les départs de son père dans la brume du petit matin pour courir les marchés ou visiter les clients, ses retours triomphants, chargé de babioles pour tout le monde. Son père s'éteint le 31 mai 1956.

C'est plus tard, par la voix du personnage de *Huit et demi* à qui il fera dire : « Je regrette que nous nous soyons si peu parlé », que Federico confiera combien il aurait aimé savoir, ou pouvoir, mieux communiquer avec son père.

À leur retour de Rimini, Federico et Giulietta s'installent 141 via Archimede, dans le quartier chic, calme et arboré des Parioli, non loin du Tibre, alors très prisé du monde du cinéma romain. Le tournage commence le 9 juillet 1956. Il se terminera le 1er octobre. Autour de Federico, l'équipe technique animée par Luigi De Laurentiis, l'un des frères de Dino, réunit des collaborateurs tous maintenant bien rodés à ses manières de faire et à ses exigences de réalisateur : Aldo Tonti, un ténor du noir et blanc qui était déjà sur *Les Feux du music-hall,* et Otello Martelli à l'éclairage et aux prises de vues ; le décorateur Piero Gherardi, qui imagine de construire la cabane de Cabiria sans toit pour mieux l'éclairer de l'intérieur et veille aux détails des costumes pour tous les acteurs, parmi lesquels Riccardo Fellini ; Nino Rota, qui transporte son piano dans la salle de projection et compose, au fur et à mesure que les images défilent, les musiques qui seront dirigées par Franco Ferrara ; le très cultivé et très compétent Brunello Rondi, dont

Federico écoute avec grand intérêt les conseils artistiques, ce qui ne va pas sans créer quelques heurts avec l'ombrageux Ennio Flaiano ; et, bien sûr, toujours Leo Catozzo au montage.

Le film terminé, Federico souhaiterait l'envoyer au Festival de Cannes dans la sélection italienne, mais pour cela il a besoin du visa de censure. La commission, qui se réunit le 9 mars 1957, le lui accorderait assorti d'une interdiction aux mineurs de seize ans, mais le représentant du ministère de l'Intérieur refuse de le signer, au motif que le film, tourné en grande partie dans les ruines antiques, un haut lieu de la capitale, donnerait une mauvaise image de Rome.

Désespéré, car non seulement le film risque de ne pas être présenté à Cannes mais aussi de ne pas sortir en salle si ce n'est au prix de coupes qui le massacreraient, Fellini se résout à demander de l'aide au père Angelo Arpad, un jésuite d'origine hongroise que les Italiens appellent Padre Arpa et qui est devenu son ami depuis que Brunello Rondi le lui a fait connaître au moment de la sortie de *La Strada*. Et Padre Arpa va en effet intercéder en faveur du film auprès du « vice-pape », comme il a surnommé monseigneur Giuseppe Siri, le puissant cardinal archevêque de Gênes, président de la Conférence épiscopale et de l'Action catholique, très influent dans les milieux officiels. À minuit, dans une petite salle du vieux port, où Federico a fait installer un imposant fauteuil à coussin rouge et franges dorées, acheté la veille chez un antiquaire de la ville, le prélat assiste à une projection pour le moins rocambolesque, à la fin de laquelle il s'exclame :

— Pauvre Cabiria, nous devons faire quelque chose pour elle !

Le film lui avait donc plu, le sort de la malheureuse Cabiria l'avait ému. Un simple coup de téléphone de monseigneur et tout fut arrangé, « à une condition très étrange, pourtant : que la séquence de l'homme au sac fût coupée[3] ». Cette scène, où un bénévole isolé distribue des gâteaux et des couvertures, la nuit, aux exclus de la société, sera réutilisée dans *Bloc-notes d'un cinéaste* en 1968. En fait, il était inconcevable à l'époque pour un haut prélat de laisser la charité s'exercer en dehors des structures chrétiennes établies. Bref, c'était gagné ; à la grande satisfaction de Federico, son film pouvait enfin aller à Cannes.

Les Nuits de Cabiria furent présentées le 10 mai 1957. Cette année-là, le Festival dont le président d'honneur était Jean Cocteau, le président du jury André Maurois, et qui comptait Marcel Pagnol et Jules Romains parmi les membres du jury, attribua sa Palme d'or à un film américain assez médiocre, *La Loi du Seigneur* de William Wyler avec Gary Cooper, ignorant les œuvres majeures de Robert Bresson *(Un condamné à mort s'est échappé)*, d'Ingmar Bergman *(Le Septième Sceau)* et d'Andrzej Wajda *(Kanal)* ! Il eut cependant l'à-propos de ne pas passer totalement à côté du film de Federico et, à l'unanimité, décerna le prix de la meilleure actrice à Giulietta Masina.

En Italie, tout le monde rendit hommage au talent de Giulietta, et on oublia les tensions et les critiques de la veille. L'automne suivant, à Venise, le film obtint quatre Rubans d'argent pour Federico (meilleure réalisation), Giulietta (meilleure actrice), Franca Marzi (meilleur second rôle féminin) et Dino De Laurentiis (meilleur producteur). Il sortit en salle en octobre 1957 et rapporta de très bonnes recettes.

Même si pendant le tournage Federico se montra autoritaire et intraitable avec elle parce qu'il aurait voulu une Cabiria plus pantin, plus comique, plus près de Gelsomina, alors qu'elle-même la ressentait comme une battante mélodramatique, victime de son ingénuité, de sa générosité, mais résolument optimiste et triomphante de l'adversité, Giulietta a toujours dit que le rôle de Cabiria était celui qu'elle avait préféré au cinéma.

Le 26 mars 1958, elle retournera à Hollywood, sans Federico, pour recevoir des mains de l'actrice Dana Wynter et de Fred Astaire, un an après celle de *La Strada*, la petite statuette de l'oscar pour le meilleur film étranger.

En 1959, *Les Nuits de Cabiria* deviendront à Broadway une comédie musicale de Neil Simon sous le titre *Sweet Charity* dans une mise en scène du danseur et chorégraphe Bob Fosse. Dix ans plus tard, en 1969, Bob Fosse en tirera lui-même un film, faisant ainsi ses débuts de réalisateur de cinéma.

Au cours de la même année 1957, Giulietta et Franca Marzi tournent ensemble dans *Fortunella*, une comédie dramatique que Federico, Ennio Flaiano et Tullio Pinelli ont scénarisée pour leur ami Eduardo De Filippo. Giulietta y interprète le rôle d'une petite fripière du marché aux puces de Rome persuadée qu'elle est la fille naturelle d'un prince. Elle vit avec un voyou (Alberto Sordi) qui n'hésite pas à la faire accuser et emprisonner à sa place. À sa sortie de prison, déçue par son compagnon qui l'a remplacée par une autre et par le prince qui lui a prouvé l'impossibilité de sa filiation, elle abandonne tout pour entrer dans une compagnie de saltimbanques où elle continuera à jouer les rôles de princesse.

C'est pour ce film, réalisé par Eduardo De Filippo, que Nino Rota composera le célèbre thème *Fortunella* qu'il reprendra pour la saga du *Parrain* et qui lui vaudra un oscar en 1974.

Ce sera également le dernier scénario que Federico écrira pour un autre réalisateur que lui-même.

Federico et ses femmes

Comme beaucoup d'Italiens, Federico Fellini était obsédé par les femmes. Comme ses *Vitelloni*, il en parlait sans cesse. Et comme beaucoup d'hommes, sans doute pour se rassurer sur son pouvoir de séduction, il aimait s'entourer de jolies femmes, se montrer avec elles, jouer avec elles, leur donner l'impression qu'elles avaient avec lui une relation extraordinaire et unique, leur laisser croire, qu'elles fussent jeunes ou moins jeunes, qu'elles représentaient pour lui quelque chose d'important, mais à peine cette relation risquait-elle de prendre un tour plus sérieux qu'il s'enfuyait avec l'agilité d'un chat contrarié dans ses habitudes.

De là à penser qu'il craignait de ne pas être à la hauteur s'il lui arrivait une aventure, qu'il fuyait, comme pour se protéger d'un cauchemar, d'une anxiété qui, si l'on se fie aux indiscrétions de son ami le journaliste Sergio Zavoli — qui fut président de la RAI de 1980 à 1986 —, le poursuivait depuis un traumatisme vécu à l'âge de dix-huit ans, dans un bordel de Florence, lors de son initiation sexuelle qui ne s'était pas très bien passée…

Coureur de jupons, Federico semble l'avoir été davantage en paroles ou en pensée qu'en réalité. Plus hâbleur qu'infidèle, jamais il ne songea un seul instant à quitter sa femme. Cinquante ans de mariage à toute épreuve sont là pour le prouver. Non seulement parce que, mis à part l'amour et l'affection, elle était son « point d'amarrage », un refuge, un abri matériel et moral, le havre où il était toujours sûr de pouvoir revenir s'ancrer, mais aussi parce qu'elle représentait une énigme. « C'était cela la force de Giulietta : son mystère[1] », témoigne Bernardino Zapponi ; ce à quoi le père Arpa ajoute : « Giulietta n'était pas seulement son soutien, c'était aussi son souffle[2]. » Elle devait naturellement endurer mille jalousies du fait des infidélités, ou prétendues telles, de son mari que de bonnes âmes, voire la presse à scandale, ne manquaient pas d'insinuer, mais elle n'en laissait rien paraître. D'ailleurs, s'il ne pouvait résister à son tempérament un tant soit peu volage, Federico restait toujours fort discret, même avec ses amis les plus intimes, et on ne lui connaît que deux aventures extraconjugales assez sérieuses.

La première avec la belle Lea Giacomini, de deux ans son aînée, rencontrée en 1954, l'année de *La Strada*, l'année de la crise. De son propre aveu, il éprouvait pour elle une attraction érotique irrésistible. Témoin cette anecdote racontée par Titta Benzi, l'ami de toujours, qui l'accompagnait parfois dans ses équipées et lui servait d'alibi. Un soir, après l'avoir raccompagnée chez elle en voiture, à San Marino, Federico avait dit à son ami :

— Attends-moi un moment dans ce bar, je n'en ai pas pour longtemps.

Titta resta à l'attendre jusqu'à la fermeture du bar, puis, ne le voyant pas arriver, sortit sous les arcades et resta, dans le froid, à faire les cent pas pendant des heures. L'aube n'était pas loin quand Federico arriva enfin. Fourbu, transi et furieux, Titta lui cria :

— Tu aurais pu le dire, que tu allais t'attarder au lieu de me laisser là, à me les geler !

— Tu es mon ami ou quoi ? fut la réponse de Federico.

Un autre ami qui l'accompagnait quelquefois dans ses frasques était Marcello Mastroianni :

— Je lui racontais toutes mes emmerdes, dit-il, il partait dans des éclats de rire homériques mais ne me disait pas grand-chose des siennes. Maintenant que j'y repense, il me demandait parfois de l'accompagner en voiture piazza Ungheria. Il descendait devant l'église, me disait qu'il avait un rendez-vous et attendait que je m'éloigne avant de bouger. Il ne voulait évidemment pas que je voie sous quelle porte cochère il allait se faufiler.

C'était chez Anna Giovannini, une belle quadragénaire bien en chair, que Federico se rendait. Née en Tchécoslovaquie en 1915, elle était venue à Rome en 1952, et travaillait comme caissière dans une pharmacie. Federico l'avait rencontrée en mai 1957 sur les bords du Tibre alors qu'elle se promenait avec sa fillette de cinq ans. Entre eux était née une amitié amoureuse secrète qui allait durer jusqu'à la fin de la vie de Federico. Anna était une femme simple, bien réelle, bien vivante, à mille lieues des cafés, des chambres d'hôtel, des caméras et des feux des projecteurs ; elle était pour Federico comme un long hors-champ dans son monde fantasmagorique opaque et tourmenté du cinéma, mais bien qu'il se montrât prévenant, parfois même jaloux, elle ne représenta jamais un réel danger pour son couple avec Giulietta.

Les gazettes à scandale lui ont prêté de nombreuses histoires, mais, vraies ou fausses, les amours de Fellini étaient à la fois poème surréaliste, chanson de geste, rêve inachevé, farce, telle cette idylle supposée avec l'actrice suédoise Anita Ekberg à propos de laquelle ses amis lui demandaient sans cesse s'il « assurait » : pour toute réponse, il leur souriait béatement, faisait un clin d'œil et se gardait de les détromper, leur laissant entendre tout ce qu'ils voulaient. Si ces fables l'amusaient beaucoup, il s'en fatiguait vite et, lorsque ces envahissants amis s'avisaient de le surnommer « Féfé », diminutif de Federico mais aussi synonyme de don juan de province, il devenait irascible et leur condamnait l'accès de son plateau. Il ne laissait plus entrer que ces flopées de figurants, des non-professionnels du cinéma, remarqués çà et là pour leur allure, leur trogne, une caractéristique physique ou un savoir-faire particulier, à qui il avait dit de passer le voir au studio, et qui affluaient sous prétexte de prendre de ses nouvelles pour quémander un rôle ou, s'il n'y avait pas d'emploi pour eux, lui proposer avec insistance tout et n'importe quoi : cravates, foulards, cigares, qu'il avait pris l'habitude de leur acheter. Federico était autoritaire mais tous ceux qui l'ont connu s'accordent à dire qu'il était aussi doux, affectueux, gentil et généreux.

— Dottore ? Une cravate ?
— Mais tu m'en as déjà vendu une la semaine dernière !
— Faut bien que je vive ! Non ?
— Allez, viens ici, combien ? disait-il en mettant sa main à la poche.

En fait, il était très heureux de ces invasions. Il y trouvait toujours modèle à gribouiller dans le calepin qu'il portait dans sa poche quelque caricature de visage avec un énorme nez crochu, une matrone aux doigts boudinés caressant son sac à main ou croisant les jambes, et ce vendeur de chemises et cravates qui venait de sortir de son bureau... qui sait, pour un prochain film ?

Via Veneto... La douceur de vivre

Pendant la décennie 1950-1960, c'est au nord de la ville, dans la via Veneto où le style monumental fasciste le dispute aux immeubles Art nouveau, avec ses hôtels de luxe, ses magasins élégants, ses terrasses de bars à la mode étalées sur ses larges trottoirs et sa circulation chaotique, que bat le cœur culturel et artistique de Rome. La grande avenue bordée d'arbres qui monte de la piazza Barberini avec sa belle fontaine du Triton sculptée par Bernin jusqu'aux vieilles murailles de la Porta Pinciana attire une société frivole venue refaire le monde. De la fin de l'après-midi jusqu'à l'aube, intellectuels, hommes politiques, artistes, gens de cinéma, mannequins et journalistes se pressent dans les cafés. Au Strega, au Doney, au Café de Paris, épiés par des curieux anonymes friands d'éclats mondains ou simplement désireux d'apercevoir des célébrités, ils improvisent leur comédie, commentent, expliquent, cancanent, éreintent... et devant un dernier verre avant de rentrer se refilent les tout récents ragots. Les photographes de presse sont à l'affût, guettant l'événement, si possible le scandale. Parmi les habitués de ces années-là, Ennio Flaiano, Alberto Sordi, beaucoup d'acteurs de passage le temps d'un film à Cinecittà, Ava Gardner et Tony Franciosa, Anita Ekberg et son mari, l'acteur anglais Anthony Steel, connus pour leurs violentes scènes de ménage en public.

C'est le spectacle quotidien de ce monde, que pour sa part il ne fréquente pas beaucoup mais dont il suit les extravagances à travers les récits de ses amis, et en particulier d'Ennio Flaiano, qui donne peu à peu à Fellini l'idée de reprendre son ancien projet de *Moraldo in città* où il décrivait une Rome vue par le premier *vitellone* qui avait eu le courage de quitter sa petite vie provinciale pour la grande vie dans la capitale. Mais Federico, qui a pris conscience des mutations de la société qui l'entoure, de ses dérèglements, de ses bassesses et de ses vanités, voudrait le moderniser. Inutile de revenir au passé, car c'est maintenant une nouvelle génération, celle d'après-guerre, qui vit une vie plus facile et plus douce dans une Rome désormais plus libre, mais aussi plus décadente, et qui se promène dans une via Veneto transformée en salon dernier cri.

— Nous devons réaliser une sculpture picassienne, la mettre en morceaux, puis la recomposer à notre bon plaisir, dit-il à ses collaborateurs lors de la préparation du film.

Et c'est bien ce qu'il fait. Avec Ennio Flaiano, Tullio Pinelli et Brunello Rondi, il élabore une grande fresque composée de longues séquences, comme autant de tableaux juxtaposés qui invitent le spectateur à un voyage dans cette Rome aisée, désœuvrée, capricieuse et blasée. Certains spécialistes de cinéma lui ont prêté l'intention de critiquer, voire de caricaturer la société fasciste, mais, bien qu'avec le recul historique le film puisse apparaître tel aujourd'hui, ce n'était pas son propos. Federico Fellini ne critique ni ne juge jamais ; il décrit, il fait des constats.

Je suis tout à fait d'accord avec ceux qui soutiennent que l'auteur est le dernier à parler consciemment de ses œuvres, et je ne veux pas apparaître comme celui qui, par coquetterie ou exhibitionnisme, tend à démythifier ou à minimiser ce qu'il a fait. Mais il me semble n'avoir jamais eu clairement l'intention de dénoncer, critiquer, fustiger, faire une satire : je ne bouillais ni d'intolérance, ni de dédain, ni de rage ; je ne voulais accuser personne[1].

Fourre-tout grandiose, *La Dolce Vita* est avant tout une peinture documentaire sans jugement, un témoignage sur les mœurs d'une époque en mal de vivre, à la fois catholique et corrompue, tenue en laisse par le pape, mais c'est un témoignage revisité à l'aune de l'imaginaire. Federico décrit ce qu'il a vu, ce qu'on lui a raconté, s'inspire parfois de son propre vécu qu'il retravaille à travers son prisme fantastique personnel et que chaque spectateur, à son tour, est enclin à regarder à travers sa propre projection. Tout est vrai mais tout est refait.

Le film débute par le bruit d'un hélicoptère qui profile sa silhouette sur les ruines d'un vieil aqueduc romain, attirant les regards vers le ciel : suspendue au bout d'un filin, une statue géante du Christ survole la ville. À bord d'un autre l'hélicoptère se trouve Marcello Rubini (Marcello Mastroianni), le journaliste qui couvrira l'événement pour la presse. Il est accompagné par un photographe du nom de Paparazzo — nom à l'origine du mot paparazzi qui servira à désigner par la suite les reporters photographes sans scrupules de la presse à scandale prêts à tout pour arracher un scoop sur la vie privée des célébrités. En réalité, en quête d'idéal et d'authenticité, Marcello aspire à changer de vie. Il se voudrait écrivain, mais son manque d'inspiration le contraint momentanément à accepter tout ce qui se présente. Le soir, il chasse l'indiscrétion pour la chronique mondaine d'un magazine à sensation dans un restaurant fréquenté par la haute société. Il y rencontre Maddalena (Anouk Aimée), une riche héritière qui s'ennuie à mourir, se lamente sur la vacuité de sa vie et l'entraîne par oisiveté à raccompagner chez elle une prostituée qui habite dans un sinistre immeuble de banlieue. Dans la chambre en sous-sol, Maddalena décide de faire l'amour avec Marcello. À son retour chez lui au petit matin, Marcello découvre sa compagne, Emma (Yvonne Furneaux), jalouse et déprimée, inconsciente, un tube de comprimés à ses côtés. Il l'emmène à l'hôpital. Puis, avec Paparazzo, il se rend à l'aéroport, déjà envahi par une foule cacophonique de journalistes déchaînés, pour recueillir des échos et faire des photos à l'arrivée de la célèbre star hollywoodienne, Sylvia

(Anita Ekberg), venue tourner un film à Rome. Suit une assez triviale conférence de presse, évidemment sans autre intérêt que celui de faire vendre du papier, durant laquelle Marcello téléphone à Emma pour prendre de ses nouvelles, mais il essuie une énième scène de jalousie. Le rythme effréné de la journée se poursuit par l'ascension à la coupole de Saint-Pierre. Marcello y rejoint la vedette qui a revêtu un extravagant costume ecclésiastique très sexy pour la circonstance. Elle est ensorcelante, blonde, brillante, aux formes opulentes quasi surnaturelles, un soleil. Le soir même, il danse avec elle dans une boîte où se produit un chanteur de rock and roll (Adriano Celentano). « Tu es tout, lui murmure-t-il, la première femme du premier jour de la création, la mère, la sœur, la maîtresse, l'amie, l'ange, le diable, la terre, le foyer… Ah, voilà ce que tu es : le foyer. » Elle ne l'écoute pas ; de toute façon, elle ne comprendrait pas. Capricieuse, superficielle, provocante, ivre aussi, elle ne pense qu'à se divertir, obligeant Marcello à la soustraire à l'animosité de son fiancé complètement saoul et aux meutes de journalistes qui la traquent sans cesse. Troublé, il la suit dans les rues désertes du centre historique jusqu'au moment où elle lui échappe pour courir se baigner tout habillée dans la fontaine de Trevi. Il la contemple, idéale mais inaccessible. Répondant à ses appels, il la rejoint dans la fontaine, lui aussi tout habillé ; puis, ruisselant, la ramène devant son hôtel, via Veneto, où le fiancé qui fait les cent pas le remercie à coups de poing. Le lendemain,

Marcello aperçoit un homme qui entre dans une église. Il le reconnaît : c'est le philosophe Steiner (Alain Cuny), son modèle d'homme idéal; il court le rejoindre, l'écoute jouer de l'orgue : toccata et fugue en *ré* mineur de Bach... Puis, toujours pour les besoins du journal, avec Paparazzo et Emma, il se met à la recherche de la plaine du miracle... et se retrouve en plein terrain vague au milieu d'une foule de fanatiques, croyants, incroyants, curieux, venus, sous l'œil des caméras de ses confrères de la télévision plus fanatiques encore, implorer la grâce de deux enfants qui prétendent avoir vu la Vierge leur apparaître. Mais son reportage tourne court par faute d'une pluie diluvienne, laquelle provoque toutefois, dans l'indifférence générale, la mort d'un infirme. Le soir, Marcello est convié avec Emma à une réception chez Steiner. Soirée hautement esthétique dans une atmosphère guindée où l'on se préoccupe de poésie, de musique et de peinture sans éviter les clichés grandiloquents : la femme, la civilisation, la vie, l'amour, la nature. « Il faudrait vivre en dehors des passions, des sentiments, dans l'harmonie d'une œuvre d'art réussie, puisque à tout moment une sonnerie de téléphone peut annoncer la fin de tout », lui dit Steiner. Le lendemain, alors qu'il s'est isolé pour écrire tranquillement dans un petit bar de Fregene au bord de la mer, il est distrait et amusé par la grâce, la fraîcheur et l'innocence de la petite serveuse dont le visage lui rappelle les anges des églises de l'Ombrie. À son retour en ville, il apprend par son ami Paparazzo que son père, qui est venu de Cesena à Rome pour affaires au ministère, l'attend à la terrasse d'un bar. Ce dernier (l'acteur Annibale Ninchi, choisi à cause de sa ressemblance avec Urbano Fellini) émet le souhait de terminer la soirée au Cha-cha-cha, un vieux cabaret dont on lui a parlé, où ils assistent à un ballet de girls dansant le charleston, à un numéro comique de dressage de ces mêmes girls grimées en chattes et à un très poétique solo de trompette magique interprété par un clown triste. Là, s'étourdissant de champagne, le père s'efforce de se montrer jeune, allègre et séduisant. La preuve : il plaît beaucoup à Fanny (Magali Noël), la petite danseuse française, amie de Marcello, qui travaille au cabaret. Elle les invite tous à manger des spaghettis chez elle. Mais, pris de malaise autant que de honte, le père se fait reconduire directement à la gare. Il est quatre heures du matin. Marcello n'a pas pu trouver les mots ni le courage d'échanger autre chose que des banalités avec lui. Un autre soir, Marcello est invité dans un château où des aristocrates dégénérés trompent leur ennui et leur hypocrisie par des chasses aux fantômes et des séances de spiritisme. Par jeu, Maddalena l'y promène à travers les grandes pièces vides, dans une errance peuplée de faux serments d'amour, avant de l'abandonner pour un autre. Plus tard, dans la voiture, nouvelle dispute avec Emma. Elle lui reproche violemment son éternelle insatisfaction ; il lui oppose son amour petit-bourgeois égoïste, domestique et étouffant. Et c'est un coup de téléphone qui le renvoie chez Steiner : l'ami, l'intellectuel tellement admiré, s'est suicidé après avoir tué ses deux enfants d'un coup de revolver. Pour Marcello, tout s'écroule, même le monde auquel il aspirait, c'en est fini de ses espoirs et de ses illusions, il s'enlise. Et, comme d'habitude, les journalistes sont là, attendant avidement le retour de l'épouse de Steiner qui ne sait rien encore. Le dernier tableau du film mène Marcello, qui a quitté le journalisme pour la publicité, dans une villa de Fregene où, dans l'ébriété et la débauche, une amie (Nadia Gray) fête l'annulation de son mariage. Ivre comme les autres, il tente de se venger en dirigeant les orgies jusqu'à l'aube. La fête se termine dans la brume du petit matin par une visite aux pêcheurs à la tirée qui ont ramené dans leur filet la charogne d'un monstrueux animal marin. Marcello a l'impression que le gros poisson, symbole de la déliquescence du monde, les regarde fixement de son œil vitreux. C'est alors qu'il aperçoit un peu plus loin, au-delà d'un bras de mer, comme une invitation à fuir définitivement ces gens dénaturés, la petite serveuse au visage d'ange. La jeune fille pure, transparente, sereine qui l'appelle représente peut-être la vraie vie, mais la reconnaît-il ? Ne parvenant pas à l'entendre dans le vacarme du vent et des vagues, il renonce, s'en détourne, et rejoint les autres. Fin sur un gros plan du joli visage souriant de la jeune fille.

Dino De Laurentiis n'est pas très convaincu par le nouveau projet de Federico. Il préfère le *Moraldo in città* de la première heure avec ses valeurs sûres, son héros qui se bat pour un idéal vigoureux et se construit en repoussant vices et mauvais exemples. Le personnage de l'intellectuel qui se suicide lui fait peur. Il n'est pas non plus d'accord sur la distribution souhaitée par le réalisateur. Il entend ne réunir que des vedettes américaines : Paul Newman, Barbara Stanwyck, Henry Fonda, ainsi que Silvana Mangano, sa propre épouse. Mais Federico, persuadé que Marcello Mastroianni est parfaitement taillé pour son rôle principal, refuse tout net :

Ce sera ce scénario-là, avec Mastroianni, ou rien.

Dino refuse de céder et renonce au film. Pour Federico, la course au producteur recommence : il s'agit maintenant de racheter les droits de De Laurentiis, qui s'élèvent à soixante-quinze millions de lires. Et comme le hasard fait souvent bien les choses, c'est par hasard, après quelques semaines de galère, que Fellini tombe un soir sur une vieille connaissance : Giuseppe Amato, le producteur autrefois rencontré sur *Avanti c'è posto* et les films de Rossellini, le réalisateur qui avait fait tourner Giulietta dans *Femmes damnées*. Ils tombent dans les bras l'un de l'autre. Federico lui raconte son scénario. Peppino s'enthousiasme. Il se fait fort d'impliquer son ami Angelo Rizzoli dans l'affaire. Mais le titre, *La Dolce Vita*, ne lui plaît guère. Il préférerait « Via Veneto ».

— Pour le titre définitif, on verra plus tard, le rassure Federico en lui tapotant l'épaule.

Angelo Rizzoli, qui n'a pas oublié le succès des *Vitelloni*, est partant. Très vite, il rachète ses droits à Dino De Laurentiis et crée avec Peppino la société Riama (*Ri* pour Rizzoli-*ama* pour Amato) pour produire le film.

Dans ses nouveaux bureaux de production, place San Giovanni et Paolo, Federico sélectionne des quantités de photos, reçoit des acteurs, des figurants, des artistes de cirque et de variétés, des chanteurs — parmi lesquels Adriano Celentano qui deviendra, après le film, une célèbre figure du rock italien — et tourne des bouts d'essai qu'il visionne avec l'infatigable et fidèle Pier Paolo Pasolini dont il apprécie beaucoup le jugement artistique et les conseils.

Sous l'œil vigilant du régisseur général Clemente Fracassi, Cinecittà retentit du premier clap de *La Dolce Vita* le 16 mars 1959. Habillée en clergyman, coiffée d'un chapeau rond ecclésiastique à large bord, suivie d'un Marcello Mastroianni essoufflé, Anita Ekberg grimpe quatre à quatre les marches de l'escalier de la coupole de Saint-Pierre que Piero Gherardi a reconstitué dans le studio 14. Fellini est emballé par la sobriété du jeu de Mastroianni. Les deux hommes s'entendent à merveille. Ils se comprennent à demi-mot. L'acteur se laisse totalement modeler par le réalisateur, s'efface devant son personnage, anticipe les directives. Federico se félicite vraiment de son choix. Quant à Anita Ekberg, Anitona (super-Anita) comme il la surnomme affectueusement — « Je soutiens que la Ekberg est, par-dessus tout, phosphorescente[2] », dira-t-il dans ses entretiens avec

Giovanni Grazzini —, sa débordante beauté nordique, la sensualité féline qui émane de sa personne, attirent des foules de Romains subjugués qui s'amassent autour de la fontaine de Trevi. Fellini avait toujours été fasciné par ces beautés venues du Nord ; le visage impérial strict et solennel de Greta Garbo dans *La Rue sans joie* de Pabst lui avait inspiré un respect sacré. Il revivait les mêmes émotions avec une autre Suédoise. Anita l'envoûtait. Lumineuse, blonde, la peau laiteuse, elle était mystérieuse comme une Voie lactée qui l'aurait enveloppé de brouillard, qui l'aurait bercé tel un enfant dans ses langes.

Les prises de vues via Veneto deviennent infernales, à tel point qu'il est impossible de travailler comme prévu le soir aux terrasses des cafés. Federico décide alors de faire construire par Gherardi la réplique d'un tronçon de la célèbre avenue avec son Café de Paris sur le studio 5, décor tellement réussi qu'il lui plaira davantage que l'original. À partir de ce moment-là, il décidera de ne plus tourner dans la rue et de reconstruire tous ses décors en studio. Le 5 deviendra son plateau de prédilection, sa seconde maison, « le studio de Fellini », comme on dira dorénavant à Rome. À la mi-août 1959, avec la fête orgiaque, également tournée à Cinecittà, et la scène finale sur la plage de Fregene — où les Fellini ont une résidence secondaire —, le film est en boîte.

Le tournage a duré cinq mois. Otello Martelli a dirigé la lumière. Le fils de Cesare Zavattini,

Arturo, a tenu la caméra. Ils ont fait des merveilles de cadrage et, grâce au Totalscope *, qui accentue l'impression de fresque, la définition de l'image est exceptionnelle. Leo Catozzo se trouve maintenant à devoir dérusher plus de vingt kilomètres de pellicule. À l'automne, la première copie travail, qui fait trois heures vingt, est achevée. Trop long. Il faut encore couper. Au grand regret de toute l'équipe, elle sera finalement réduite à trois heures. Federico s'occupe maintenant d'enregistrer les voix en auditorium, et non seulement celles qui doublent les acteurs étrangers mais aussi celles des acteurs italiens, car, selon leurs traditions professionnelles, il est très rare que les cinéastes italiens montent le son direct, contrairement à leurs collègues européens et américains. Reste à synchroniser le film avec les voix de doublage et les très belles musiques de Nino Rota enregistrées sous la baguette du maestro Franco Ferrara.

Le 3 février 1960, au cinéma Fiamma, la première projection à Rome est saluée de quelques rares applaudissements et pas mal sifflée. On reproche à Fellini la longueur de son film, qu'on trouve ennuyeux, licencieux, voire obscène. On crie au scandale. Les deux producteurs, Angelo Rizzoli et Giuseppe Amato, ainsi que le distributeur s'attendent au pire. Le film, qui a coûté fort cher, risque maintenant les foudres de la censure,

* Format italien améliorant le CinémaScope et permettant, par un jeu d'objectifs multiples, de rétrécir l'image horizontalement à la prise de vues puis de l'étirer dans la même proportion au moment de la projection sur écran large.

peut-être même celles de la justice. Deux jours plus tard, à la projection privée organisée dans les locaux de Rizzoli à Milan pour les amis du producteur, c'est plutôt l'indifférence. L'œuvre est jugée trop romaine avec ses fêtes de snobs aux Parioli, ses night-clubs, ses paparazzi et leurs flashes au magnésium qui poursuivent les personnalités comme des proies. Cette Rome où se côtoient le sacré et le profane, où règne le frivole et où l'on ne sait pas ce que l'on veut, ne leur parle pas, à ces Milanais empesés et confits dans leurs préoccupations mercantiles. Ils ne comprennent pas le propos du film. Lors des premières projections publiques dans la capitale lombarde, Fellini essuie les sifflets, et même quelques crachats aux cris de « C'est une infamie ! Assez ! ». Mastroianni est traité de communiste et de vagabond. Mais, malgré tout, le cinéma Capitol est pris d'assaut par la foule qui défonce les vitres pour voir le film avant qu'on l'interdise.

Dans les milieux catholiques, *La Dolce Vita (La Douceur de vivre)* devient « la vie dégoûtante ». Le film est déconseillé aux grands comme aux petits pour son manque de morale, d'espoir et de repentir. Le Centre catholique cinématographique l'interdit à tous les publics. Le père Della Torre, directeur de *L'Osservatore romano*, quotidien du Vatican, qui n'a pas vu le film, s'exclame : « Pas besoin de voir des saloperies pour les condamner[3]. » Fellini est effondré. Lui qui croyait avoir fait une œuvre de bon catholique, dénonçant le mal et les faux chrétiens qui n'hésitent pas à exploiter de faux miracles ! Le cardinal Siri qui a vu le film en projection privée n'a pas émis d'avis négatif, mais, ayant été trop critiqué lors de sa prise de position à propos des *Nuits de Cabiria*, il n'est pas non plus disposé à intervenir en sa faveur. Désespéré, Federico recourt de nouveau à son ami Angelo Arpa pour obtenir une audience auprès de l'archevêque de Milan, le cardinal Giovanni Battista Montini (futur pape Paul VI). Padre Arpa l'accompagne. Mais, après les avoir fait attendre deux heures et demie, le cardinal annule le rendez-vous par la voix de son secrétaire. Cette fois-ci, le père Arpa n'a vraiment rien pu faire. Et de surcroît il s'est attiré les foudres de la Suprême Congrégation du Saint-Office qui lui adresse une admonestation.

Le 17 février 1960, le cercle littéraire Charlie-Chaplin de Rome organise un débat sur le film. Rendant compte de l'événement le lendemain, le journal de gauche *Paese Sera* écrit : « Une foule d'environ deux mille personnes remplissait la salle, les couloirs et l'escalier de la galerie… Beaucoup de spectateurs ont dû renoncer, la police a dû intervenir pour régler le flux et maintenir l'ordre mais elle n'a pas réussi à prévenir quelques incidents. » Le même jour, le sous-secrétaire d'État démocrate-chrétien au tourisme et au spectacle, Domenico Magrì, répond avec fermeté aux interpellations des parlementaires qui veulent interdire le film. Attisant les controverses, Pier Paolo Pasolini déclare au cours du débat que *La Dolce Vita* est un film « catholique d'une beauté souvent bouleversante, souvent monstrueuse, souvent angélique » et accuse *L'Osservatore romano* de ne pas en voir le caractère révolutionnaire. Il s'en prend aussi à l'hebdomadaire *Reporter,* où il est critique de cinéma et dont il sort en claquant la porte à cause de ses opinions divergentes sur le film. Énervé par cette attitude, Ennio Flaiano parle de *La Dolce Vita* « comme l'aurait faite Pasolini ». Mais c'est bien grâce au plaidoyer de Pasolini que la gauche italienne se met enfin à défendre le film et son réalisateur. Tout le monde se querelle : journalistes, politiques, public, religieux. Federico, lui, s'efforce de se tenir à l'écart des polémiques.

Deux anecdotes que le cinéaste a racontées illustrent bien l'état d'esprit d'extrême hostilité qui accueillit le film. Un jour, une petite vieille vêtue de noir, portant canotier et rubans, s'extrayant d'une Mercedes noire, traversa piazza di Spagna pour le prendre par la cravate et lui éructer au visage : Mieux vaut se mettre une pierre au cou et se noyer au fond des mers que de scandaliser les gens ! Une autre fois, se trouvant seul un après-midi à Padoue, il vit un gros faire-part bordé de noir où était inscrit : Prions pour le salut de l'âme de Federico Fellini, pécheur public.

En mai, le jury du XIIIe Festival de Cannes, présidé par Georges Simenon, se retrouve partagé entre deux films italiens, *La Dolce Vita* et *L'Avventura* de Michelangelo Antonioni. Et si ses propres préférences vont incontestablement à *La Dolce Vita*, Simenon est d'autant plus embarrassé qu'il a été l'objet de pressions insistantes de Robert Fabre-Lebret, délégué général de la manifestation cannoise qui, talonné par un représentant du ministère des Affaires étrangères, lui a fait savoir que pour des raisons diplomatiques il est indispensable que les États-Unis obtiennent un prix prépondérant. Finalement, grâce au vote d'Henry Miller qui s'est rangé à l'avis du père de Maigret, la Palme d'or est attribuée à *La Dolce Vita*.

> ... quand j'ai lu le palmarès à la séance de clôture, j'ai été sifflé plus qu'abondamment, tandis que quelques-uns seulement applaudissaient en ayant presque honte d'être l'exception. Il est vrai qu'à midi, le jour même, déjeunant avec des producteurs internationaux, alors que ceux-ci ne connaissaient pas encore le résultat de nos délibérations, il n'y en avait pas un, et ils le déclaraient avec assurance, qui aurait acheté les droits mondiaux du film pour cinquante mille dollars [4].

Par la suite, s'il est vrai que *La Dolce Vita* rafla des prix dans le monde entier, parmi lesquels un oscar à Hollywood pour les costumes en noir et blanc de Piero Gherardi et trois Rubans d'argent à Venise (meilleur sujet, meilleur premier rôle masculin pour Marcello Mastroianni et meilleur décor pour Piero Gherardi), d'autres pays mirent en revanche des années à le sortir, comme l'Espagne où il ne fut présenté qu'en juin 1981, avec plus de vingt ans de retard. Enfin, trente-quatre ans après sa sortie en Italie, sous la plume de Costanzo Costantini, le quotidien de Rome *Il Messaggero* du 14 janvier 1994 réhabilitait le film aux yeux des catholiques.

Gros plan sur Cinecittà

En 1960, l'année de *La Dolce Vita*, Federico Fellini a quarante ans. Avec la maturité, le Pataca maigrichon à grosse tignasse a pris de l'embonpoint, mais il est resté enjoué, rêveur, timide, un rien lent, naturel et spontané. Comme nous l'a raconté l'éditeur et critique cinématographique Gilbert Salachas, qui fut aussi son ami, « il préfère la suavité d'un simple verre d'eau partagé à une terrasse en discutant avec un copain à tous les luxes du Lido, de la Croisette et d'ailleurs ». Ni pêcheur, ni chasseur, ni sportif, ni collectionneur, il n'a aucun goût pour les loisirs habituels. Il n'aime pas beaucoup les voyages, ne va presque jamais au cinéma ni au théâtre ; s'il invite parfois quelque ami à déjeuner ou à dîner, c'est de préférence en tête à tête et à l'extérieur, rarement à la maison. À part les proches, les Fellini reçoivent et recevront, au fil du temps, de moins en moins chez eux. En fait, Federico ne se sent jamais aussi bien qu'à Cinecittà, où il passe le plus clair de ses journées. Souvent, il y va même le dimanche après-midi, seul, pour travailler dans le calme, sans sonneries de téléphone, loin du brouhaha de la ville. S'il n'habite pas à Cinecittà, il y vit en vase clos ; à l'extérieur, tout pourrait lui arriver tant il se sent incapable d'affronter ce qu'on appelle une vie normale. Hors des studios, des salons de maquillage, des ateliers de décors, il se sent vide et comme en exil.

Mes expériences, mes voyages, mes amitiés, mes relations commencent et finissent dans les studios de Cinecittà. Tout ce qui existe au-delà des grilles de Cinecittà est un affluent, certes irremplaçable, un réservoir immense et merveilleux à visiter, à piller, à rapporter à l'intérieur de Cinecittà, avidement, inlassablement. Je ne sais pas si tout cela est un privilège ou une servitude, mais c'est ma façon d'être[1].

Encore adolescent, c'est aux actualités du cinéma Fulgor de Rimini qu'il avait entendu parler de Cinecittà pour la première fois : Mussolini traversait au pas de charge une sorte de chantier plein de grandes baraques plus hautes que celles du marché central talonné par un essaim de dignitaires fascistes en uniforme d'apparat « qui rivalisaient dans l'effort de feindre d'avoir peine à le suivre[2] ». Le *Duce* venait d'inaugurer — le 28 avril 1937 — les premiers bâtiments des établissements cinématographiques construits sur son ordre. À peine plus d'un an auparavant, le 29 janvier 1936, il en posait lui-même la première pierre dans le sud-est de Rome, à une dizaine de kilomètres du centre de la ville. Mussolini avait voulu Cinecittà à la fois pour des raisons politiques et économiques. En effet, il considérait que le cinéma était de première importance pour stimuler les ardeurs fascistes et sa propre propagande, ce que réaffirme l'énorme slogan peint en blanc « LA CINÉMATOGRAPHIE EST L'ARME LA PLUS FORTE » qu'on peut voir sur les photos de l'inauguration ; ensuite, il voulait répondre à la concurrence du cinéma américain qui envahissait le marché italien jusqu'à l'étouffer.

Implantés dans un parc d'une quarantaine d'hectares sillonné de rues intérieures et de jardins fleuris, des studios, plusieurs piscines, des ateliers, des bureaux, des laboratoires de développement et de tirage, des auditoriums, des salles de montage, de mixage et de projection, un bar, une cantine, une bibliothèque allaient dans les années suivantes fournir un travail permanent à plus de mille ouvriers, employés et techniciens, et faire de Cinecittà le plus grand, le plus moderne et le mieux équipé des établissements cinématographiques européens. Du premier clap à la sortie des copies, on peut tout y faire. Pendant l'inauguration, Mussolini avait pu assister aux débuts de tournage d'*Elevazione* (« Élévation »), dont son fils Vittorio avait écrit le scénario, et d'*Aviazione* (« Aviation »), qu'il supervisait, puis à la postsynchronisation de *Scipion l'Africain* mis en scène par Carmine Gallone et en musique par Ildebrando Pizzetti.

Parmi les films tournés la première année, *Les Derniers Jours de Pompéi* dans la version kitsch de Mario Mattoli ; *Tarakanova* de Fédor Ozep et Mario Soldati avec Pierre Richard-Willm ; *Saladin le Féroce* de Mario Bonnard, avec Alberto Sordi dans son premier rôle, la toute jeune Alida Valli qui n'a que seize ans et le grand comique sicilien

Angelo Musco pour qui avaient écrit de grands auteurs siciliens du début du XXe siècle comme Capuana, Pirandello, Martoglio, resteront dans la mémoire des ciné-clubs.

En 1938, une loi protectionniste du gouvernement fasciste oblige les importateurs étrangers à passer par un monopole d'État. Les grandes sociétés américaines, MGM, Fox, Warner Bros, délaissent alors le marché, laissant la voie libre au cinéma national qui augmente ainsi sa production de quatre-vingts pour cent. Entre avril 1937 et juillet 1943, 279 films italiens sont tournés à Cinecittà. Après la chute du gouvernement et la destitution de Mussolini en juillet 1943, l'activité cinématographique s'arrête, les personnels sont licenciés, les Allemands occupent la cité du cinéma. Jusqu'au 4 juin 1944 où ils s'enfuient devant les libérateurs commandés par le général Mark Clark ; et Cinecittà, qui a beaucoup pâti des bombardements, devient un camp de réfugiés.

Après la guerre, Giulio Andreotti, sous-secrétaire à la présidence du Conseil chargé de l'administration du cinéma, décide (en 1947) de bloquer un pourcentage des recettes sur les films étrangers, obligeant de cette manière les Américains, s'ils veulent récupérer leurs fonds, à venir tourner en Italie. Et ils arrivent avec des films qui vont compter dans les annales. La MGM avec *Quo Vadis* de Mervyn LeRoy et *Ben Hur* de William Wyler, la Fox avec *Cléopâtre* de Joseph Leo Mankiewicz, la Warner avec *Hélène de Troie* de Robert Wise et tant d'autres. Dans les années 1970, c'est à la suite de la crise du cinéma américain, qui verra la fermeture de nombreux studios à Hollywood, qu'ils afflueront de nouveau dans la capitale italienne.

Depuis, avec l'évolution technologique galopante et l'engouement pour les effets spéciaux, avec l'allégement des équipements et les nouvelles générations de cinéastes qui préfèrent le décor naturel, avec l'augmentation phénoménale des coûts de production qui entraîne le recours quasi systématique aux coproductions internationales favorisant les tournages en extérieur et parfois dans des pays financièrement moins gourmands, le cinéma a perdu une part importante de sa théâtralité. À l'instar de tous les grands studios européens, Cinecittà, de plus en plus désertée, vivote. Il n'y a plus guère aujourd'hui que les téléfilms de la RAI et les spots publicitaires à se tourner dans les studios.

Un jour, c'est Ingmar Bergman qui arrive « vêtu d'un imperméable court, les cheveux coupés très haut sur la nuque, les mains croisées dans le dos, le long pas d'un inspecteur kierkegaardien ou beckettien [3] » pour repérer le site où il envisage de tourner prochainement. Le directeur de Cinecittà l'ayant gentiment prié de les accompagner, Federico, un peu décontenancé par l'austérité de ce fils de pasteur luthérien, guide son confrère à travers les dédales de la cité cinématographique. La communication avec le Suédois s'avère difficile ; la conversation, en anglais, piétine. Faute d'échanges plus fournis, Bergman s'étonne devant les files de figurants et de techniciens amassés aux portes dans l'attente et l'espoir d'une éventuelle embauche ou s'amuse des têtards frétillant dans la grande piscine — « la plus grande du monde » — où l'on peut tout reconstituer : batailles navales, naufrages, courses de dauphins, comme le souligne le directeur, qui insiste pour que Federico traduise.

Au-dessus du studio 5, Federico dispose d'un assez grand bureau sommairement meublé. Un divan, quelques fauteuils, une table avec deux téléphones : une ligne reliée au standard et une autre privée, une vieille Olivetti et un vaste tableau mural recouvert de feutre vert où il punaise des notes, des photos, des adresses. Dans l'enfilade du bureau lui sont personnellement réservées une salle à manger et une petite cuisine où un ex-boxeur reconverti en chef cuisinier prépare sur ses indications des déjeuners toujours très simples à base de pâtes et d'omelettes pour ses innombrables invités car, plutôt que sortir dans les restaurants en ville, ce qui lui fait perdre du temps, Federico préfère déjeuner sur place, à Cinecittà. Sur son bureau, plus d'une centaine de stylos, crayons, pinceaux et feutres de toutes les couleurs voisinent avec une statuette du fantaisiste américain d'origine italienne Jimmy Durante, une rame de papier machine et un cahier vert, affectueuse attention de ses assistants à chaque début de film, mais où il avoue n'avoir jamais rien noté de mémorable. En revanche, il dessine énormément. Sans cesse il crayonne des silhouettes, des profils, des nez, des moustaches, des physionomies, des détails vestimentaires, des attitudes, des expressions de visages, des éléments de décor et surtout des multitudes de grosses poitrines et d'énormes derrières. Toutes ces esquisses serviront ensuite à ses collaborateurs pour construire les décors, confectionner les costumes, créer les maquillages...

Même entre deux films, il arrive à Federico de venir à Cinecittà. On le croise au détour d'une allée, l'hiver enveloppé d'un large manteau court et d'une écharpe de laine rouge ou blanche, toujours coiffé d'un chapeau ; l'été en bras de chemise. Il se glisse quelques instants dans un studio, passe distraitement la tête au maquillage, s'arrête ici ou là pour échanger trois mots avec un machiniste ou un tapissier, fait un tour du côté de la grande piscine, se promène dans la végétation sauvage des terrains vagues ou se rend jusqu'aux ruines de l'aqueduc pour trouver le lieu idéal qui lui servira pour une scène de son prochain film.

Quelques mois après la sortie de *La Dolce Vita*, encouragé par les excellentes recettes du film, Angelo Rizzoli lui propose de créer une société de production dans laquelle il investirait la moitié du capital, Federico et son directeur de production Clemente Fracassi se partageant l'autre moitié. On y produirait en priorité ses prochains films, et aussi ceux de réalisateurs débutants qui ont des difficultés à trouver un producteur. Bien que la responsabilité financière d'une société soit moins lourde que celle d'une coopérative, Federico, qui n'a pas

1 Pendant le tournage de *Huit et demi*. Photo M. Durazzo.

2

3

2 Giulietta Masina et Anthony Quinn dans *La Strada*, 1954.

3 Fellini et Giulietta Masina à Rome en 1954.

4 *Gelsomina*. Dessin de Fellini pour *La Strada*.

5

6

7

5 Fellini et le décorateur Danilo Donati sur le tournage de *Satyricon*.
Photo M. Durazzo.

6 Avec Marcello Mastroianni sur le tournage de *Huit et demi*.
Photo M. Durazzo.

7 Alberto Sordi et Brunella Bovo dans *Le Cheik blanc*, 1952.

8 Fellini et Nino Rota.
Dessin de Fellini.

8

« Disons la vérité, ce but moraliste du devenir "adulte", qu'est-ce que cela signifie vraiment ? En admettant qu'il soit possible de devenir adulte, qu'est-ce qu'on fait quand on l'est devenu ? Avez-vous jamais rencontré des "adultes" ? Moi pas. Peut-être les véritables adultes évitent-ils de rencontrer des types comme moi. »

9

10

11

9 Riccardo et Federico Fellini en 1925 sur la plage de Rimini.

10 *Il Rex*. Dessin de Fellini pour l'affiche du festival de Cannes 1982.

11 Giuliano Gèleng, tableau réalisé pour l'affiche d'*Amarcord*.

12 Sur le tournage de *Casanova* en 1976.

13 Donald Sutherland dans *Casanova*.

12

13

14

14 Avec Sandra Milo sur le tournage de *Juliette des Esprits*, 1965.

« Je n'ai pas de grands souvenirs, je les ai tous mis dans les films que j'ai faits. En les livrant au public, je les ai effacés, mes souvenirs, et puis, je ne sais plus distinguer ce qui est vraiment arrivé de ce que je me suis inventé. »

oublié les déconvenues de son expérience avec Lattuada, se montre quelque peu réticent.

— J'ai déjà du mal à gérer mon argent de poche, comment veux-tu que je m'y prenne avec une société ?

— Nous sommes là pour ça.

Mais la présence de Clemente Fracassi, à qui il s'en remet pour les questions de gestion et d'organisation, le rassure, et finalement il se laisse convaincre. La nouvelle société, baptisée Federiz, du prénom de Federico et du nom de Rizzoli, s'installe en septembre 1960 dans un beau grand bureau au 70 via della Croce.

Avec la nouvelle vague, les films à petit budget et les nombreuses initiatives privées, le cinéma italien était alors en effervescence, pour ne pas dire en pleine renaissance après le néoréalisme. Il était donc plus que naturel que les jeunes auteurs frappent à la porte de la Federiz pour essayer de mener leurs projets à bien. Bientôt, les nouveaux locaux sont remplis de jeunes barbus aux cheveux longs, un scénario sous le bras. Mais la Federiz, qui aurait dû encourager, suivre, produire des films intéressants — c'était son but —, devient très vite pour Federico un simple lieu de rencontre, un prétexte idéal pour recevoir ses amis. On discute, on se tape sur l'épaule, on se congratule et, surtout, on végète sans jamais prendre aucune décision. Pourtant, Federico et Fracassi ont sur leurs bureaux trois projets qui mériteraient un peu d'attention. Il y a d'abord *Accattone* de ce poète écrivain scénariste communiste de grand talent, Pier Paolo Pasolini, qui voudrait réaliser son premier film. Il y a ensuite *Bandits à Orgosolo* du Sicilien Vittorio De Seta qu'il finance personnellement et dont il vient d'interrompre le tournage en Sardaigne par manque d'argent. Il y a aussi *Il Posto (L'Emploi)* d'Ermanno Olmi. Trois films qui deviendront trois chefs-d'œuvre, mais trois auteurs qu'on ne produit pas pour la simple raison qu'on ne s'y intéresse pas. Federico Fellini et Clemente Fracassi ne lisent même pas les scénarios.

En ce qui concerne Pasolini, plus favorisé toutefois que les deux autres parce qu'il est lié à Federico, Clemente Fracassi lui consent une petite équipe technique pendant trois jours pour faire ses preuves. Pier Paolo tourne très vite, sans moyens et dans les pires conditions, deux scènes avec son ami Franco Citti en vrai mendigot de banlieue qui vit d'expédients. Aussitôt monté et visionné, l'essai est jugé décevant, plat, maladroit, mal cadré. Fracassi en profite :

« Le moment est venu de nous débarrasser de cette casserole [4] », dit-il.

Si Federico essaie tant bien que mal de consoler Pier Paolo avec qui il a eu l'occasion de travailler pendant cinq ans, celui-ci, tout en acceptant les jugements négatifs, sent que cette expérience va leur coûter leur amitié. Dans le quotidien milanais *Il Giorno* du 16 octobre 1960 où il publie son journal, Pasolini ironise sur Fellini, le qualifie de « grand évêque » et ajoute que probablement la Federiz ne produira aucun film excepté ceux de Fellini. Pasolini tournera son *Accattone* en mai 1961 avec Franco Citti et ses amis de la banlieue romaine. Présenté à Venise, il obtiendra beaucoup de succès ; tout comme *Il Posto* et *Bandits à Orgosolo*, récupérés par la Titanus. Preuve que la Federiz a laissé échapper trois belles occasions de débuter brillamment dans la production. Et c'est ainsi que les rapports avec Fracassi vont commencer à se gâter.

En réalité, le rôle de producteur ne convient pas du tout à Federico. Il n'a ni le courage ni le temps de s'intéresser aux projets des autres et pas la moindre envie de lire leurs scripts. S'il a accepté de monter ce bureau, c'est surtout pour la commodité d'avoir un endroit où recevoir les gens et pour organiser son temps entre deux films.

Je suis un grand rêveur

Comme s'il voulait entreprendre une introspection libératrice, c'est aussi à quarante ans, après *La Dolce Vita*, que Federico va s'intéresser à la psychanalyse. Et ce grand intérêt commence réellement le jour où, croyant téléphoner chez une amie qui s'appelle Maria, il tombe par erreur sur le psychanalyste Ernst Bernhard. Comme d'habitude, il traînait au fond de ses poches des tas de petites notes griffonnées en tous sens, des dessins surchargés d'adresses et de numéros de téléphone, et c'est en confondant le numéro de Maria avec celui du médecin, donné par Vittorio De Seta quelques semaines auparavant, qu'il appelle le psychanalyste. Après des élucubrations poétiques sur le nom de Marie, Vierge et très sainte mère de Jésus-Christ, fille d'Anne et de Joachim de la race de David, qui avait accouché à Bethléem avant de s'enfuir en Égypte avec son fils, le Sauveur, et son mari Joseph, le docteur Bernhard avait trouvé des correspondances entre ses origines hébraïques et le monde latin méditerranéen. Elle qui avait assisté à la crucifixion de son fils Jésus ne pouvait être identifiée que par sa bonté et sa générosité de mère nourricière, de « mère » Méditerranée. La voix du médecin est douce et convaincante. C'est un disciple de l'école zurichoise de psychologie analytique de Carl Gustav Jung ; il explique à Federico que la créativité et le jeu procèdent du même ordre mental, comme l'avait découvert Jung. En quelque sorte, ces propos réconcilient Fellini avec la psychanalyse qui l'avait mis à si rude épreuve au moment de son trou noir pendant le tournage de *La Strada*. Au téléphone, les deux hommes sympathisent. Rendez-vous est pris, le premier de Federico avec son futur analyste.

Le cabinet du docteur Bernhard occupe deux pièces au fond de son appartement au 12 via Gregoriana. Dans la première, il reçoit ses patients. Dans l'autre, où personne n'entre jamais, il a suspendu une reproduction du saint suaire. Il fait asseoir Fellini sur le divan, face à son bureau, et l'écoute dans un silence religieux raconter ses rêves, ses angoisses, ses incursions dans les domaines de l'ésotérisme et de la magie.

Ces entretiens psychologiques dureront jusqu'à la mort d'Ernst Bernhard en juin 1965, à raison de trois séances par semaine pendant lesquelles, selon la méthode préconisée par Jung, le psychiatre incite Federico à retranscrire et dessiner ses rêves. Son *Libro dei sogni* (« Livre des rêves ») commencé le 30 novembre 1960, manuscrit illustré de dessins en couleurs et en noir et blanc * dans lequel il décri-

* Aujourd'hui conservé à la Fondation Federico-Fellini de Rimini.

vait avec un luxe de précision, de notes et de détails les événements extravagants qu'il lui arrivera par la suite d'utiliser dans ses films, où il se caricaturait lui-même, et qu'il appelait affectueusement et aussi un peu ironiquement *Il Librone* (« Le Gros Bouquin »), Federico l'enfermait jalousement dans un tiroir de son bureau. Des amis anxieux de savoir s'ils n'y étaient pas représentés sous un jour ridicule parvenaient régulièrement à visiter le fameux tiroir et à feuilleter les cahiers à l'insu de leur propriétaire. Certaines pages, photographiées avec leurs dessins légendés, se sont même retrouvées publiées dans plusieurs revues, à la grande surprise de Federico qui, somme toute, n'en était pas si fâché.

Lorsqu'il avait écrit son essai sur Picasso en 1932, Jung avait précisé qu'il ne s'agissait pas d'une opinion sur l'art de Picasso, question d'esthétique qu'il préférait laisser aux critiques d'art, mais une analyse de la psychologie qui présidait à la créativité artistique du peintre. En lisant cet essai, Federico a la soudaine révélation de ses propres mécanismes. Il prend conscience qu'il pourrait sûrement transformer ses doutes, ses peurs et ses angoisses inconscientes en énergie créatrice. Et c'est cette analyse de la personnalité créatrice inconsciente de Picasso par Jung qui l'éclaire sur un certain autodécryptage de ses propres rêves, de ses souffrances et de ses gribouillages compulsifs.

La tentation de Federico

Lorsque le producteur Tonino Cervi lui propose en janvier 1961 de réaliser le deuxième épisode d'un film à sketches contre la censure et les entraves au métier de créateur, Federico accepte immédiatement. Après les huées moralisatrices qui ont accueilli aussi bien *La Dolce Vita* que *Rocco et ses frères* de Visconti, le moment était en effet venu pour le cinéma italien de réagir et de prendre les armes contre tous ceux qui voulaient restreindre la liberté d'expression.

Comme pour *L'Amore in città*, le premier film collectif auquel Federico avait participé, c'est encore Cesare Zavattini qui en a eu l'idée. Les autres réalisateurs sont Vittorio De Sica pour *La Riffa (La Loterie)*, où Sophia Loren fait fantasmer tout un village en devenant le premier prix d'une loterie foraine ; Mario Monicelli pour *Renzo e Luciana (Renzo et Luciana)*, d'après un conte d'Italo Calvino où un couple d'ouvriers d'une même usine qui se sont mariés malgré l'interdiction du patron vont être licenciés et devront désormais travailler, lui, la nuit, elle, le jour ; et Luchino Visconti pour *Il Lavoro (Le Travail)*, où Romy Schneider se fait payer par son mari chaque fois qu'ils ont une relation sexuelle. Quant à l'épisode de Fellini, qui a pour titre *Le Tentazioni del dottor Antonio (La Tentation du docteur Antonio)*, scénarisé comme à l'accoutumée avec Ennio Flaiano et Tullio Pinelli, il n'est pas sans rappeler *La Tentation de saint Antoine* de Gustave Flaubert. Le titre général du film, *Boccaccio '70 (Boccace 70)*, clin d'œil évident à un auteur souvent considéré à tort comme licencieux, se trouve en outre souligné par l'ironie des réalisateurs convaincus que leur film tarderait à sortir, peut-être même jusqu'aux années 1970.

Le docteur Antonio (Peppino De Filippo) est un petit homme rigide, habillé de noir, portant d'austères lunettes cerclées, dévot obsédé par la morale, les bonnes mœurs et imbu de lui-même, qui se sent, ou se croit, investi d'une mission de justicier. Habitant dans la nouvelle banlieue ultra-moderne de Rome, l'Eur, où le bien-être ne le cède qu'à l'insouciance, il passe ses journées à traquer les atteintes à la pudeur. Le soir, il s'attaque aux amoureux qui flirtent dans les voitures, leur crie des insanités et les dénonce à la police. Au music-hall, il monte sur scène pendant les défilés de girls pour imposer le baisser du rideau ; au restaurant, tel Tartuffe, il se précipite sur les jolies dames et couvre leur généreux décolleté de sa serviette de table ; au kiosque à journaux, il guette la livraison des revues pornographiques pour les acheter en bloc et les détruire aussitôt, et ainsi de suite. Un jour, lors d'une distribution de prix à une troupe de jeunes scouts, il est perturbé par l'arrivée bruyante d'un bulldozer. Des ouvriers-clowns s'emploient à monter un gigantesque panneau publicitaire où apparaissent peu à peu les pieds, les jambes, les cuisses, le corps, le buste et enfin la tête d'une très belle femme (Anita Ekberg) aux seins énormes et aux jambes d'une longueur interminable, lascivement étendue sur le flanc, un verre de lait à la main. Couronnant l'affiche, un slogan au néon incite à boire du lait. Arrive un autobus qui déverse un flot de musiciens noirs. Sur le thème de *La Dolce Vita* de Nino Rota, ils reprennent en chœur : « Buvez plus de lait, le lait fait du bien, le lait convient à tous les âges ! Buvez plus de lait, produit italien, remède souverain pour tous les âges, buvez plus de lait... buvez plus de lait ! » Le docteur Antonio suffoque, il proteste, crie à la honte... se plaint auprès d'une association de moralistes, explique : « J'ai cinq fenêtres et les seules jambes de cette femme couvrent toutes les fenêtres », ajoute que « l'affiche est une insulte à l'attribut le plus sacré de la maternité, à l'allaitement ». L'image de la géante le hante jour et nuit, au point de le pousser à rédiger force courriers indignés constellés de « Basta ! Basta ! », un clin d'œil encore, cette fois, de Fellini aux gros titres de *L'Osservatore romano* qui avait par les mêmes mots si mal accueilli la sortie de sa *Dolce Vita*. Certains ont dit qu'il entendait ainsi se venger du député démocrate-chrétien Oscar Luigi Scalfaro à l'origine des articles, ce même Oscar Luigi Scalfaro qui, devenu président de la République italienne en 1992, fera la sourde oreille lorsqu'il sera question d'honorer Fellini du titre de sénateur à vie. Le docteur Antonio tente ensuite d'alerter l'évêque, mais en vain. Curieux, vendeurs à la sauvette, paparazzi, marionnettistes, enfants, bersagliers s'affairent et s'agitent toute la journée au pied de l'affiche ; le soir, ils sont relayés par le monde de la mauvaise vie. De plus en plus furieux, le petit homme muni de jumelles épie tout cela de sa fenêtre, puis, n'en pouvant plus, il descend et se met à bombarder l'objet du scandale de flacons d'encre. La police l'arrête. Des employés municipaux viennent enfin recouvrir le panneau de bandes de papier. De retour chez lui, Antonio a des hallucinations : couchée sur la table de sa salle à manger, la femme de l'affiche lui fait des grimaces. Dehors, une pluie battante décolle les bandes de papier. Il devient fou, attrape un parapluie et se précipite au bas de l'affiche. Il n'a plus aucun doute : la géante le nargue, elle lui parle, descend de son affiche, se roule dans l'herbe, l'appelle. Telle la luxure face au saint ermite de Flaubert, elle semble lui dire : « Ne résiste pas ; je suis l'omnipotente ! La vertu, le courage, la piété se dissolvent au parfum de ma bouche. » Un instant emprisonné dans le formidable décolleté de l'enjôleuse, il ne se laisse aller à une bouffée d'érotisme que pour se ressaisir aussitôt et, tandis qu'elle reprend taille humaine et parvient à lui arracher un baiser, il s'offre à la délivrer du vice. Redevenue gigantesque, elle commence un strip-tease, tandis que le docteur Antonio hurle au public « de ne pas la regarder, de sortir du cinéma ». Se retrouvant dans l'armure d'un preux chevalier médiéval, le bon docteur armé d'une lance transperce mortellement la poitrine de la tentatrice. À l'enterrement, faisant cercle autour de lui, les moralistes l'acclament mais Antonio, désespéré, s'écrie : « Elle est à moi ! Elle est à moi ! Je ne veux pas qu'on me l'enlève ! » À l'aube, les pompiers qui le retrouvent perché sur l'affiche le conduisent dans un asile d'aliénés.

Sur un plan technique, le recours, pour la première fois, de Federico à la couleur n'est pas un choix délibéré : tous les autres épisodes sont en effet en couleurs. Pour qu'Anita Ekberg paraisse une géante aux côtés de Peppino De Filippo lorsqu'elle descend de son affiche, il s'amuse comme un enfant à imaginer avec le décorateur Piero Zuffi une maquette miniaturisée du quartier de l'Eur. Pour le reste, il s'entoure de son équipe habituelle : Brunello Rondi, Otello Martelli, Arturo Zavattini, Leo Catozzo et Nino Rota.

Projeté pour la première fois au cinéma Capitol de Milan le 22 février 1962, *Boccace 70* laisse la critique dans une relative indifférence. L'épisode qui convainc le plus est celui de Visconti grâce à l'interprétation de Romy Schneider. Un petit scandale arrivera trois mois plus tard, sur la Croisette, quelques heures avant la soirée d'ouverture du XVe Festival de Cannes le 7 mai 1962, et cette fois-ci pour une raison qui n'a rien à voir avec un quelconque outrage à la morale. Carlo Ponti, qui a remplacé le producteur initial, a fait couper l'épisode de Monicelli au dernier moment au motif prétendument artistique que le style néoréaliste de son sketch est trop différent du reste et risque de nuire à l'harmonie de l'ensemble. En réalité, il craint la longueur du film : deux heures et demie pour les quatre épisodes. Furieux, Mario Monicelli fait saisir la pellicule. La soirée d'ouverture est bien compromise. C'est le tribunal de Grasse qui sauvera le gala en ordonnant la réintégration du sketch de Monicelli.

Rêves et insomnies

Sa participation à *Boccace 70* a permis à Federico de se soustraire un certain temps aux pressions amicales de son ami Rizzoli qui désespère en voyant la Federiz s'enliser dans l'inertie. La société est au point mort. Clemente Fracassi, qui est un excellent organisateur, un second très efficace, s'avère absolument incapable d'assumer des responsabilités, de décider ou de faire avancer un projet ; il doute, complique, tergiverse et, en fin de compte, ne fait absolument rien. Federico, lui, manque à la fois de disponibilité et de motivation. Il a bien d'autres choses en tête. Il est fatigué. Il est déprimé. Il passe la majeure partie de son temps, enfermé dans son bureau, à noircir ou colorer du papier, en proie au flottement. Il griffonne d'innombrables esquisses de personnages, ébauche des scènes, traduit graphiquement ses rêves, ses hantises, ses visions, ses angoisses. Il se sent confus, dépassé par son propre jaillissement créateur qu'il ne parvient plus à maîtriser. Ses trois séances hebdomadaires chez le docteur Bernhard lui prennent beaucoup d'énergie. Il voyage à travers l'Italie, sillonne les environs de Rome en voiture, comme il l'avait fait avec Pasolini, à la recherche d'endroits précis pour fixer son inspiration indécise. Lui, l'éternel bavard, il ne parle plus, évite les journalistes, fuit Giulietta qui voudrait que la Federiz produise un film sur la vie d'une religieuse qui s'est expatriée aux États-Unis à la fin du XIXe siècle pour venir en aide aux émigrants italiens. Mère Cabrini, la patronne des émigrants morte en 1917, fondatrice, entre autres, de l'hôpital Colombus de New York, est un rôle écrit expressément pour elle par son chevalier servant, Salvato Cappelli, un familier de la villa Fellini à Fregene. Federico s'énerve. Depuis longtemps, il a d'autres projets qu'il ne réussit pas à clarifier, des idées induites par ses précédents films. Il pense le moment venu pour lui de raconter sa vérité dans un film, sans tricher. Mais comment faire pour ne pas décevoir après *La Dolce Vita* ? Comment se dépasser ? À quarante-trois ans, il ne sait plus où il en est, ses rapports avec le cinéma sont devenus difficiles, sa vie conjugale pesante.

Pendant une cure thermale à Chianciano Terme, il fait un retour sur lui-même, une sorte de bilan de ses souvenirs, de son parcours, de sa vie présente qui ne le satisfait pas pleinement, une introspection douloureuse de son moi intime et de ses émotions. Il voudrait s'expliquer face à lui-même pour se débarrasser des parasites de son âme. Avec *La Tentation du docteur Antonio*, son art a opéré un tournant décisif. Rompant avec l'approche réaliste, il est devenu plus onirique et plus symbolique. L'imaginaire a pris le dessus. Il cherche un nouveau style pour repartir librement. « Une crise d'inspiration ? Et si elle n'était pas passagère ? Si c'était la fin d'un grand menteur, sans génie ni talent ? Je n'ai vraiment rien à dire, mais je veux le dire quand même *. »

Et voilà peut-être l'idée : puisqu'il doute, qu'il ne parvient plus à se situer, pourquoi ne pas faire un film en forme de confession, justement sur un réalisateur en panne d'inspiration ? Federico envisage de mettre son propre personnage en scène, de parler de ses difficultés d'être et de réaliser ses aspirations créatrices. Il en parle à Ennio Flaiano :

> Le type est englué dans des situations qu'il ressent parfois comme très pénibles, mais qu'il ne parvient pas à dénouer. Il a une femme. Il a une maîtresse. Il entretient une infinité de relations où il se débat comme une mouche dans une toile d'araignée, mais probablement sans ces liens tomberait-il dans le vide le plus angoissant parce qu'il lui semble n'être vraiment ancré à rien. [...] Sa journée se déroule sur deux plans : le premier, réel, fait de rencontres à l'hôtel et à la source ; des amis qui viennent le voir de Rome, sa maîtresse qu'il cache dans un autre petit hôtel et sa femme qui débarque un beau jour et s'installe pour lui tenir compagnie. Le second est un plan fantastique de rêves, d'inventions et de souvenirs qui l'agresseront, se présentant à lui chaque fois qu'il nous semblera utile de le faire[1].

Flaiano est enthousiaste ; il se met à travailler sur le sujet avec Federico qui précise ses personnages :

— C'est par le médecin de l'établissement ther-

* Pensées tirées des répliques du film *Huit et demi*.

mal qu'on apprendra tout ce qu'il est utile de savoir sur le protagoniste : nom, prénom, âge, métier, avec qui il est marié, ses parents... Sa maîtresse, naturellement avec un beau cul, douce, gentille, soumise, apparemment la maîtresse idéale, la typique bourgeoise italienne qui achète tout à crédit... Il va la chercher à la gare de Chiusi à trois heures de l'après-midi en août. Elle arriverait attifée façon 1920... La jeune fille des thermes : imagine-toi Claudia Cardinale, belle, jeune, mais déjà mûre intérieurement et le personnage sent que cette fille pourrait être la solution de tout... Je ne sais pas comment l'histoire pourrait finir entre elle et lui... D'ailleurs, je crois qu'il n'est pas nécessaire que nous bouclions les histoires que nous allons raconter, en revanche, je suis sûr que le film devrait être constellé de femmes ; le personnage en est ébloui, elles lui plaisent toutes, comme si la femme était une seule et unique incarnée sous des milliards d'apparences... Et puis il y a son ami, un intellectuel d'une soixantaine d'années avec sa jeune amie, la conne classique qui veut se rendre intéressante ; un couple de télépathes qui l'amusent et le troublent comme s'ils pouvaient lui révéler quelque vérité initiatique mais en fait ce sont des minables et ce sont eux qui sont subjugués par le personnage ; et puis il y a l'évêque, mais je n'ai pas d'idée précise sur lui. On le verra arriver en Mercedes avec sa suite... L'épouse, personnage très important dans le film. L'un et l'autre croient trouver la paix en se fuyant mutuellement et à peine se sont-ils éloignés qu'ils cherchent à se retrouver, ils parlent sans cesse de se séparer mais sans conviction... élans d'affection et rancœurs... peut-être son incorrigible infidélité ne lui permet-elle plus de communier vraiment avec sa femme... Et puis il y a l'épisode de la Saraghina : dragon horrible et splendide qui représente la première vision traumatisante du sexe dans la vie du personnage. La Saraghina était une prostituée gigantesque, la première que j'ai vue dans ma vie, sur la plage pendant mes vacances d'été. On l'appelait ainsi parce que les marins obtenaient ses faveurs contre des sardines... J'imagine que tu vas me dire : Mais, Federico, encore une grosse bonne femme ? C'est vrai, il y a souvent des femmes aux formes débordantes dans mes films, mais c'est une image infantile de la femme... riche de féminité animale et en même temps nourricière, comme la voit un adolescent affamé de vie et de sexe, un adolescent italien frustré par les prêtres, l'Église, la famille et l'éducation déficiente. La prostituée est le contrepoint essentiel de la mère à l'italienne. Qu'est-ce que je voudrais mettre d'autre dans le film ? Ah, voilà, l'ange gardien, un personnage qui nous accompagne jusqu'à l'âge de treize ans. Et puis l'inévitable séquence de la maison-harem avec toutes ses femmes, son épouse comprise. Et puis le cirque avec tous les personnages de sa vie... J'insiste pour que le film ait un ton gai, festif, humoristique, il devra être très clair, très lumineux.

Flaiano reprend :

— Je résume. Donc, les événements du film se confondent avec la réalité, les souvenirs, l'imagination du réalisateur qui peine à faire avancer son travail. Dans son entourage, personne ne connaît le sujet du film, ni le producteur inquiet qui vient l'épier, ni ses plus intimes collaborateurs, ni sa femme témoin de ses loufoqueries et de ses mensonges, ni sa maîtresse qui lui échappe. Lui-même ne sait pas ce qu'il veut faire. Il est vidé de toute idée, de toute clarté, de toute initiative. Il ne sait comment s'y prendre. Pourtant, il a des acteurs à choisir, une équipe à diriger, une grosse machine à mettre en route et la femme de ses rêves à conquérir. Mais qui est donc ce réalisateur qui n'a plus d'idées, qui n'a plus rien — ou trop — à dire et qui s'écroule misérablement sous la table pendant la réception donnée en son honneur alors que la conférence de presse pour les journalistes accourus du monde entier bat son plein ?

— C'est tout à fait ça, dit Federico ; et c'est alors que tout semble perdu et que tout va s'écrouler que Guido Anselmi, qui s'est lui-même surnommé Vieux Snaporaz, revoit son passé, les personnages de ses précédents films, les fantômes de son enfance, la prostituée de la plage, les réprimandes de l'évêque qui lui fait entrevoir l'enfer, sa femme, sa maîtresse, son ange gardien. Tout cela lui redonne l'impulsion pour aller de l'avant. Il n'a plus peur de la débandade ni des punitions de l'Église. Il est libéré. Sa défaillance, sa lâcheté, son impuissance le pousseront comme des zéphyrs sur le chemin de la création, de la lumière et de l'amour. Finalement, il fera son film dans la joie et la sérénité.

Federico ajoute :

— Pour ce qui est du titre, je n'ai rien trouvé qui me convainque.

— *La Belle Confusion* ? propose Flaiano.

Federico n'est guère emballé :

— Je ne sais pas, pour le moment, sur le dossier qui contient mes notes et le déroulement sommaire du récit, à part les habituelles bonnes grosses fesses, j'ai seulement tracé un grand *8 1/2*. Ce sera son numéro si je le fais.

Par ce « 8 1/2 », Fellini entendait dire qu'il en était à son huitième film de long métrage. En revanche, le « 1/2 » est plus malaisé à déchiffrer. Représente-t-il sa première expérience partagée avec Alberto Lattuada ? Représente-t-il ses œuvres plus courtes dans les deux films collectifs comme certains ont cru devoir l'interpréter ? Est-il le reflet de son blocage, de sa crise de création ? Vise-t-il l'effet miroir du film manqué de Guido dans le film achevé de Fellini ? Est-il simplement la traduction du chemin déjà parcouru sur le film en cours d'élaboration ? Il ne s'en est pas vraiment expliqué.

Tullio Pinelli et Brunello Rondi rejoignent Fellini et Flaiano pour l'écriture du scénario et la préparation du film. À ce stade, Federico doute encore. La veille du tournage, il est au bord du gouffre, confus et désespéré, il s'apprête à annoncer à Angelo Rizzoli qu'il va renoncer.

Je ne me rappelais plus ce qu'était ce film que je voulais faire. Le sentiment, l'essence, le parfum, cette ombre, ce jaillissement de lumière qui m'avaient séduit et fasciné avaient disparu, s'étaient dissous, je ne les retrouvais plus. Les dernières semaines, avec une angoisse croissante, j'avais tenté de reparcourir l'itinéraire de la gestation de ce film auquel je n'avais même pas su donner un titre[2]...

Au moment même où il commence sa lettre, Menicuccio, son chef machino (qu'on verra à l'image dans *Intervista*), vient le chercher dans son bureau pour fêter avec la troupe des techniciens l'anniversaire d'un autre machiniste, Gasparino (qu'on verra dans *Les Clowns*). En débouchant la bouteille, Gasparino s'écrie joyeusement : « Ce sera un grand film, dottore ! Santé ! Vive *Huit et demi* ! » Soudain, Federico a honte, il se fait l'effet d'un capitaine en train d'abandonner son équipage. Et voilà que d'un seul coup tout s'éclaircit à nouveau. Il n'écrira pas à Rizzoli. Il fera le film.

Dans le rôle principal de Guido Anselmi, habillé de noir et cachant son visage sous un chapeau à large bord, Marcello Mastroianni, qui ne connaît pas le script, improvise au fur et à mesure des prises de vues des divagations cinématographiques qui se révéleront admirables de justesse et de spontanéité. Federico établira la version définitive des dialogues au doublage. Beaucoup d'auteurs ont prétendu que l'acteur était l'alter ego de Fellini. Non, affirme-t-il dans ses entretiens avec Damien Pettigrew : « J'ai toujours inventé. Ce besoin irrépressible d'inventer provient du fait que je ne veux rien d'autobiographique dans mes films. J'ai inventé Guido Anselmi et les critiques ont déclaré qu'il était moi. Mais Guido n'est pas mon alter ego, de la même façon que je ne suis pas Marcello Mastroianni. Ce serait trop simpliste[3]. » Ce serait sans aucun doute trop simpliste, mais il n'en reste pas moins que souvent ses films, des *Vitelloni* à *Intervista* en passant par *Huit et demi*, *Juliette des esprits* et *Amarcord*, sont empreints de références directement vécues.

Parmi les autres acteurs, il a repris Anouk Aimée dans le rôle de Luiza, l'épouse du réalisateur, et Annibale Ninchi dans celui de son père. Sandra Milo interprète Carla, sa belle maîtresse envahissante. Sous les traits de Claudia Cardinale, la jeune fille de la source, apparaît la muse, la grâce, l'inspiration et donc le salut qui lui offrira son sourire avec un verre d'eau. Jean Rougeul, dans le rôle de l'ami intellectuel ambigu et antipathique, pousse le héros vers le vide en le laissant croire à son incapacité créative ; il représente une sorte de synthèse symbolique de ces critiques douteux, particulièrement odieux à Fellini quand ils s'absolvent de leur propre insuffisance en dénigrant le travail des autres sans chercher à le comprendre. Jan Dallas en magicien télépathe qui, lisant dans la pensée de Guido-enfant, en tire la formule magique « asanisi-masa » où l'on peut décoder le mot *anima* (âme en italien) ; et aussi l'anagramme de « Ma-si-na », comme le fait remarquer le critique de cinéma Jean Collet[4]. L'Américaine Edra Gale, à l'époque étudiante en art lyrique, incarne la Saraghina décrite dans le script comme « une espèce de Moby Dick femelle, un dragon horrible et merveilleux, inquiétant, ébouriffé, maquillé, qui danse la rumba sur la plage pour les collégiens éblouis[5] ».

Le tournage, organisé par Clemente Fracassi, débute le 9 mai 1962 dans des décors que Piero Gherardi s'est ingénié à recréer en studio : le hall de l'hôtel, la rue principale de la ville balnéaire, un plateau de cinéma avec ses échafaudages, ses praticables, ses passerelles métalliques, un véhicule spatial inspiré de *La Tour de Babel* peinte par Bruegel ; et des costumes façon années trente. Après quelques semaines, à l'occasion d'une grève des techniciens de laboratoire qui l'empêche de visionner ses rushes journaliers, Federico découvre ce qu'il appellera par la suite une « théorie », selon laquelle il est préférable de ne pas visionner les scènes tournées au jour le jour afin de ne pas rompre la magie de la création en cours.

Après la cessation de la grève, il confie le soin de vérifier la qualité technique des rushes au directeur de la photographie. Cette fois, c'est le grand maître italien du noir et blanc, Gianni di Venanzo, qui avait déjà éclairé *Agence matrimoniale* et qui vient de terminer successivement *L'Éclipse* avec Antonioni et *Salvatore Giuliano* avec Francesco Rosi. Quant à la caméra, elle est entre les mains de Pasquale De Santis, le frère cadet de Giuseppe De Santis, qu'on retrouvera auprès de Zeffirelli, Visconti, Rosi, encore Fellini, et qui deviendra l'un des plus brillants opérateurs du cinéma italien.

Le tournage se poursuit jusqu'au 14 octobre dans l'ambiance artisanale, affairée, décousue et joyeuse qui plaît tant à Fellini. Il filmera encore quelques extérieurs entre Tivoli, Fiumicino, Viterbe, un bois d'eucalyptus de l'Eur pour figurer le parc de la station thermale, et la plage d'Ostie pour la scène finale autour du vaisseau spatial où se retrouvent dans un carrousel endiablé, aux ordres d'un Guido-enfant tout habillé de blanc, les cent cinquante-deux personnages du film au son d'une parade de clowns composée par Nino Rota. Puis, tandis que Leo Catozzo s'attelle au montage, Nino écrit sa petite marche, intitulée *Passarella* en référence à la scène de la passerelle, qui deviendra ce fameux « air fellinien » désormais joué en toutes circonstances dans le monde entier.

Huit et demi, qui sort en Italie le 14 février 1963, est salué par un déluge d'adjectifs élogieux. On parle d'une œuvre géniale. Le film est comparé aux plus grands romans fantastiques. On écrit que Fellini est un magicien, qu'il fait penser à Proust, à Joyce, à Pirandello, à *La Conscience de Zeno* d'Italo Svevo, aux *Fraises sauvages* de Bergman. Federico a gagné. Son succès dépasse celui de *La Dolce Vita*. Les recettes suivent. Pourtant, il ne fait pas encore l'unanimité. Alberto Moravia écrit : « Le personnage de Fellini est un érotomane, un sadique, un masochiste, un mythomane, il a peur de la vie, a la nostalgie du sein maternel, c'est un bouffon, un mystificateur et un escroc[6]. » Moravia était alors très lié avec Pasolini, ce qui pourrait expliquer sa hargne. Pour Christian Metz, théoricien du langage cinématographique, c'est « une méditation puissamment créatrice sur l'impuissance à créer[7] ».

Au mois de juin 1963, Fellini et Mastroianni s'envolent vers l'Amérique pour assister au lancement du film. Accueil triomphal suivi d'un dîner en leur honneur au célèbre restaurant new-yorkais Four Seasons.

Le 18 juillet, au Festival international du film de Moscou, les acclamations de huit mille spectateurs submergent la salle des congrès du Kremlin. Le film transporte le public mais il effraie les officiels par son message de liberté dans un moment où Khrouchtchev est plus que jamais méfiant à l'égard de l'Occident. On a peur de cet exemple de décadence venu de l'Ouest, de son ton individualiste et ambigu. Le jury du festival présidé par le réalisateur Grigori Tchoukhraï, auteur de *La Ballade du soldat* (prix du jury à Cannes en 1960), compte sept représentants étrangers parmi ses quinze membres, dont le réalisateur américain Stanley Kramer, Jean Marais, Sergio Amidei, le réalisateur indien Satyajit Ray. Les délibérations sont longues et tumultueuses. Le président va jusqu'à proposer de créer un prix spécial hors concours pour *Huit et demi*, mais Sergio Amidei qui est un communiste fort en gueule livre une bataille acharnée, démontre que ce ne serait là que manière impérialiste et rallie la plupart des membres du jury. Le 21 juillet, Satyajit Ray se précipite à l'hôtel Moskva :

— Félicitations, mon cher Federico, annonce-t-il

en anglais, *Huit et demi* a obtenu le grand prix et, qui plus est, à l'unanimité des membres du jury !

En attendant la fin des délibérations, Giulietta Masina a profité de la présence à Moscou de Luchino Visconti pour réconcilier le comte rouge avec son mari. Les deux réalisateurs ne s'étaient plus parlé depuis dix ans, depuis la discorde née à Venise à propos de *Senso* et de *La Strada*. Ils s'évitaient et faisaient mine de ne pas se reconnaître quand ils se rencontraient. « Ferme bien ta fenêtre, si Visconti passe il va cracher à l'intérieur[8] », disait Fellini à ses amis lorsqu'il se garait piazza del Popolo. Visconti n'était pas en reste : « C'est ainsi que mon valet voit les nobles[9] », avait-il commenté en sortant d'une projection de *La Dolce Vita*. Giulietta qui pour sa part n'avait jamais cessé d'entretenir des liens amicaux avec Visconti s'était ingéniée à provoquer une rencontre dans le hall de l'hôtel. Les deux artistes étaient tombés dans les bras l'un de l'autre. Ils avaient effacé leurs vieilles rancœurs, même si quelques petits coups de griffe en forme de compliments aigres-doux allaient encore parfois émailler leurs rapports. Dans une retransmission télévisée du Festival de Spolète, en 1970, serrant la main de Luchino, Federico s'exclamera :

— C'est un collègue que j'estime vraiment pour sa façon de s'exprimer, pour son engagement, pour l'humilité qu'il y a au fond de lui, pour la façon dont il fait son métier d'artiste.

Puis, regardant Visconti droit dans les yeux, il ajoutera :

— T'es content ?

— Très content, répondra Visconti avec une pointe d'ironie. Je voudrais juste que ces propos soient inscrits sur une petite plaque commémorative.

Après avoir reçu encore bien d'autres prix : prix du meilleur film de l'Académie du film britannique, Bodil du meilleur film européen à Copenhague, prix du meilleur film étranger de la critique new-yorkaise, Angelo Rizzoli apprend que *Huit et demi* fait l'objet de quatre nominations aux oscars : meilleur film étranger, meilleurs décors et costumes d'un film en noir et blanc, meilleure réalisation. Il organise un voyage en Amérique, dont font partie, outre Federico et Giulietta, Clemente Fracassi, Ennio Flaiano et Sandra Milo accompagnée du producteur Moris Ergas ; et le 13 avril 1964, à l'auditorium de Santa Monica, Federico reçoit des mains de Julie Andrews son troisième oscar pour le meilleur film étranger et un second oscar pour les meilleurs costumes en noir et blanc de Piero Gherardi.

En Italie, *Huit et demi* sera couronné de sept Rubans d'argent attribués par le syndicat national des journalistes italiens : meilleur sujet, meilleur scénario, meilleur producteur, meilleur réalisateur, meilleure photo, meilleure musique et meilleur second rôle féminin pour Sandra Milo. Au Japon, en 1966, lui seront décernés les Kinema Junpo Awards du meilleur film étranger et du meilleur réalisateur étranger.

Par désir de tranquillité, les Fellini quittent leur appartement du quartier des Parioli et s'installent en bordure de mer, dans une magnifique demeure, plus vaste et plus claire que leur villa précédente, tout près de celle de Nino Rota dans la pinède de Fregene. Toujours très lié à son enfance, Federico y retrouve les ambiances de Rimini. Ils ont l'intention d'y vivre toute l'année, même l'hiver.

Étant enfant, Federico avait pris l'habitude, avant de s'endormir, de fourrer sa tête sous son oreiller et d'attendre que le spectacle commence dans l'un des quatre coins de son lit qu'il avait baptisés du nom des quatre cinémas de Rimini. Surgissait alors tout un monde fantasmagorique, qui se mettait en mouvement et l'entraînait dans une spirale éblouissante jusqu'à l'endormissement. Devenu adulte, il continue de cultiver ses facultés visionnaires, non pour rester au stade infantile mais parce qu'elles nourrissent son imagination et lui permettent consciemment d'aborder la réalité avec la disponibilité et la fraîcheur d'émerveillement de l'enfance.

Ainsi, lorsqu'il a l'occasion de se trouver par hasard face à des personnages dotés d'aptitudes extraordinaires, mages, voyants, médiums, il s'y intéresse, cédant à une inexplicable et irrésistible attraction pour des choses mystérieuses indéchiffrables pour la science et prohibées par l'Église. Il lui arrive de participer à des séances de spiritisme, par curiosité et par jeu, mais sans se départir du recul nécessaire pour envisager les phénomènes d'un point de vue psychologique et non magique, de manière à préserver son équilibre mental. L'un de ces personnages est le fameux Gustavo Adolfo Rol, un peintre turinois très cultivé, grand télépathe capable de prodiges qu'il qualifie lui-même de « jeux » tels que lire dans des livres fermés, écrire, peindre ou dessiner à distance sans approcher le support, faire apparaître à volonté des cartes à jouer et en changer la couleur ou déplacer des objets même lourds d'une pièce à l'autre apparemment sans les toucher ; un personnage sans commune mesure avec ceux qui opèrent habituellement dans le domaine de la parapsychologie :

> Les « jeux » de Rol constituent un spectacle tonifiant, réconfortant pour quiconque s'en approche avec une disponibilité réelle — c'est-à-dire l'innocence d'un enfant ou avec le soutien d'une science sans rigidité, ouverte, qui ne se met pas en conflit avec les formes inattendues de la vérité [10].

Après la fin de *Huit et demi*, bien qu'à contrecœur mais pour ne pas décevoir ou avoir l'air d'un lâche, Federico se laisse entraîner à tenter une expérience lui-même. Sous le contrôle du professeur Servadio qui l'avait assisté lors de son trou noir pendant *La Strada*, il s'agit de prendre du LSD 25, une molécule synthétique censée produire les mêmes effets que certains champignons hallucinogènes du Mexique, aide précieuse et efficace, au dire des psychiatres américains qui l'utilisent pour parvenir au subconscient, libérer le patient de ses inhibitions et lui éviter de longues séries de séances psychanalytiques. Selon Federico, l'expérience eut lieu un dimanche après-midi en présence d'un psychologue, de deux infirmiers, d'un cardiologue, de sténographes et de micros. Après avoir absorbé le médicament sur un morceau de sucre, il se promena sans arrêt dans la chambre et parla pendant plus de sept heures dans un état d'extrême agitation. Pour le calmer, on dut lui administrer une intraveineuse. Au réveil, le lendemain matin, il ne se souvenait plus de rien et, la honte ayant pris le pas sur la curiosité, il ne voulut pas écouter les enregistrements de ses délires. D'après la version du professeur Servadio rapportée par Tullio Kezich, il n'y aurait eu que trois participants : Fellini, Servadio et un psychanalyste de ses ex-élèves. Ni infirmiers, ni piqûre, ni rien d'autre. « Fellini a longuement dialogué avec les esprits dans lesquels il croyait. Puis, avec mon aide, il y a réfléchi et s'est persuadé qu'il s'agissait de projections. Il a de cette façon dit adieu à certaines séances de spiritisme d'alors : le résultat fut *Juliette des esprits*, une liquidation du spiritisme[11]. » À partir de là, peu ou prou, le fantastique, sinon le surnaturel, interviendra souvent dans les films de Federico.

Depuis *La Strada* et *Les Nuits de Cabiria*, Fellini n'a jamais cessé de penser à faire un autre film pour Giulietta Masina et avec elle. D'autre part, son associé, Angelo Rizzoli, qui souhaiterait les voir travailler de nouveau ensemble dans un film pour la Federiz, l'encourage à écrire ce nouveau rôle pour Giulietta au plus vite.

Giulietta, elle, a continué de tourner dans d'autres films. En 1957, elle a été Fortunella sous la direction d'Eduardo De Filippo. En 1958, dans *Nella città l'inferno (L'Enfer dans la ville)* de Renato Castellani, elle a été Lina, domestique injustement accusée de vol, incarcérée dans une prison de femmes où elle se liait d'amitié avec une codétenue, prostituée récidiviste, interprétée par Anna Magnani. Une véritable épreuve pour la timide bourgeoise bien élevée qu'est Giulietta, confrontée à l'ambitieuse et autoritaire Magnani qui lui en fait voir de toutes les couleurs. En 1959, alors que Federico était tout à *La Dolce Vita*, elle a tourné en Pologne et en Allemagne *La Donna dell'altro* (« La Femme de l'autre »), un affreux mélodrame de la misère, de Victor Vicas, avec Richard Basehart. Les journaux en mal de copie ne se sont alors pas privés pour épiloguer sur une idylle, réelle ou supposée, entre les deux acteurs. La même année, elle a été Doris, une femme seule et désespérée en mal d'amour et d'ascension sociale dans *La Grande Vie* de Julien Duvivier. En somme, une série de petits films plus ou moins ratés dont le seul résultat a été de laisser Giulietta sur sa faim, de la rendre susceptible et méfiante au point de refuser *La Notte (La Nuit)* d'Antonioni. Depuis le retentissant succès de *La Dolce Vita,* elle s'est beaucoup consacrée à sa nouvelle villa dans la pinède de Fregene, aux voyages avec Federico, aux interviews, aux soirées, allant jusqu'à sacrifier sa propre carrière ; ainsi, les gens qui fréquentent la maison pour voir le Maestro l'ignorent la plupart du temps, la traitent parfois avec arrogance ou grossièreté, n'hésitent pas à lui rappeler ses rivales des années 1950, Gina Lollobrigida, Sophia Loren, Silvana Mangano, avec lesquelles elle avait dû lutter âprement pour se faire une place dans le métier. Les interminables séances de spiritisme qu'on lui impose l'ennuient, son beau-frère Riccardo, qui n'arrive pas à rembourser ses dettes sans l'aide de son mari, lui bat froid. La mauvaise humeur de Federico qui menace de s'enfuir la pousse vers la bouteille de whisky, elle pleure pour un rien.

Dans son journal, *Subliminal TU !*, publié chez Mondadori en 1967, Anna Salvatore, peintre et sculpteur proche des milieux intellectuels de l'époque, que Fellini avait placée parmi les invités de Steiner dans *La Dolce Vita* et qui fréquentait la villa de Fregene, décrira le climat qui régnait ces années-là chez les Fellini. Sur un ton persifleur et cancanier, on y retrouve le Big (Federico) toujours dans les nuages, sa femme Lietta (Giulietta) qualifiée d'extrêmement infantile, le comte Fifty (Salvato Cappelli) et les séances de spiritisme. Soit par déception, soit par vengeance contre Federico qui l'aurait éconduite, soit par jalousie artistique, Anna Salvatore écrit :

Il n'y a même plus d'amitié entre le Big et Lietta [...] ils ne se parlent plus [...] ils ne font plus l'amour depuis huit ans. [...] Je ne crois pas avoir fait quoi que ce soit de mal en racontant ces choses avec un peu de mystification, car dans ses drames [lire « ses films »], il ne fait rien d'autre que raconter sa vie, la mienne, celle de sa femme et de quiconque en fait partie, avec la plus grande désinvolture. Il raconte tout lui-même, sans rien cacher, et ses références sont très claires, même les phrases qu'il nous fait dire ! Comme c'est un auteur très lu et représenté, il peut vous arriver n'importe quand qu'un type vous apostrophe pour vous dire : « ... Ah, vous êtes l'artiste dont parle Guido X ? Celle qui veut aimer Dieu dans toute sa puissance physique [12] ? »

En dehors du spiritisme, le nouveau film a pour sujet le couple et la dégradation des liens conjugaux, mais avec l'ambition, explique Fellini, de « restituer à la femme sa véritable indépendance, son indiscutable et inaliénable dignité [13] ». S'il a exorcisé ses propres démons dans *Huit et demi*, il cherche maintenant dans *Juliette des esprits* à explorer les angoisses et les désirs de sa femme prise comme symbole de la bourgeoise italienne classique ; en usant du même procédé, en mêlant rêve (ou cauchemar) et réalité, en espérant au-delà de la réalité libérer l'invisible de la nature féminine.

Les premières images du film lui viennent en couleurs ; et il décide de tourner en couleurs même s'il pense que la couleur n'a pas l'intensité expressive du noir et blanc, qu'elle trahit l'idée en subissant le moindre reflet, qu'elle empiète continuellement sur la couleur voisine, qu'elle s'exalte ou s'altère selon la distance. Il découvre que la couleur est un moyen d'expression très précieux si elle est utilisée à la manière d'un peintre, qu'elle enrichit le film de la même dimension symbolique que celle du rêve. Mais si le peintre peut aisément conférer à son tableau la couleur franche et fixe qu'il a décidé de lui donner, le cinéaste est tributaire de sa technique. L'objectif de sa caméra ne peut figer la couleur, qui change dans le mouvement, en fonction des variations de lumière. Malgré son talent et ses trésors d'ingéniosité, Gianni di Venanzo saura-t-il trouver les décrochages d'ombre et de lumière propres à sculpter dans la couleur l'image voulue par Federico ? Des rumeurs ont circulé à la fin du tournage selon lesquelles Otello Martelli aurait été appelé à refaire incognito, de nuit, certains premiers plans de Giulietta.

À quelques mètres de la mer, dans sa somptueuse villa au milieu des pins, Juliette, riche bourgeoise d'une quarantaine d'années, conformiste, affable et discrète, mène une vie tranquille entre deux domestiques et son mari Giorgio. Sa mère et ses sœurs, belles, élégantes, éprises de mondanités, la distraient de son quotidien. Pour leur quinzième anniversaire de mariage, elle prépare amoureusement un tête-à-tête aux chandelles, mais Giorgio, agent de presse de son métier, qui a oublié l'événement, rentre avec une dizaine d'intellectuels et artistes plus snobs les uns que les autres. Pendant la fête improvisée, les amis organisent une séance de spiritisme à l'issue de laquelle Juliette est assaillie de sensations désagréables. Les jours suivants, elle commence à entendre des voix, elle a des visions, elle revit les traumatismes de son enfance, d'autant plus tourmentée que le comportement de Giorgio a éveillé ses doutes sur sa fidélité. Elle fait appel aux services d'un détective privé. Ses soupçons se confirment : Giorgio la trompe avec un mannequin. Un nouveau monde de fantasmes la submerge. Un esprit lui souffle de céder à ses propres pulsions sensuelles. Tiraillée entre ses cauchemars et la réalité, elle se retrouve en proie à une sévère crise existentielle. Doit-elle s'accrocher de toutes ses forces aux enseignements moraux et religieux de son enfance, à sa mère qui lui préfère ses sœurs, à l'affectueux souvenir de son adorable grand-père qui, avant d'enlever une danseuse du cirque en aéroplane, l'a soustraite au supplice du gril tandis qu'elle incarnait une sainte martyre dans une représentation théâtrale enfantine chez les religieuses où elle a été éduquée ? Doit-elle se laisser aller à la frivolité avec ses sœurs ? ou se livrer au marivaudage en compagnie de son extravagante voisine et amie Susy (Sandra Milo), une libertine effrénée qui ne jure que par le plaisir ? Au moment de succomber aux tentations d'un jeune éphèbe, elle s'enfuit, terrorisée par de nouvelles hallucinations. De retour chez elle, elle tombe sur Giorgio qui a fait ses valises et s'apprête à la quitter. En proie au plus violent désespoir, Juliette est sur le point de sombrer lorsque son grand-père lui réapparaît pour la délivrer des angoisses, des diables et des mauvais génies qui lui gâchent l'existence. Calmés, les esprits devenus bienveillants vont l'aider à reconquérir sa sérénité et sa liberté.

Pendant le tournage, en tant que mari et femme, Federico et Giulietta sont souvent en désaccord. Le paysage intérieur de la femme troublée, les fantasmes, les misères, les rêves qu'il attribue à son personnage sont surtout les siens ; Giulietta, elle, les envisagerait plus volontiers comme ceux d'une femme trompée qui vit un véritable drame et ne désespère pas de retrouver l'amour d'un mari volage, mais l'actrice en elle s'incline devant le réalisateur. Quant aux couleurs qui donnaient tant d'inquiétude à Federico, vives, lumineuses, féeriques, elles sont parfaitement réussies et participent pleinement à la magie de la fable.

Le film qui devait être présenté hors concours à la Mostra de Venise à l'été 1965 ne fut pas prêt à temps. Il sortit le 22 octobre, directement dans les salles de cinéma, et le même jour à Paris à l'occasion de l'inauguration du nouveau cinéma Publicis sur le boulevard Saint-Germain. Après une réception de lancement en présence de Federico et Giulietta au mois de novembre dans l'appartement de Jacqueline Kennedy sur la Cinquième Avenue, le film est projeté à New York le 4 janvier 1966.

En Italie, comme toujours quand il s'agit d'un film de Fellini, les critiques sont partagés entre ceux qui crient au chef-d'œuvre et ceux qui hurlent au film raté. Les qualificatifs ne manquent pas : génial pour les uns, trop long, chaotique, maniéré, pour les autres, les plus nombreux hélas ! La Centrale catholique du cinéma le déconseille, le définissant comme « extrêmement confus et équivoque, en raison du déplaisant mélange de sacré et de profane, du procès manifestement partial et injuste fait à l'éducation catholique et religieuse, et de la présentation gratuite, complaisante, d'images lascives[14] ».

Pour Federico, *Juliette des esprits,* le seul film coproduit par la Federiz, sera une demi-déception et l'occasion de bien des ruptures, à commencer par celle avec Ennio Flaiano. Après quinze ans de collaboration et d'amitié, Fellini et Flaiano ont eu des désaccords sur le scénario, ils ont commencé à s'éviter, se sont même parfois disputés. Ennio a fait savoir à son ami que certains scénarios seraient meilleurs s'ils étaient écrits par de vrais analystes qui connaissent mieux qu'eux les problèmes d'un couple en crise. À cela Federico lui a répondu qu'il se montait la tête. À la fin du tournage, Flaiano lui a envoyé une lettre de protestation qu'il a aussitôt mise au panier sans la lire jusqu'au bout. Dans sa mauvaise foi, Ennio était allé jusqu'à lui reprocher personnellement une erreur commise dans les bureaux Rizzoli qui l'avaient fait voyager en seconde classe alors que le reste de l'équipe se trouvait en première lorsqu'ils s'étaient rendus à Los Angeles pour *Huit et demi.* Ils se réconcilieront quelque temps après le premier infarctus d'Ennio, pour se redisputer aussitôt et ainsi de suite jusqu'à sa mort en 1972. Quant à Tullio Pinelli, pour ne pas avoir à entrer en conflit avec Federico, il s'est éloigné sur la pointe des pieds. Tullio détestait les plateaux, or Federico décidait de plus en plus souvent de laisser tomber le scénario pour improviser directement sur le plateau. Tullio Pinelli n'avait donc plus rien à faire ; il réapparaîtra comme scénariste aux côtés de Federico vingt ans plus tard, au moment de *Ginger et Fred*.

En fait, depuis *Huit et demi*, Flaiano et Pinelli ont sans doute pris ombrage de l'entrée en jeu de Brunello Rondi dans le cercle des scénaristes felliniens. En même temps, Federico, qui a bâti tous ses scénarios avec eux depuis déjà quinze ans, depuis *Le Cheik blanc*, conscient d'avoir pris une nouvelle dimension, ressent de son côté le besoin de renouveler ses collaborateurs. Pour ses prochains films, il va faire appel à son vieux copain du *Marc'Aurelio*, Bernardino Zapponi. De même, Angelo Rizzoli sera remplacé par Dino De Laurentiis, Piero Gherardi par Piero Tosi et Danilo Donati. Clemente Fracassi deviendra l'homme de confiance exclusif de Rizzoli. Gianni Di Venanzo succombera à une hépatite virale le 3 février 1966, à l'âge de quarante ans, et sera remplacé par Giuseppe Rotunno, collaborateur attitré de Visconti depuis *Senso*. Quant à Leo Catozzo, il a déjà été remplacé sur le montage de *Juliette des esprits* par Ruggero Mastroianni, le frère cadet de Marcello. De son ancienne équipe, seul Nino Rota continuera à lui composer des musiques inoubliables.

Après le film, Giulietta anime pendant trois ans, de 1966 à 1969, une émission de radio très suivie, *Lettere aperte a Giulietta Masina* (« Lettres ouvertes à Giulietta Masina »), dans laquelle elle répond au courrier que lui adressent les auditeurs, une rubrique qu'elle poursuivra pendant de longues années encore dans le quotidien *La Stampa* et dont sera tiré en 1975 le livre *Il Diario degli altri* (« Le journal des autres »)[15].

Un cauchemar : le film maudit

En octobre 1938, Fellini avait lu et même dévoré une nouvelle fantastique du journaliste et écrivain Dino Buzzati, publiée en feuilleton dans l'hebdomadaire *Omnibus*. *Lo Strano Viaggio di Domenico Molo* (« L'étrange voyage de Domenico Molo ») racontait les aventures dans l'au-delà d'un garçon d'une douzaine d'années qui, se retrouvant après la mort dans le lieu du Jugement dernier, comprenait le sens de la vie et préférait revenir sur terre plutôt que d'aller au paradis. Pendant les deux ans qui s'étaient écoulés entre *Huit et demi* et *Juliette des esprits*, songeant qu'il pourrait peut-être en tirer un film, Federico y avait souvent repensé. Plusieurs mois avant la sortie de *Juliette*, il avait téléphoné à Buzzati pour lui faire part de son désir de porter à l'écran ce petit conte qu'il avait tant aimé dans sa jeunesse ; et il avait ajouté qu'il serait très honoré que l'auteur acceptât d'en écrire le scénario avec lui. Dino Buzzati avait accepté.

Les deux hommes, qui ne se connaissaient pas personnellement mais qui s'estimaient et s'admiraient mutuellement, étaient faits pour s'entendre.

Lors de leur première rencontre, dans un restaurant milanais, ils se découvrirent de nombreuses affinités.

— Au fond, écrire et peindre sont pour moi la même chose, dit Buzzati. Que je peigne ou que j'écrive, je poursuis le même but, celui de raconter des histoires.

Ils avaient aussi en commun une certaine attirance pour l'ésotérisme, la métaphysique et l'irrationnel en général. Dino Buzzati était en train de travailler pour le *Corriere della Sera* à une série de portraits sur l'Italie occulte et superstitieuse, celle des rebouteux, jeteurs de sorts, envoûteurs, sorcières et magiciens de tout poil, portraits non dénués d'humour qui devaient plus tard être réunis sous le titre *I Misteri d'Italia (Mystères à l'italienne)*. Federico l'emmène à Turin pour lui faire connaître ce Rol et ses tours fabuleux ; il l'emmène aussi chez la voyante guérisseuse de Porto Civitanova Marche, Pasqualina Pezzolla, réputée capable de soigner par l'imposition des mains. Buzzati dira plus tard que la voyante lui avait souri de façon étrange, compatissante et gênée, comme si, lisant la peur dans ses yeux, elle n'osait lui révéler une vérité. Il n'allait hélas pas tarder à apprendre qu'il était atteint d'une grave maladie dont il devait mourir en 1972.

Les liens se resserrent tant et si bien entre le réalisateur et l'écrivain qu'ils prennent l'habitude de se téléphoner tous les matins pour se raconter leurs rêves, leurs sensations, leurs peurs. Ils parlent aussi de leur travail, mais le scénario avance trop lentement au gré de Fellini qui voudrait davantage de fantastique. Pour lui, la narration de Buzzati est trop structurée. À la fin de l'été 1965, malgré quelques divergences habilement éludées de part et d'autre, le scénario est enfin prêt sous le titre provisoire *Il Viaggio* (« Le voyage »). Comme titre définitif, Dino Buzzati verrait bien *La Dolce Morte* (« La douceur de mourir »), un titre miroir. Federico, qui n'est évidemment pas d'accord, apportera sa touche finale en ouvrant au hasard l'annuaire téléphonique de Milan : ce sera finalement *Il Viaggio di Giuseppe Mastorna* (« Le voyage de Giuseppe Mastorna »).

À la fin de l'été 1965, il écrit une longue lettre à Dino De Laurentiis pour lui expliquer qu'il voudrait tourner la plus grande partie de ce film en décors naturels, dans certains quartiers de Rome, dans des ports, des gares, des aéroports, à New York, Berlin, Amsterdam, Venise. Pour le budget, que Dino se tranquillise, il a prévu des solutions scénographiques peu coûteuses, comme il en avait employé pour *Huit et demi*. Il s'agit, dit Fellini dans sa lettre, de raconter la vie dans l'au-delà de Mastorna qui pourrait être un joueur de violoncelle ou alors « un homme d'affaires comme toi, cher Dino. Je veux dire un caractère tendu vers la réalisation concrète de sa propre vie, plein de force et d'enthousiasme[1] ». On imagine facilement Dino De Laurentiis, bon Napolitain superstitieux, à la réception de cette lettre, conjurant immédiatement le mauvais sort selon l'usage de l'Italie du Sud en portant les mains au bas-ventre et en faisant les cornes à plusieurs reprises. Le film, que Fellini assure comique au producteur, débuterait par le plan d'un avion qui se débat dans une tempête de neige. Panique. Puis, le calme revenu comme dans un rêve, l'avion se poserait dans une vallée inhospitalière. Là, dans la maison des douaniers, une hôtesse indique la direction à prendre. Les passagers se retrouvent dans la nuit et la neige, montent dans un bus qui se met en route par des chemins tortueux, mal éclairés, arrivent sur la grand-place d'une ville inconnue dominée par une étrange cathédrale gothique… Federico ajoute dans la lettre qu'il veut décrire une expérience « indicible, mystique, le sentiment de tout » — il faut bien sûr comprendre que les voyageurs sont arrivés dans l'autre monde après le crash de l'avion.

De Laurentiis, qui venait de terminer *La Bible* * de Marcel Carné dans ses vastes studios de Dinocittà, via Pontina, à une quinzaine de kilomètres de Cinecittà, est d'abord réticent. Mais, s'agissant d'une œuvre de Dino Buzzati et du talent de Federico Fellini — il ne se consolait pas d'être passé à côté de *La Dolce Vita* —, il se laisse convaincre, sinon par le projet, du moins par ses frères, Luigi et Alfredo, grands amateurs d'occultisme et de science-fiction. La production se met en route. Au printemps 1966, on embauche le scénographe Pier Luigi Pizzi et le photographe Giuseppe Rotunno avec qui Fellini fait des repérages à Naples, Milan et Cologne.

* Histoire de la Bible racontée à travers les magnifiques mosaïques byzantines (XIIe siècle) de la cathédrale de Monreale, près de Palerme.

Au mois d'août, on commence à construire en studio un énorme décor inspiré de la cathédrale de Cologne. Ne supportant plus la confusion qui règne à Dinocittà, Federico fuit son bureau, trop grand, et se réfugie dans un petit bureau provisoire, 36 via Nazionale, où il étudie avec Giuseppe Rotunno les couleurs, les éclairages, les ambiances qu'il veut magiques et se lance dans son casting, convoquant comme à l'accoutumée acteurs, figurants et techniciens par dizaines. La cathédrale de Cologne achevée, il réintègre les studios de la via Pontina, mais sans sa belle humeur habituelle : il est insatisfait, irritable ; il fait régulièrement des cauchemars qu'il retranscrit dans son *Livre des rêves*. Un soir, dans un demi-sommeil, il a l'impression que la cathédrale de Cologne lui tombe tout entière sur la tête, brique par brique. Il le prend comme un mauvais présage. Son principal problème est maintenant de trouver l'interprète idéal pour Mastorna. Il veut éviter Mastroianni, qui n'est d'ailleurs pas libre puisque depuis janvier il est Rudolph Valentino avec un succès formidable au théâtre Sistina dans *Ciao Rudy*, une comédie musicale retraçant la vie de l'inoubliable star du muet. Conseillé par De Laurentiis, Federico s'intéresse à des acteurs américains. Steve McQueen, qui viendra le voir à Rome, Laurence Olivier, trop théâtral, Gregory Peck, qui n'est pas libre ; puis le grand acteur et metteur en scène de théâtre milanais Giorgio Strehler, un admirateur inconditionnel qui s'inspire des personnages et des ambiances du Maestro pour certains de ses propres spectacles et qui rêve de jouer le rôle. Du reste, en hommage à Fellini après sa mort, en 1993, Strehler caressera toujours le projet de mettre en scène le scénario de *Mastorna* pour le cinéma, mais lui-même mourra en 1997 avant d'avoir eu le temps de le faire.

Les mois passant, Federico prend les studios de Dinocittà en grippe, interprète le moindre événement avec superstition, voit partout des signes contraires. Son psychanalyste Ernst Bernhard est mort au cours de l'été précédent. Rol lui aurait déconseillé de faire le film. À cela vient s'ajouter un rêve désastreux noté dans son *Livre* le 14 septembre 1966, dans lequel, tout en étant arrivé à la gare une heure avant le départ de son train, il se retrouve sur le marchepied dans une position dangereuse, incapable de monter ou de descendre. Il appelle au secours, mais en vain. Il se réveille en sueur, le cœur battant, assailli d'obscures prémonitions. Pris de panique, il décide d'abandonner *Le Voyage de Mastorna.* Le jour même, il envoie une lettre recommandée à Dino De Laurentiis pour lui annoncer qu'il ne peut plus faire le film.

Éberlué, Dino De Laurentiis pense qu'il s'agit d'un caprice. Ce film qui aurait dû commencer le 5 septembre et avait été renvoyé au 3 octobre à la suite d'un malaise passager de Fellini, ce film pour lequel on avait réalisé de gigantesques reconstitutions dans les studios de Dinocittà et déjà dépensé six cents millions de lires, dont près de la moitié pour le réalisateur, pour lequel on avait engagé tant de monde, un tel film ne pouvait pas ne pas se faire. C'était impossible. Plus de soixante-dix personnes se seraient retrouvées au chômage. De Laurentiis est contraint d'intenter une action en dommages et intérêts contre Fellini. Il lui demande un milliard cent millions de lires : six cents millions de remboursement des dépenses, cinq cents de manque à gagner ; il demande aussi la saisie de tous ses crédits auprès d'Angelo Rizzoli. De cette situation antipathique, c'est Giulietta qui souffre le plus, car, le juge ayant tranché en faveur du producteur à hauteur de trois cent cinquante millions, la maison de Fregene est envahie d'huissiers. Les meubles et les tableaux sont saisis à titre conservatoire. C'est alors que Féfé annonce à la presse qu'il va créer une société de production, la Fulgor, et qu'il tournera *Mastorna* avec le concours des Américains. La réaction de Dino De Laurentiis est spectaculaire : il charge ses avocats de trouver un accord avec Federico... Et par un beau matin froid mais ensoleillé de février 1967, dans les salons de la villa Borghèse, comme dans une comédie à l'italienne, les deux protagonistes tombent dans les bras l'un de l'autre et décident de reprendre le tournage de *Mastorna* au printemps.

Pressé par le producteur, Fellini se résout finalement, le 18 mars, à faire signer Ugo Tognazzi pour le rôle de Mastorna, mais il n'est guère convaincu. Quoique excellent acteur, Ugo n'a pas le regard passionné du violoncelliste. La date du tournage approche. Pour être plus près des studios, Federico et Giulietta quittent la villa de Fregene et s'installent au Garden Hotel de l'Eur. Federico est agité, nerveux, de plus en plus intraitable. Il continue de faire des cauchemars épouvantables : de mort, d'exécutions, de barrages, de frontières, de douanes, d'arrestations, qu'il note consciencieusement dans son *Gros Bouquin*. Il est à bout. Le soir du 10 avril, alors qu'il est seul dans sa chambre d'hôtel, il perd connaissance, comme quand il était enfant, et s'écroule à terre. À son réveil, il a mal à la tête, à la poitrine, aux épaules et se trouve dans la voiture d'un médecin qui roule à toute allure, criant aux autres chauffards : « Laissez-moi passer ! J'ai un moribond dans ma voiture ! » Il aurait suffi de bien moins à l'hypocondriaque Federico pour qu'il se voie déjà au fond de la mer.

On le transporte dans la pénombre d'une grande chambre toute blanche de la clinique Salvator-Mundi. On lui administre des calmants. Le mercredi 12 avril 1967, le *Messaggero* de Rome écrit : « Dans les milieux artistiques romains, on parle avec insistance d'une infection pulmonaire... » Il s'agit en fait d'une pleurésie. De Laurentiis, qui avait d'abord cru à une maladie diplomatique, lui rend visite. Les amis se précipitent à son chevet : Angelo Rizzoli, Marcello Mastroianni, Titta, Strehler et beaucoup d'autres. Le pape Paul VI, qui avait refusé de le rencontrer à l'époque de *La Dolce Vita* quand il était archevêque de Milan, lui adresse ses meilleurs vœux de guérison ; en somme, de quoi lui faire vraiment penser qu'il est à la dernière extrémité. Quelques jours plus tard, son état s'est amélioré, il reprend goût à la vie, sourit, courtise les infirmières, dicte des lettres à De Laurentiis pour lui annoncer qu'il reprendra le tournage en août. Il profite de sa convalescence à Manziana près de Rome, puis à Fiuggi, pour écrire un livre de souvenirs, *La Mia Rimini,* qui sera publié par l'éditeur Cappelli à Bologne la même année. Guéri, il rentre au début du mois de mai à sa résidence de l'Eur, où il reçoit la visite du richissime producteur Alberto Grimaldi, un avocat napolitain qui venait de produire deux westerns de Sergio Leone avec un succès sans précédent : *Et pour quelques dollars de plus* (1964) et *Le Bon, la Brute et le Truand* (1965), et qui ferait n'importe quoi pour attacher son nom à celui de Federico Fellini.

— Même *Mastorna*, lui assure-t-il.

— Oh, *Mastorna* appartient à De Laurentiis... Il faudrait débourser des centaines et des centaines de millions pour le récupérer ! répond Federico.

— Pour avoir Fellini, je suis disposé à tout.

Le directeur de production de Grimaldi, qui se trouve être Enzo Provenzale, une vieille connaissance de Federico de l'époque du *Cheik blanc,* examine la situation. L'opération ne semble pas impossible. Les décors peuvent encore être utilisés. Il suffirait de mettre le devis à jour et de dédommager Dino De Laurentiis. Rendez-vous est pris à Dinocittà pour régler les comptes. Le 25 septembre 1967, Grimaldi offre quatre cent trente-cinq millions de lires* à De Laurentiis, qui n'en croit ni ses yeux ni ses oreilles, pour régler les droits du film et solder définitivement le contrat d'Ugo Tognazzi.

* Trois millions et demi d'euros.

L'affaire conclue, tout se remet en marche, Enzo Provenzale refait le devis et le plan de travail. Le décorateur Mario Chiari retouche les maquettes. Marcello Mastroianni, de nouveau libre, se tient prêt. Les Américains sont d'accord pour cofinancer le tournage. Mais, encore une fois, Fellini se dérobe. Il fait savoir à son nouveau producteur qu'il est à sa disposition pour tourner n'importe quoi, l'*Orlando Furioso*, Waterloo, l'*Iliade*, le *Satyricon*, une histoire des lilliputiens, mais pas question de *Mastorna* pour le moment. Alberto Grimaldi acquiesce.

— D'accord ! À condition de se mettre tout de suite au boulot pour trouver un nouveau projet.

Le nouveau projet arrive sous la forme d'un épisode inspiré des *Histoires extraordinaires* d'Edgar Allan Poe pour le film collectif du même nom proposé par un coproducteur français, Raymond Eger, des films Marceau-Cocinor. Le projet français était de faire adapter sept nouvelles fantastiques de l'auteur américain par sept cinéastes internationalement connus : Roger Vadim, Louis Malle, Federico Fellini, Joseph Losey, Claude Chabrol, Orson Welles et Luchino Visconti. Au final, seuls les trois premiers réaliseront un épisode.

Roger Vadim tourne *Metzengerstein* avec Jane Fonda en jeune comtesse sadique et dépravée qui, pour se venger de son beau cousin qui lui préfère ses chevaux, provoque l'incendie de ses écuries. Après la mort du jeune homme qui a péri dans les flammes en essayant de sauver ses chevaux, elle n'aura de cesse que de rejoindre un mystérieux étalon qui n'est autre que l'âme de son cousin et qui l'entraînera, elle aussi, dans la mort par les flammes.

Louis Malle adapte *William Wilson* avec Alain Delon en jeune officier, véritable génie du mal qui finira par se suicider en poignardant son ange gardien, un double de lui-même qui l'empêche d'achever ses crimes.

Des trois épisodes, celui de Federico Fellini, qui a pour titre *Toby Dammit — Non scommettere la testa col diavolo (Il ne faut jamais parier sa tête avec le diable)* et une durée de trente-sept minutes, est sans doute le moins redevable à l'œuvre d'Edgar Poe. Il n'en conserve que le titre, le nom du personnage et la décapitation finale. Dans la version scénarisée par Federico et Bernardino Zapponi, Toby Dammit (Terence Stamp) est un jeune acteur anglais porté sur l'alcool et la drogue. Il arrive en Italie pour tourner le premier western catholique. Comme cela se passe avec les vedettes étrangères, il est accueilli à l'aéroport de Rome par une foule de paparazzi, puis traîné à tous les événements mondains de la capitale, défilés de mode et remises de prix, auxquels il assiste apathique, absent, comme désincarné. Sa rencontre avec une petite fille irréelle et provocante qui le sollicite pour jouer au ballon constitue le seul moment heureux de sa journée. Dans une interview télévisée, il déclare qu'il ne croit qu'au diable ; lors d'une cérémonie de remise de prix, il déclame quelques vers de *Macbeth* avant de s'enfuir à toute allure à bord de la Ferrari décapotable reçue en cadeau des producteurs. Dans le noir teinté de soleil couchant, il se jette dans la ville, de plus en plus vite, ivre, de plus en plus halluciné, spectral, à la poursuite d'un fantasme intérieur, celui de la fillette blonde au ballon, passe outre les avertissements signalant la rupture d'un pont. Un câble d'acier tendu en travers de la route l'arrête net dans sa course folle. La petite fille au regard diabolique réapparaît pour ramasser sa tête, comme si c'était un ballon.

Présenté hors concours au Festival de Cannes le 17 mai 1968, l'épisode fellinien fut le plus apprécié des trois *Histoires extraordinaires*, mais dès le lendemain, par solidarité avec les étudiants et les ouvriers en grève, plusieurs membres du jury, dont Louis Malle, démissionnaient. Le surlendemain, le Festival était interrompu. Les événements de mai éclipsant l'actualité cinématographique, on ne parla plus beaucoup du film sur la Croisette.

Dans le courant de l'été, tandis qu'il travaille déjà à son *Satyricon* depuis le mois d'avril, Federico reçoit la visite d'un producteur de la chaîne américaine N.B.C. venu lui demander d'honorer un contrat signé de longue date pour une émission carte blanche. « Ainsi ai-je réalisé *Block-notes di un regista (Bloc-notes d'un cinéaste)* : avec beaucoup de désinvolture ; à vrai dire : comme quelque chose dont je devais me débarrasser[2]. »

Le *Bloc-notes* est une sorte d'essai autobiographique, ou plutôt une promenade d'une heure dans l'univers créatif fellinien, sur un scénario rapidement mis au point avec Bernardino Zapponi. Outre les personnages habituels, clowns, prostituées, homosexuels, Romains de la Rome moderne et de la Rome antique, on y croise dans leurs propres rôles Mastroianni, Zapponi, Giulietta Masina, Nino Rota, d'autres de ses collaborateurs et Fellini lui-même. C'est aussi une sorte d'auto-exorcisme du *Voyage de Mastorna*, le film qu'il n'a pas pu faire.

Le téléfilm commence à Dinocittà, où des hippies assis à l'ombre d'une cathédrale croulante — celle précisément construite pour *Mastorna* — écoutent l'un d'entre eux réciter un petit poème, « Mastorna blues ». Dans une tempête qui éclate subitement apparaît Marcello Mastroianni en Mastorna, vêtu de noir, tout comme il l'était dans le personnage de Guido de *Huit et demi*. Le Maestro s'offre un petit bavardage sympathique avec les jeunes gens qui le suivent jusqu'à un hangar de Cinecittà où gisent les épaves de décors et de l'astronef qui devaient servir au *Voyage de Mastorna*. Le réalisateur annonce qu'il a changé de sujet et s'apprête à faire un voyage dans le passé en revisitant le *Satiricon*, de Pétrone. La promenade continue au Colisée, où l'on rencontre prostituées, homosexuels, travestis, et le bienfaiteur au sac présenté par Giulietta Masina — il s'agit de la scène coupée dans *Les Nuits de Cabiria* — qui distribue de la nourriture et des couvertures aux vieilles prostituées malades de la grotte archéologique. On arrive au Forum romain, on visite le monde des morts dans le sous-sol de la via Appia antica, on assiste à l'enlèvement des Sabines qui ne sont autres que des putains de la zone archéologique embarquées par des camionneurs. On entre dans la véritable maison de Marcello Mastroianni à Porta San Sebastiano sur la via Appia où l'acteur essaye son costume de Mastorna et fait mine de jouer du violoncelle. Suivent des visages blafards, des regards éteints, des êtres dans l'angoisse et la solitude de l'attente, des visions fantastiques et surréalistes dont Fellini a le secret. L'étrange promenade dans la ville éternelle s'achève sur la petite marche de *Huit et demi*.

Pendant de longues années, *Le Voyage de Giuseppe Mastorna* restera pour Federico une hantise, le film qu'il tient absolument à réaliser et qui lui échappe continuellement, celui qui se représente à la fin de chacun de ses tournages.

Je l'ai toujours repoussé et je continue à le repousser. Pas tant à cause de l'histoire, qui est restée intacte dans tous ses détails, mais parce que l'atmosphère — le plus intime et le plus secret de ce film — est allée nourrir, est allée se nicher dans tous les films que j'ai faits, après l'avoir imaginée. Donc, il y a un peu de *Mastorna* dans le *Satyricon*, dans *La Cité des femmes*, et même dans *Casanova*. Comme l'épave d'un navire naufragé qui continue à envoyer sa radioactivité du fond des abysses, sans rien perdre de son intégrité — que ce soit comme création ou comme récit —, *Mastorna* est allé nourrir tous mes films successifs [3].

En 1971, étant enfin parvenu définitivement, et à crédit, à racheter tous les droits d'Alberto Grimaldi sur *Mastorna*, Federico enferma le manuscrit maudit à double tour dans le tiroir de son bureau, sans pourtant perdre l'espoir de réussir à le tourner un jour. Il n'y parvint malheureusement jamais.

Le *Satyricon* de Fellini

Durant ses années de lycée, Federico avait lu, dans une édition agrémentée d'assez vilaines illustrations érotiques, une version non expurgée pour l'usage scolaire du *Satiricon*. Parvenu jusqu'à nous sous forme de fragments, l'antique récit en prose et en vers, attribué au poète latin Pétrone (en latin Caius Petronius Arbiter, mort en 66 après J.-C. *), dépeint d'une manière satirique les mœurs dépravées d'aventuriers sans morale ni scrupules, dans un monde dominé par l'égoïsme, la cupidité et la luxure au temps de la décadence romaine. À la relecture, une trentaine d'années plus tard, Federico l'a trouvé tout aussi divertissant que la première fois. Les lacunes de l'œuvre lui ont fait prendre conscience du fait que la vision du monde antique, telle qu'elle apparaît au lecteur du XXe siècle, est celle d'un univers vu à travers des bribes d'histoire, de littérature ou d'archéologie sur lesquelles ont été plaquées des conceptions

* Tacite nous apprend dans ses *Annales* qu'il fut vraisemblablement un favori de l'empereur Néron, sorte d'intendant des plaisirs du prince.

modernes, ennuyeuses et déshumanisées. Il lui en est venu un grand désir d'imaginer un monde romain issu de ruines et de débris, à la manière des archéologues lorsqu'ils recomposent la forme de poteries ou de statues éclatées en mille tessons ébréchés, mais en le nourrissant des sentiments, des fantaisies, des faiblesses et des passions humaines :

> [...] à travers des épisodes incomplets, certains sans début, d'autres sans fin, d'autres encore vides dans les parties intermédiaires, [le film] devrait suggérer, laisser entrevoir les limites, les réalités d'un monde disparu, la vie de créatures aux us et coutumes incompréhensibles, les rites, la vie quotidienne d'un continent désormais englouti dans la galaxie du temps [1].

Cette nouvelle idée le passionne, l'amuse, le « re-motive » et le sort définitivement de son enlisement créatif. À quarante-huit ans, il retrouve la joyeuse ferveur intérieure qu'il lui semblait avoir perdue et constate avec un évident soulagement que, contrairement à ce qu'il craignait sans vouloir se l'avouer depuis plusieurs années, son envie de faire du cinéma est toujours là, plus intacte que jamais. En fait, il a surtout retrouvé confiance en lui, et le voici donc reparti pour une nouvelle aventure fascinante : évoquer, deux mille ans après, les turpitudes d'une humanité comme s'il l'observait à travers une machine à remonter le temps, sans parti pris, sans critiquer ni juger.

Mais que reste-t-il de la Rome des Césars ? Federico décide de tout réinventer à Cinecittà ; seules quelques scènes de mer seront tournées en décor naturel. Il imagine des trognes impossibles, des vieillards néfastes, des matrones répugnantes, des efféminés, des folles, des nains, des caricatures de personnages importants, qu'il fait défiler comme une horrible parade de cirque dans une fresque décadente d'où naîtra l'homme nouveau, car c'est après avoir traversé l'ignoble, le sordide, l'obscène, le crime, et même le cannibalisme, que le héros retrouvera la pureté d'un monde lumineux. Comme il l'énonce dans ses notes de mise en scène, ce sera :

> Un film de tableaux fixes, immobiles ; sans travellings, ni autres mouvements de caméra. Un film entièrement à contempler, pareil au rêve : à en rester hypnotisé. Tout sera délié, décousu. Et en même temps étrangement homogène. Chaque détail aura son importance en lui-même, sera isolé, dilaté, absurde, monstrueux, comme dans les rêves. [...] Rien de lumineux, de blanc, de net. Les vêtements de couleur sale et opaque, évoquant la pierre, la poussière, la boue. Des couleurs comme le noir, le jaune, le rouge, le tout cependant comme voilé d'une cendre qui tombe continuellement. Je tâcherai, dans un sens figuratif, d'opérer une contamination du pompéien avec le psychédélique, de l'art byzantin avec le pop, de Mondrian et de Klee avec l'art barbare... une libération magmatique des images [2].

Pour créer cet univers, Federico fait appel à Danilo Donati, un maître des décors et des costumes à grand spectacle qui a déjà collaboré avec Visconti, qui a créé les costumes de *L'Évangile selon saint Matthieu* (1964) et de *Œdipe roi* (1967) pour Pasolini et ceux de *Roméo et Juliette* (1968) pour Zeffirelli qui vont lui valoir l'oscar 1969. Assisté de Luigi Scaccianoce pour les décors et de Dante Ferretti pour les costumes, Donati travaille d'après les idées, les maquettes et les dessins de Federico. Pour les ambiances et les éclairages, Fellini rappelle Giuseppe Rotunno ; il étudie les maquillages avec Piero Tosi ; et met la dernière main au scénario avec Bernardino Zapponi dans l'esprit de faire revivre ce que l'affiche française du film décrira comme « un monde cruel et animal où le péché n'existe pas ».

Dans la version fellinienne, deux *vitelloni* de l'Antiquité, étudiants en lettres, dont la beauté physique n'a d'égale que la noirceur de l'âme, le blond Encolpe et le brun Ascylte, amis et à l'occasion amants, se disputent les faveurs de l'éphèbe Giton, esclave et mignon d'Encolpe, qu'Ascylte a vendu à Vernacchio, un vieux cabotin servile et vulgaire. Encolpe rachète l'adolescent et passe une partie de la nuit à errer avec lui dans les bas-fonds de la ville avant de rentrer. Ascylte surgit au petit matin. Après ce qui s'est passé, la vie commune étant devenue impossible, les deux amis se séparent non sans avoir partagé leurs biens. Pour ce qui est de Giton, Ascylte suggère de lui laisser le choix. Giton se décide pour Ascylte.

Tremblement de terre.

On retrouve Encolpe admirant des fresques dans une galerie d'art. Il y rencontre le poète Eumolpe. Considérations sur la décadence de l'art, provoquée par l'appât du gain. Eumolpe l'entraîne dans un gigantesque banquet orgiaque donné par le sinistre Trimalcion, un vieil affranchi nouvellement enrichi, vantard, vulgaire et vaniteux qui se pique de poésie et joue les nouveaux mécènes. Puis, habilement amenée par Fellini au cours de l'hypocrite spectacle, l'histoire de la matrone d'Éphèse : une jeune veuve est tirée de son deuil inconsolable par un jeune et beau soldat chargé de garder un gibet. Le pendu ayant été subtilisé par sa famille pendant leurs effusions, elle fera pendre le corps de son mari mort pour sauver son amant.

Plus tard, Encolpe, Ascylte et Giton se retrouvent parmi les prisonniers destinés aux jeux du cirque dont raffole le cruel empereur, sur un navire appartenant au terrible tyran Lichas de Tarente (Alain Cuny) qui se met en tête d'épouser Encolpe. Des noces ridicules sont célébrées en mer par une prêtresse de Vénus.

Après le meurtre de César par un groupe de légionnaires, Lichas est tué à son tour. Encolpe et Ascylte, qui sont parvenus à fuir, arrivent dans une belle villa patricienne où, après avoir affranchi leurs esclaves et mis leurs enfants en sécurité, les propriétaires bannis par le nouveau césar se sont donné la mort en s'ouvrant les veines. Ils y passent du bon temps en compagnie d'une petite esclave noire.

On les retrouve dans le désert, dans une oasis où un enfant hermaphrodite, fils de Mercure et de Vénus, réputé accomplir des guérisons miraculeuses, reçoit en abondance de riches offrandes. Poussés par un nouveau complice qui leur fait miroiter les bénéfices qu'ils pourraient en tirer, ils tuent les gardiens du demi-dieu et l'enlèvent, mais l'enfant meurt de soif dans le désert. Au cours d'une rixe, ils tuent leur complice.

Sous les yeux d'une foule en délire, Encolpe

avoue sa lâcheté lors d'un combat de gladiateurs face à un mystérieux Minotaure, se révèle impuissant dans les bras d'une Ariane nymphomane, retrouve le vieux poète Eumolpe devenu, à force de tractations et d'intrigues, le richissime et puissant maître de la ville. Eumolpe le conduit au jardin des délices et lui donne rendez-vous à minuit à bord d'un bateau en partance pour l'Afrique. Au jardin, qui est un immense lupanar, Encolpe apprend qu'il récupérera sa virilité auprès de Œnothée, une magicienne noire qui porte le feu sous ses jupes. Sortant de chez elle, il découvre qu'Ascylte a été assassiné. Considérations poétiques sur la brièveté et la beauté de la vie. Il se rend au rivage mais le navire ne partira pas, car Eumolpe est mort, laissant un étrange testament : que tous ses légataires coupent son corps en petits morceaux et le mangent. Tandis que les vieux cupides obtempèrent, Encolpe s'embarque avec un groupe de jeunes gens pour un périple qui les mènera de port en ville, et un jour, bien plus tard, dans une île, un jeune Grec leur racontera que dans les années...

Sur les murs d'une villa en ruine, des fresques évoquent les fragments de cette histoire. FIN.

Fort satisfait du choix du sujet, le producteur Alberto Grimadi rencontre toutefois quelques difficultés avec le titre. En effet, un autre producteur, soutenu par Angelo Rizzoli qui s'est engagé à le distribuer, est en train d'acheter un autre *Satiricon* dirigé par un certain Gian Luigi Polidoro avec Ugo Tognazzi — qui n'a toujours pas supporté d'avoir perdu une année « comme un crétin » en attendant *Mastorna* — dans le rôle de Trimalcion ; du reste, un petit film qui fera long feu. Grimaldi va en justice mais il perd son procès, les juges ayant reconnu l'antériorité du titre à son collègue. Peu importe, son film portera l'heureux titre de *Fellini Satyricon*.

Le 5 novembre 1968, Federico et Giulietta emménagent dans un grand appartement, clair et ensoleillé, au centre de Rome, 110 via Margutta. Le 9, Federico commence son tournage à Cinecittà. Il le terminera en mai 1969. Sept mois pendant lesquels, dans quatre-vingt-dix décors différents, seront tournés quatre-vingts kilomètres de pellicule que devra dérusher Ruggero Mastroianni.

Le film, présenté le jeudi 4 septembre 1969, lors de la soirée de clôture de la XXXe Mostra de Venise, remporte tous les suffrages. Le public est conquis. La critique est excellente. Fellini est content.

Au mois de janvier 1969, pendant le tournage du *Satyricon*, Federico reçoit la visite d'Ingmar Bergman venu passer quelques jours à Rome avec Liv Ullmann. Bergman est impressionné et enthousiasmé par ce qu'il a vu du *Satyricon*. Fellini admire son collègue suédois depuis longtemps. Ils se revoient à plusieurs reprises. Ces rencontres vont donner l'idée au producteur américain Martin Poll d'un film en trois épisodes, *Trois histoires de femmes*, qui seraient réalisés par Bergman, Fellini et Akira Kurosawa. Le Japonais ayant décliné l'invitation, pour ne pas laisser passer cette occasion unique de concrétiser sa bonne idée, le producteur s'organise avec l'Italien et le Suédois, leur propose un film en deux épisodes, *Duo d'amour*, et s'empresse de convoquer les journalistes à l'Hôtel Excelsior pour le leur annoncer. Le ciel de Rome est limpide, les rayons du soleil envahissent la salle de conférences, mais le cocktail est triste, il traîne en longueur. Les deux réalisateurs n'ont rien à dire aux journalistes. De plus, malgré leur estime réciproque, ils ont du mal à communiquer entre eux. Le producteur leur propose de travailler chacun de son côté. Federico se met au travail avec Bernardino Zapponi sur une idée avancée par ce dernier, *La Femme inconnue*. Pendant l'écriture des deux épisodes, même s'ils se comprennent mal, les deux réalisateurs se téléphonent régulièrement. Quelque temps après, Federico apprend par le producteur que Bergman tient à ce que son épisode soit placé avant le sien. Federico donne son accord. Le Suédois s'investit beaucoup dans le projet et travaille avec acharnement, jusqu'au moment où il s'aperçoit que son histoire peut faire un film à elle seule. Il la propose à Universal, qui l'accepte. Sur le moment, Federico prendra la chose assez mal, pourtant ses relations avec Bergman n'en pâtiront pas. Ils se reverront à l'occasion, toujours avec la même estime et la même amitié, mais n'auront jamais grand-chose à se dire. Plus tard, l'anecdote fera dire à Fellini : « Le fait est qu'on ne peut pas mettre deux enfants ensemble dans la salle de jeux : il voulait voir mes jouets sans me laisser voir les siens[3]. »

Les ambassadeurs de ma vocation

1970. Le Pataca a cinquante ans. Sorti du *Satyricon* fatigué, il décide brusquement de donner un tour de vis à sa vie quotidienne. Il devient exigeant, despotique même. Il se met au régime grillade-salade et s'arrête de fumer, obligeant sa femme qui fume comme un sapeur et ses amis à en faire autant, du moins en sa présence. Il engage l'ex-champion de boxe Ettore Bevilacqua pour faire du sport avec lui tous les matins, décide de ne plus conduire et vend sa voiture. Lui pour qui le cinéma est un mode de vie, qui ne sait et ne veut rien faire d'autre, décide aussi de travailler moins ou plutôt de travailler différemment. Le *Bloc-notes* tourné pour la télévision américaine lui a laissé le bon souvenir d'une aventure insouciante et joyeuse, d'un moyen rapide et léger, facile à déplacer, permettant un rapport beaucoup plus immédiat et plus intime avec le public. Alors, pourquoi ne pas tenter une nouvelle expérience télévisuelle ?

Par l'intermédiaire d'Elio Scardamaglia, un producteur de la société Leone Films, la RAI lui propose de réaliser trois enquêtes documentaires en coproduction avec la Compagnia Leone Cinematografica, l'ORTF pour la France et la Bavaria pour l'Allemagne.

— Faisons *Les Clowns*, les ambassadeurs de ma vocation, lance inopinément Federico.

« La chose était partie, sans trop réfléchir. Je me suis surpris à dire *Les Clowns*. Puis je me suis trouvé à les faire [1]. » Federico avoue qu'il ne connaît absolument rien au cirque, mais, du plus loin qu'il s'en souvienne, cet univers magique de lumières et de paillettes, d'odeur de sciure et de fauves, de musiques, d'agitation permanente et de fraternité l'a toujours fasciné. Il s'y sent à l'abri, dans la chaleur humaine, comme dans un monde utopique qui ne serait que liberté et harmonie ; il s'y sent d'autant mieux qu'il a l'impression d'en faire un peu partie, lui aussi, car au fond qu'est-ce que le cinéma sinon un grand cirque ? Et ses amis Liana, Rinaldo et Nandino Orfei, chaque fois qu'il a l'occasion de les voir, ne lui répètent-ils pas :

— Souviens-toi, Federico, il y a toujours une roulotte pour toi à côté du chapiteau !

— Oui, cette fois-ci, je vais m'efforcer de réaliser un rêve d'enfant.

Quand je dis « clown », je pense à l'auguste. Il y a en effet deux figures, le clown blanc et l'auguste. Le premier est l'élégance, la grâce, l'harmonie, l'intelligence, la lucidité qui se présentent moralement comme les conditions idéales, les seules, les divinités indiscutables. Et voilà qu'apparaît aussitôt l'aspect négatif de l'affaire : parce que, de la sorte, le clown blanc devient Maman, Papa, le Maître, l'Artiste, le Beau, bref, « ce qui doit se faire ». C'est alors que l'auguste, qui subirait la fascination de ces perfections si elles n'étaient étalées avec tant de rigueur, se rebelle. Il voit que les « paillettes » sont brillantes ; mais la suffisance avec laquelle elles sont proposées les rend inaccessibles. L'auguste, qui est l'enfant qui chie dans son froc, se révolte contre une telle perfection ; il se saoule, se roule à terre et anime ainsi une contestation perpétuelle[2].

Pour Fellini, le monde entier est un vaste cirque habité par des hommes-clowns. Il y a les clowns blancs : les patrons, les seigneurs, les riches, qui raisonnent et commandent, et il y a les augustes, qui sont pauvres, qui peinent, qui déraisonnent. Lui-même s'imagine en auguste, mais aussi en clown blanc, ou peut-être en M. Loyal, le directeur du cirque, tel un médecin des fous devenu fou à son tour. Continuant le jeu, il compare Pasolini à un clown blanc du type aimable et pédant. Antonioni à l'un de ces augustes tristes et silencieux. Picasso à un auguste triomphal, bravache et sans complexes qui sait tout faire et l'emporte à la fin sur le clown blanc. Einstein à un auguste rêveur, ensorcelé, qui ne parle jamais mais qui, au dernier moment, tire innocemment de sa sacoche la solution pour déjouer l'entourloupette tendue par le clown blanc. Visconti : un clown blanc très autoritaire, son costume fastueux l'annonce. Hitler : un clown blanc ; Mussolini : un auguste. Pacelli (le pape Pie XII) : un clown blanc ; Roncalli (le pape Jean XXIII) : un auguste. Freud : un clown blanc ; Jung : un auguste. « Le jeu est tellement vrai, dit Federico, que si l'on a devant soi un clown blanc, on est tenté de faire l'auguste et vice versa[3]. »

Après quelques repérages en Italie et une escapade à Paris en février 1970, le synopsis est très vite mis au point avec la complicité de Bernardino Zapponi.

À Paris, « la ville qui a fait du cirque un vrai spectacle d'art, la ville où sont nés les grands cirques, où les clowns de talent sont devenus célèbres et ont reçu leur consécration », comme il est dit dans le film, ils ont rencontré l'historien du cirque Tristan Rémy, auteur d'un répertoire des entrées clownesques traditionnelles. Le vieux Bario Meschi, d'origine italienne, alors âgé de quatre-vingts ans, leur a raconté le fameux numéro de la mort du clown, qu'il exécutait avec son frère Dario, où il faisait l'auguste cherchant désespérément le clown blanc qu'il croyait mort et qu'il retrouvait en train de jouer de la trompette, numéro qui inspirera à Federico le final de son film. Ils ont rencontré Victoria Chaplin, elle-même clown, qui leur a parlé de son père dont Federico aurait été très heureux d'obtenir une intervention, aussi minime fût-elle ; malheureusement, vieux et malade, Chaplin ne pourra participer au film.

Accompagné d'une équipe réduite, Federico fera des prises de vues à Paris lors d'un second voyage en mai et juin. À cette occasion, le 8 juin exactement, il sera fait citoyen d'honneur de la commune libre de Montmartre.

Le film commence par un retour sur son premier spectacle de cirque à travers les yeux du petit garçon en costume marin qu'était Federico à l'âge de six ans. Quoi de plus exaltant que le vacarme sous le chapiteau de toile de ce public assourdi par la musique résonnant de mille fanfares à l'entrée de l'incroyable éléphant qui s'avance en dansant, ce public qui retient son souffle lorsque le dompteur entre dans la cage, qui s'esclaffe à l'entrée de ces beaux clowns au visage enfariné et au nez rouge. Sur le ton de la confidence, l'adulte Federico révèle ensuite de sa voix douce et posée que, bien loin de l'avoir fait rire, les clowns l'avaient effrayé, lui avaient rappelé les « monstres » de son enfance qui lui faisaient peur mais l'émerveillaient en même temps. Ceux de Gambettola : la bonne sœur naine, les vagabonds, le pochard à la brouette, les tordus de la Grande Guerre ; et ceux de Rimini qu'il a recréée plus vraie que nature sur la plage d'Ostie, où il revoit les cochers bagarreurs, le chef de gare fasciste, les officiers nazis, celle qui savait les discours du *Duce* par cœur, et Giudizio le simple d'esprit. Puis il présente Gasparino, son chef machiniste, Maya, sa scripte un peu niaise, le preneur de son et sa mère costumière, son cadreur anglais, et il nous entraîne avec sa petite équipe dans une fausse enquête, toute subjective, chez les Orfei, l'un des plus grands cirques italiens. Il assiste au dressage des tigres, rencontre Anita Ekberg venue s'acheter une panthère, bavarde avec les clowns dont il voudrait connaître les secrets. Alternant interview documentaire et reconstitution de numéros, il évoque des clowns mythiques : le Français Gilles Guillaume, à qui un palefrenier gauche et ridicule, qui s'appelait précisément Auguste, poursuivi un soir jusqu'au milieu de la piste par un âne emballé, avait inspiré le personnage qui deviendra le compagnon du traditionnel clown blanc au visage enfariné et au chapeau en pain de sucre ; les inoubliables Footit et Chocolat ; le célèbre Antonet, le grand Rhum. À Paris, en compagnie de Tristan Rémy, Fellini recueille les témoignages nostalgiques, parfois en français, parfois en italien, des derniers survivants — certains très âgés — d'un monde presque disparu : les Français Alex, Nino, Maïss ; Ludo, le clown blanc nain ; Jean Houcke, le grand directeur de cirque suédois ; l'auguste espagnol Charlie Rivel ; l'ex-partenaire de Rhum, Georges Bazot, dit Père Loriot ; Bario Meschi. Avec ses enfants, Victor et Annie, Gustave Fratellini ranime quelques souvenirs du trio que son père Paul avait constitué avec ses frères François et Albert. Pierre Étaix, le mari d'Annie, tente de leur montrer un précieux petit film datant de 1924 qui, hélas, brûle dans le projecteur sous le regard de la caméra. Peut-être Tristan Rémy a-t-il raison, peut-être le clown est-il vraiment mort, à moins que ce ne soient les hommes qui ne sachent plus rire. Commencée en vrai documentaire, l'enquête se termine dans un tourbillon du plus pur style fellinien, sur un rythme très enlevé mais d'autant plus émouvant qu'il se teinte de mélancolie. Enfin, dans un climat de fête débridée, mêlée de sanglots redoublés, Fellini régale son spectateur d'un final grandiose où des dizaines de clowns déplorent la mort de ce bon à rien, querelleur, ivrogne et grotesque

Fischietto (Sifflet), ni beau ni intelligent, qui n'aura vécu que deux cents ans, et se préparent à l'enterrer dans une profusion de feux d'artifice et de jets d'eau. Une ultime séquence, d'une intense poésie, réunit l'auguste et son clown blanc dans le halo de lumière au centre de la piste pour un duo de trompette, car les clowns sont éternels.

La première présentation des *Clowns* est prévue le dimanche 30 août 1970 au Festival de Venise, mais les relations se dégradent entre les producteurs. Très fier de l'avoir cofinancé, Angelo Romanò, le directeur des programmes de la RAI, fait savoir au représentant de la Compagnia Leone qu'il entend exercer un droit de priorité absolu sur la sortie du film en salle. Elio Scardamaglia défend ardemment l'idée qu'un film du grand Maestro Fellini ne peut et ne doit pas sortir ailleurs qu'au cinéma.

— Ce film, c'est moi qui l'ai voulu et je le diffuse comme il me plaît, rétorque le directeur de la RAI.

Indisposé par ce climat houleux, Fellini télégraphie de Rome à Mario Longardi, son fidèle attaché de presse et ami, qu'il ne se rendra pas à la Mostra. Longardi le prie et le supplie de venir. Finalement, Federico cède. Mais à Venise l'accueil du public est discret; celui de la critique, froid. On prétend qu'il se répète, on désapprouve son exhibitionnisme; en fait, sous divers prétextes, c'est sa façon de suggérer que les clowns de la vie sont bien moins lucides que les clowns de cirque et de renvoyer dans un jeu de miroir l'image de la folie humaine qu'on lui reproche surtout.

Entre-temps, un accord a été trouvé. *Les Clowns* seront diffusés en première vision sur la deuxième chaîne italienne, encore en noir et blanc à l'époque, pour les fêtes, le 25 décembre 1970, et sortiront le 27 en couleurs sur les écrans de cinéma. Le soir de Noël, Federico et Giulietta sont à Rimini avec Ida, la mère de Federico. Ensemble, ils regardent le programme sur le téléviseur de la maison. Federico constate, contrarié, que le noir et blanc, qu'il aime tant au cinéma, aplatit totalement son film. Par ailleurs, les téléspectateurs ne sont pas au rendez-vous. Dans les salles de cinéma, la fréquentation n'est guère meilleure, le public boude, les recettes sont catastrophiques. Et pourtant, *Les Clowns* sont sans doute l'un des films clefs de la poétique fellinienne. Au demeurant, c'est à peu près toujours la même chose : les Italiens se rengorgent comme des paons du fait que Fellini figure parmi les plus grands cinéastes du monde, ils sont fiers de ses récompenses, mais ils ne vont pas pour autant voir ses films en salle.

Federico, que l'idée de cette deuxième expérience télévisuelle avait rempli d'allégresse et d'une nouvelle énergie, reste finalement très déçu, insatisfait, presque amer.

Plus tard, dans *Ginger et Fred*, tournant en dérision ces pauvres gens qui se laissent facilement abuser par des animateurs sans talent, des journalistes arrogants, des dirigeants aussi ambitieux qu'incompétents, il prendra la liberté de ridiculiser ce redoutable instrument aux yeux froids et sans cœur, et dénoncera la superficialité de ces jeux, de ces chanteurs bêlants, de ces politiciens hâbleurs qui donnent une piètre image de l'Italie. Selon lui, la télévision néglige l'aspect sacré du spectacle pour flatter l'immaturité, la sous-culture, l'esprit puéril et vulgaire d'un peuple qui refuse de s'élever intellectuellement, qui végète dans l'obscurantisme et la médiocrité, dans l'abrutissement et l'atmosphère dépressive des dimanches après-midi. Il n'est pas plus indulgent sur l'aspect technique, estimant que la télévision ne permet pas d'affiner la lumière, de mettre en valeur les visages ou les objets comme la peinture ou le cinéma l'autorisent. L'image de la télévision peut servir à illustrer l'actualité, les événements sportifs, le Festival de Sanremo, mais elle est trop plate et trop terne pour exprimer des sentiments. Au cinéma, « la lumière est idéologie, sentiment, couleur, tonalité, profondeur, atmosphère, récit. La lumière fait des miracles, elle ajoute, efface, réduit, enrichit, estompe, souligne, suggère, rend le fantastique, le rêve crédible et acceptable, et peut suggérer des transparences, des vibrations, faire briller la réalité quotidienne la plus grise[4] », et tout cela, Federico ne peut l'obtenir de la télévision en termes de fabrication. Il considère l'expérience des *Clowns* comme un échec et laisse entendre que, s'il était amené à refaire de la télévision un jour, il s'y prendrait certainement d'une manière totalement différente.

Donner à voir

Avec *Satyricon,* Fellini avait amorcé un crescendo dans sa mise en spectacle de la signification onirique ; avec *Les Clowns,* c'est sur le plan de la forme que les innovations fleurissent. Perfectionnant le style adopté dans *La Dolce Vita*, il invente le documentaire reconstitué, impressionniste et subjectif, composé de multiples séquences indépendantes juxtaposées les unes aux autres mais qu'il entrelace comme les pièces d'une mosaïque pour former une histoire dans laquelle il donne à voir sa perception, ses doutes, ses étonnements, ses constats sur la société qui l'environne, n'hésitant pas à intervenir parfois lui-même dans le film, à l'image ou en voix off, comme narrateur ou commentateur.

Fellini s'exprime surtout en images ; les dialogues, il s'en soucie si peu qu'en lieu et place des répliques, il demande parfois à ses comédiens de compter. Jusqu'à douze... jusqu'à trente... jusqu'à cent... selon la longueur de la scène. Les voix sont enregistrées à la fin, par le même acteur ou un autre, avec le même texte ou un autre. Il va raconter

Rome de cette façon-là, au moyen de touches successives entremêlées de témoignages, de réminiscences, de rêves, d'anecdotes.

Pourquoi un film sur Rome ? Lorsqu'on lui pose la question, il ne sait trop que répondre. Ses motivations sont confuses. Il a toujours eu un rapport passionnel avec cette ville, « mère idéale et prostituée », qui l'a pris dans ses bras quand il a débarqué de sa province natale, un matin de janvier 1939. Il y habite, il l'aime, et s'y sent parfaitement libre « parce qu'elle est indifférente. Que c'est une mère qui a trop d'enfants, et ne peut donc se consacrer à vous, ne vous demande rien et n'attend rien [1] ». Convaincu qu'il n'est pas nécessaire de voyager loin pour trouver le dépaysement et l'inattendu, il considère que les lieux familiers sont aussi fascinants, sinon davantage, que les contrées exotiques. Il suffit de regarder. Son aire de prédilection à lui se situe dans un rayon d'une centaine de kilomètres, entre Rome, Viterbe et le littoral.

Au collège, on lui a enseigné l'histoire et la grandeur de la ville impériale. Au quotidien, elle est sa maison, son abri, sa muse, son monstre, la marâtre qui l'a mis au monde du cinéma. Par le biais de deux fils conducteurs parallèles qui le représentent lui-même, l'un en jeune provincial jusqu'à l'âge de vingt ans, l'autre au milieu de son équipe de travail, il va dresser un portrait de la ville d'hier et d'aujourd'hui, non pas un portrait cliché comme ceux des livres ou des cartes postales, mais un portrait typiquement fellinien, lucide, visionnaire, à la fois tendre, indulgent, cruel et amusé. « Pour moi, Rome est toujours celle que j'ai créée dans mes films ou plutôt qui m'a créé et que j'ai recréée comme dans un jeu de miroirs[2]... »

À l'automne 1970, il procède aux premiers repérages en compagnie de Bernardino Zapponi. Ensemble, ils assistent au percement d'un tunnel pour la construction du métro, visitent le cimetière du Verano, les Archives nationales, le palais de justice, les monuments et les ruelles, se promènent en barque sur le Tibre, rencontrent des historiens, observent les habitants et bavardent avec eux, ces Romains au caractère ombrageux, encore plongés dans le sommeil d'un glorieux passé.

Le scénario avance si vite et si bien qu'à la fin du mois de mars 1971 il entreprend les prises de vues. Comme *Les Clowns*, le film commence par les souvenirs d'enfance d'un petit provincial de dix ans dans les années 1930. De la leçon d'histoire romaine dans un collège catholique au cinéma de la petite ville où, entre le péplum et les actualités fascistes, l'épouse du pharmacien, telle Messaline, décoche des regards prometteurs aux autres spectateurs, en passant par la bénédiction dominicale du pape pendant le repas familial et la contemplation des trains en gare ; comment ne pas reconnaître les jeunes années de Federico à Rimini ? Au tableau suivant, Fellini nous débarque en compagnie du jeune provincial en costume blanc, dix ans plus tard, dans l'agitation de la capitale ; nous invite à partager son étourdissement à la vue des rues, des monuments, des tramways bondés, des immeubles populaires aux locataires débraillés ; nous coupe l'appétit par les excès de ripaille et la trivialité des convives aux terrasses des restaurants de la via Albalonga reconstituées sur le studio 5 ; nous entraîne de nuit parmi les prostituées dans les vestiges de la promenade archéologique.

— Et la Rome d'aujourd'hui, quel effet exerce-t-elle sur celui qui arrive pour la première fois ? s'interroge Fellini.

Toujours des prostituées, mais cette fois en bordure du périphérique — ou plutôt des cinq cents mètres de boulevard périphérique à quatre voies avec rail central, quarante réverbères, cinquante panneaux de signalisation, quinze néons publicitaires construits à Cinecittà par Danilo Donati —, sous une pluie torrentielle comme seules peuvent l'être les pluies sur la Ville éternelle, dans la confusion indescriptible d'embouteillages inextricables. Cars de tifosi, bétaillères renversées, cacophonie de klaxons, hurlements des sirènes de police, manifestations, injures et vociférations à n'en plus finir... Mais, à Rome, il n'y a pas que des fous qui courent ; il y a le Vatican, la villa Borghèse, les cars qui déversent des flots de touristes piazza di Siena ; il y a aussi l'équipe de Federico Fellini, avec ses caméras, ses grues, ses travellings, qui filme tout cela et il y a le Maestro lui-même, adossé à l'une des voitures de tournage, répondant avec un rire un brin embarrassé qu'« on ne doit faire que ce qui est dans ses cordes » à des étudiants contestataires qui lui demandent si le portrait de Rome qu'il est en train de faire rendra compte objectivement des difficultés sociales et existentielles. Et lui, ce qu'il va splendidement raconter, c'est un spectacle de variétés dans un petit théâtre populaire au début de la guerre avec ses artistes minables, ses spectateurs sans gêne, leurs prises de bec dans l'abri pendant l'alerte qui a interrompu la représentation ; la fraise infernale, impressionnant insecte térébrant du futur, qui creuse — enfin ! — dans les entrailles de la ville le métro dont on parle depuis un siècle. Cette fraise qui met au jour une superbe villa romaine ornée d'incroyables fresques vieilles de deux mille ans — des fresques que Fellini a confié le soin de réaliser à Giuliano Geleng, le fils de son ami Rinaldo —, des fresques qui s'effacent au premier contact avec l'air ambiant. Un autre tableau décrit les bordels : ceux des vieux quartiers aux filles vieillissantes et déchues, aux clients décrépits et ceux des beaux quartiers, les maisons de luxe aux filles fringantes pour clients de marque...

En septembre, le tournage s'interrompt brusquement, faute d'argent. La société qui finance le film se trouve en grande difficulté quand son principal actionnaire, la banque suisse Val Lugano, fait faillite. Le producteur Turi Vasile trouve de l'aide auprès de la Banca Nazionale del Lavoro. Dès octobre, Federico peut reprendre son tournage, mais il est contraint de sacrifier plusieurs scènes prévues au scénario.

Après des images de hippies vautrés piazza di Spagna, le film se poursuit chez une vieille aristocrate, nostalgique d'une Rome qui n'est plus, d'une époque feutrée où les prélats et même le pape étaient de ses cousins. Là, dans une atmosphère de cérémonie religieuse, on assiste à une délirante et parodique présentation de mode ecclésiastique, plastiquement fort belle, que Fellini s'est beaucoup diverti à rendre somptueuse et burlesque. Dans ses notes originales destinées à guider Danilo Donati pour les costumes, il précise :

Et voici apparaître, éblouissants, majestueux, évêques et cardinaux, en immenses habits rouges et très hautes mitres, chargés de colliers, de bagues et de diamants ; certains sont très grands et squelettiques, d'autres trapus, grassouillets comme des crapauds, grotesques dans leurs splendides ornements [3].

Cette séquence plaira tant à Luis Buñuel qu'il regrettera beaucoup que Federico n'ait pas songé à l'appeler pour jouer l'un de ces cardinaux clignotant « comme un flipper [4] » ; le défilé se ferme sur une apothéose : l'apparition d'un pape ridicule et inaccessible incarné par Guglielmo Guasta, un vieil ami humoriste du *Marc'Aurelio*. La séquence suivante mène Fellini à Trastevere, le Saint-Germain-des-Prés romain où, redevenant journaliste, il observe, recueille des témoignages, surprend des policiers en train de matraquer des étudiants à la grande satisfaction du bourgeois bien-pensant, interpelle Anna Magnani au bas de son immeuble, la compare à un symbole de la ville :

— Qu'est-ce que je suis, moi ? lui demande-t-elle en se retournant.

— Une Rome vue comme louve et vestale, aristocrate et gueuse, sombre, bouffonne, je pourrais continuer jusqu'à demain matin...

— Oh, Federì, va donc dormir, va !

— Je peux te poser une question ?

— Non, je me méfie. Ciao ! *Buona notte !* lance-t-elle en lui claquant la porte au nez.

Fellini Roma s'achève sur un carrousel lancinant de motocyclistes qui tournent et virent à l'infini dans un Rome *by night* autour des fontaines, des places et des monuments dans le vacarme pétaradant de leurs machines.

Terminé en février 1972, sorti dans les cinémas italiens le 16 mars, longuement applaudi le 14 mai lors de sa projection hors concours au XXVIe Festival de Cannes, *Roma* remporte un succès tel que les films de Fellini n'en avaient plus connu depuis *Huit et demi*. Le film suscite l'admiration de nombreux intellectuels et, paradoxalement, même des bourgeois qui retrouvent leur Rome, grandiose et monstrueuse, séduisante et en ruine, la ville qu'ils aiment et qu'ils méprisent, bruyante, au trafic routier chaotique, à la population rustre et colorée avec ses immigrés, ses touristes, ses étudiants indisciplinés.

Flash-back

Bien qu'il se défende souvent de faire de l'autobiographie, Federico n'a jamais trouvé meilleure thérapie pour tenter de résoudre ses obsessions que de les coller dans un film. Ce fut le cas des *Clowns* ; ce fut le cas de *Roma* « dans la tentative névrotique de neutraliser le chantage de mes premières émotions et de mes premiers souvenirs [1] » ; il va en être de même du cordon ombilical qui le relie à son pays natal. À cinquante ans passés, il se sent encore et toujours « encombré, et même agacé [2] » par toute une série de souvenirs « vrais ou inventés [3] » qui tournent autour de Rimini.

Ce second film sur Rimini — le premier avait été *Les Vitelloni* —, il y a déjà de longues années qu'il y songe, mais, à l'automne 1972, il est pris d'une véritable frénésie de liquidation. Il téléphone à Tonino Guerra, romagnol comme lui, qu'il connaît depuis longtemps. Ils sont du même âge. Ils parlent le même dialecte.

Né le 16 mars 1920 à Sant'Arcangelo, un village qui se trouve à neuf kilomètres de Rimini, fils de pêcheur, ancien instituteur, Antonio Guerra est un poète dialectal très connu. Il s'était mis à écrire pour distraire ses compagnons de déportation, des paysans romagnols comme lui, au camp de Troisdorf, en Allemagne. Depuis 1953, il s'est établi à Rome et travaille avec Giuseppe De Santis, Elio Petri, Vittorio De Sica, Mario Monicelli, Francesco Rosi, Wim Wenders, Theo Angelopoulos, les frères Taviani, Andreï Tarkovski, et surtout Michelangelo Antonioni dont, mis à part *Profession : reporter,* il scénarisera tous les films. Il est aussi l'ami et le conseiller artistique de Marcello Mastroianni, qu'il guide dans le choix de ses rôles.

Durant leur enfance et leur adolescence, Tonino Guerra et Federico Fellini ont vécu quasiment les mêmes histoires dans les mêmes paysages ; ils sont imprégnés des mêmes traditions, de personnages qui ont les mêmes folies, les mêmes ignorances, les mêmes ridicules. À deux voix, on pourrait dire à deux mémoires, ils se mettent à tracer un portrait du petit monde provincial étouffé entre la religion et le fascisme dans les années 1930-1937. Federico dessine et continue à penser qu'il ne fait autre chose que passer la seconde moitié de sa vie à effacer les dégâts que l'éducation a causés dans la première. Tonino scénarise. Leurs souvenirs ravivés les plongent dans l'euphorie. Avec une jubilation de gamins qui se chamaillent par plaisir, ils réinventent ensemble des atmosphères, des situations, des anecdotes concentrées sur quatre saisons, d'un printemps à l'autre. Il arrive à Federico de narguer

Tonino Guerra, par jeu, pour la satisfaction de la joute oratoire :

— Mais Sant'Arcangelo, c'est un bled ! Même les missionnaires n'y ont pas encore mis les pieds ! Vous, les paysans des collines, n'êtes pas fichus de comprendre ce que peut être la mer déchaînée qui crache ses algues sur la plage.

— En attendant, de nos collines, nous les avons bien fait déguerpir, tes traîne-savates de *vitelloni*, et en vitesse !

Un grand éclat de rire et un bon déjeuner chez Cesarina, le restaurant préféré de Federico, les réconcilient. Et c'est là, sur une nappe de restaurant, pendant qu'il est, comme à son habitude, en train « d'écrivailler », que Federico trouve son titre. Il a griffonné « Amarcord » (« je me souviens », en dialecte romagnol). Pour lui, il s'agit de mettre en fiction les complexes, les malaises, les souffrances d'une « inguérissable adolescence » dans les souvenirs de laquelle il se trouve empêtré.

Disons la vérité, ce but moraliste du devenir « adulte », qu'est-ce que cela signifie vraiment ? En admettant qu'il soit possible de devenir adulte, qu'est-ce qu'on fait quand on l'est devenu ? Avez-vous jamais rencontré des « adultes » ? Moi non. Peut-être les vrais adultes évitent-ils de rencontrer des gens comme moi[4].

C'est le producteur Franco Cristaldi qui va se charger du montage financier. Pour prévenir les innombrables difficultés que ses concitoyens qu'il sait pointilleux à l'extrême sur tout ce qui touche leur ville pourraient lui occasionner, Fellini fait construire par Danilo Donati une bourgade qui représente Rimini sur le studio 5 de Cinecittà, mais, aux curieux qui viennent l'espionner, il jure ses grands dieux qu'il ne s'agit absolument pas de leur pays. Même la mer n'est pas l'Adriatique. Comme pour *Les Vitelloni*, c'est à Ostie et Fregene qu'il fera revivre la plage et la mer de son enfance.

En six mois, de janvier à juin 1973, Federico organise sur son plateau l'arrivée du printemps et sa traditionnelle fête de la *fogazza* de la Saint-Joseph où l'on brûle l'hiver sur la place du village et avec lui toutes les vieilleries devenues inutilisables ; celle de la bénédiction des animaux de la Saint-Antoine ; les bals d'été sur la terrasse du Grand Hôtel ; les parades patriotiques. Il fait défiler les camarades de classe qui font enrager curés et professeurs ; la Volpina, pauvre d'esprit et nymphomane frénétique ; la coiffeuse Ninola, coquette surnommée Gradisca qui rêve de se marier avec un homme ressemblant à Gary Cooper mais finira, à la fin du film, par épouser un carabinier. Il évoque le passage de la course des Mille Miglia, course automobile alors très prisée, et, comme dans un songe, celui du majestueux transatlantique *Rex*, orgueil de la marine italienne qui, devançant le paquebot *Île-de-France*, le *Queen Mary* britannique et l'*Europa* allemand, avait conquis le prestigieux Ruban bleu en 1933 et le garda jusqu'en 1935.

Titta, le jeune héros d'*Amarcord*, inspiré par son ami Luigi Benzi à l'âge de quatorze-quinze ans, est interprété par un acteur vénitien, Bruno Zanin, qui fera grâce au film carrière au théâtre, notamment dans le *Campiello* de Goldoni, avec la troupe du Piccolo Teatro de Milan sous l'égide du grand Strehler. Le Titta du film est conditionné par son milieu et sa famille, une joyeuse tribu italienne catholique composée d'un père, maçon anarchiste que les Chemises noires punissent en lui faisant ingurgiter de force de l'huile de ricin; d'une mère, grenouille de bénitier; d'un grand-père encore vert obsédé par la petite bonne; d'un petit frère polisson; d'un oncle maternel fasciste beau parleur et bon à rien; et de l'inoubliable oncle paternel Teo (l'acteur Ciccio Ingrassia). Cet oncle à l'esprit dérangé qu'on sortira de son asile d'aliénés pour la promenade du dimanche et qui, se perchant dans un arbre en criant à tue-tête jusqu'au soir qu'il veut une femme, n'en descendra que grâce à l'intervention énergique d'une bonne sœur naine. Toujours prêt pour des aventures palpitantes et impossibles, Titta vivra comme dans un rêve l'arrivée d'un chef fasciste pendant une manifestation officielle, celle d'un émir au Grand Hôtel avec les trente concubines de son harem, ses premiers émois amoureux auprès de la belle Gradisca au cinéma Fulgor et encore dans les bras ou, plutôt, entre les mamelles monumentales d'une buraliste gargantuesque. Il vivra la magie d'un paon multicolore venu délicatement se poser sur la neige et tant de péripéties drôles, poétiques, émouvantes ou enfantines impliquant la famille, le pouvoir fasciste, la société. Hélas, sa belle insouciance s'éteindra avec la mort de sa mère, annonce de la fin de son adolescence.

Lorsqu'il vit le film, le véritable Titta Benzi fut

« sidéré » de l'authenticité et de la fidélité avec lesquelles Federico était parvenu à dépeindre, quarante ans plus tard, jusque dans les moindres nuances, l'atmosphère de son intimité familiale. C'est qu'*Amarcord* est bien une œuvre où chaque spectateur peut se retrouver. Aux nombreux journalistes qui l'interrogeront sur le film, Federico dira :

Je pense que lorsqu'on parle de ce que l'on connaît, de soi-même et de sa famille, de sa ville, de la neige, de la pluie, de l'injustice, de la stupidité, de l'ignorance, des espoirs, de l'imagination, des lourdeurs politiques et religieuses, quand on parle des choses de la vie de manière sincère, sans prétendre donner de leçon et sans exhiber une pesante philosophie, sans livrer de message, quand on en parle avec humilité et surtout avec mesure, on dit des choses que tout le monde peut comprendre, que tout le monde peut faire siennes [5].

Ce à quoi Pasolini répondra avec une pointe de perfidie, en faisant le compte-rendu du film, qu'il aurait été plus loyal de l'intituler *Asacurdem* (« nous nous rappelons ») plutôt qu'*Amarcord*, de manière à rendre justice à Tonino Guerra. Énième saute d'humeur de Pasolini qui n'a jamais pardonné à la Federiz de n'avoir pas produit son *Accattone*.

Federico veille lui-même à tous les détails avec une méticulosité qui ne laisse rien au hasard, témoin la lettre * qu'il adresse un mois avant la sortie du film en Italie, prévue pour le 18 décembre 1973, au fils de son ami Rinaldo Geleng pour lui demander de réaliser l'affiche d'*Amarcord* [6] :

* Lettre conservée à la Fondation Fellini à Rimini.

Cher Giuliano,

On me dit que tu étais à la projection d'hier soir et que le film t'a beaucoup plu. Il est évident que cela me laisse complètement indifférent. Oublie que tu as vu le film et oublie qu'il t'a plu. [...] Alors, l'affiche devrait, au premier coup d'œil, dégager la gaieté éclatante d'une carte de Noël ou, mieux, de Pâques ; la couleur devrait être nette, brillante, sonore, j'insiste sur la sonorité, une espèce de carillonnement de voix, de cris, d'air, de lumière et de vent. N'aie crainte. Je te précise mieux sa composition : tous les personnages du film devraient comme surgir de l'affiche, pour dévisager les spectateurs, ceux qui passent dans la rue. [...] On pourrait re-proposer les traits de chaque personnage selon un schéma net, naïf : mais un naïf revisité de façon critique dissimulant, mais pas trop, une citation ironique et débonnaire (au fond cela me paraît le signe le plus immédiat pour caractériser l'individualité exubérante ahurie et inconsciente des personnages de mon film). Puis, derrière eux, pourrait s'ouvrir une vaste étendue avec la campagne, la plage, la mer, et toi, qui aimes tant les maîtres du surréalisme, tu pourrais parsemer cette profondeur bleue et lumineuse de quelques thèmes et situations du film : le Grand Hôtel, le Rex, une tablée nuptiale, mais en prenant garde à conserver du surréalisme non sa vocation à la subversion gratuite, mais l'un de ses caractères les plus authentiques, à savoir l'émerveillement, l'enchantement libérateur, cette légèreté rêveuse, menaçante...

Ciao, Giuliano, mets-toi tout de suite au travail [...] Une dernière chose, celle-ci vraiment sérieuse : tu ne seras pas payé, mais, par contre, dans un mois tout doit être prêt.

Je compte sur toi. Qui sait pourquoi ?

Je t'embrasse affectueusement.

FEDERICO FELLINI

Lors de la soirée d'ouverture du Festival de Cannes, le 9 mai 1974, en présence de Giulietta et Federico, *Amarcord* reçoit un accueil véritablement triomphal. Les critiques français disent de Fellini qu'il est de la famille des Molière, des Balzac, des Daumier, des Pagnol. Un an plus tard, en avril 1975, le producteur Franco Cristaldi viendra chercher, au nom de Fellini qui n'a pas pu se déplacer, l'oscar du meilleur film étranger. Des critiques américains n'hésiteront pas à déclarer que ce film est le meilleur que le cinéma ait produit de toute son histoire.

La mort derrière le rire

La journée de Federico commence invariablement à six heures du matin. Il se lève, se hasarde sans grande conviction à quelques mouvements de gymnastique, plutôt pour se donner bonne conscience, car il y renonce aussitôt. Il n'aime vraiment pas ça. De toute façon, le sport ne l'intéresse pas ; même les jeux Olympiques le dépriment. Il se prépare du café, la seule chose qu'il sache faire à la cuisine, tourne en rond dans la maison, ouvre les fenêtres, les referme, ouvre les tiroirs, les referme, fouille dans les boîtes, choisit la cravate et l'écharpe qu'il va mettre, passe quelques coups de téléphone. Puis il sort et se dirige vers la grosse berline noire de la production qui l'attend dans la rue pour le conduire à Cinecittà. Il demande au chauffeur de service de prendre par le chemin le plus long, une demi-heure de trajet pendant laquelle il rêvasse à ce qu'il pourrait faire de sa journée, non sans éprouver un peu de culpabilité à la vue de ces milliers de gens qui vont au travail tandis que lui, privilégié en voiture avec chauffeur, ne sait pas ce qu'il va faire. Mais à peine est-il arrivé au studio que le malaise disparaît ; il se retrouve « chez lui, dans sa maison de toujours [1] ». Le soir, en général, seul ou en compagnie d'un ami, il dîne chez Cesarina avec une prédilection pour les épinards au parmesan. Des moments dont son attaché de presse profite pour lui faire rencontrer des acteurs ou des collègues cinéastes étrangers de passage à Rome. Ce fut le cas d'un jeune cinéaste américain, enthousiaste mais plutôt envahissant, qui ne cessa pendant tout le repas, un soir du printemps 1974, de le photographier avec insistance. Quelques jours plus tard, Federico écrit à son ami, le réalisateur américain Paul Mazursky, pour le féliciter du succès de son dernier film, *Harry et Tonto,* que le jeune homme, dont il a déjà oublié le nom mais qui venait de réaliser *Duel* pour la télévision américaine, lui a raconté pendant le dîner. Plusieurs années après, il apprendra que le bureau du jeune réalisateur américain à Los Angeles est entièrement tapissé d'agrandissements de ces photos. C'était Steven Spielberg.

Quelques semaines après être rentré de Cannes, Federico accepte de jouer son propre rôle en train de tourner la scène de la fontaine de Trevi de *La Dolce Vita* aux côtés de Marcello Mastroianni pour le film *Nous nous sommes tant aimés* d'Ettore Scola qui sortira à la fin de l'année 1974.

Pendant ce temps-là, à Cinecittà, son équipe habituelle, Bernardino Zapponi, Giuseppe Rotunno et Danilo Donati en tête, s'affaire déjà à la préparation du prochain film — conversations téléphoniques interminables, devis, locations, repérages —, car au cours de l'été 1973 Federico n'a pas eu le cœur de refuser un contrat à son ami Dino De Laurentiis qui vit désormais à Los Angeles et tente de relancer ses affaires en Amérique après la faillite de Dinocittà qu'il a dû fermer définitivement deux ans auparavant.

Lorsqu'il a fallu lâcher un titre, Federico a lancé *Casanova*, « comme une carotte à un petit âne », se plaisait-il à dire parfois, pour ferrer le producteur. Et si on lui demande pourquoi celui-là plutôt qu'un autre, comme chaque fois qu'on lui a posé la question à propos de tous ses autres films, Federico répond qu'il ne le sait pas et ne veut pas le savoir, que c'est le film qui s'impose à lui, qu'il est comme une sorte de « train » et les films « des gares[2] » sur son itinéraire, dans lesquelles le train s'arrêterait. À de nombreuses reprises, Fellini avouera que la seule vraie raison pour laquelle il a fait tel ou tel autre film est la signature du contrat. Une fois le contrat signé, il s'oblige à faire un film, peu importe lequel, pour ne pas avoir à restituer l'avance reçue. Alors, il fait le film ; et le fait comme il lui semble que le film veuille être fait.

Quand il s'agit d'adapter une œuvre littéraire, c'est chaque fois la même chose : Federico ne la lit pas ou très partiellement, sans application et, surtout, il s'empresse aussitôt de l'oublier. Ce fut le cas du conte d'Edgar Poe pour *Toby Dammit*, du texte de Pétrone pour le *Satyricon* ; ce sont maintenant les six gros volumes — plus de deux mille pages — dans l'édition Brockhaus-Plon (1960) des *Mémoires* de Giovanni Giacomo Girolamo Casanova chevalier de Seingalt qui lui tombent des mains, lui donnent le vertige, lui font penser qu'il s'est fourvoyé. Il se crispe, « la gêne, le dégoût, l'ennui[3] » s'emparent de son état d'âme de plus en plus dépressif, il doute de parvenir à mener l'aventure jusqu'au bout. Bernardino Zapponi le réconforte, l'encourage, lui rappelle que cela avait été plus ou moins la même chose avec le *Satyricon* et que ce sont souvent ces moments de doute et de désespoir qui lui font entrevoir le chemin de la création. Il ne se trompe pas. Ce sont bien ce refus, cette nausée qui vont conduire Fellini à raconter l'histoire d'un Italien « enfermé dans le ventre d'une mère-prison, mère-Méditerranée-lagunaire-vénitienne à la naissance continuellement différée et jamais advenue, d'une marionnette funèbre sans idées personnelles ni sentiments, d'un Casanova-Pinocchio[4] » vide, mécanique, sans vie, qui se laisse ballotter et annihiler par les événements et symbolise assez bien l'inertie déshumanisée avec laquelle on se laisse vivre aujourd'hui.

Au lieu de cela, De Laurentiis voudrait un film picaresque, effronté, au goût des Américains, avec des comédiens du style de Marlon Brando, Al Pacino, Paul Newman ou Robert Redford, qui parleraient en anglais. Federico n'est pas d'accord, il les trouve trop beaux pour le rôle ; il les trouve aussi trop chers, leur cachet avoisinant le million de dollars ; et puis il tient absolument à tourner en italien. Une fois encore, Dino De Laurentiis renonce.

À l'été 1974, Andrea Rizzoli, fils d'Angelo Rizzoli, reprend le projet pour la Cineriz. Le vieux chef de production Clemente Fracassi fait un devis qui tourne autour de quatre milliards de lires, ce qui convient à tout le monde. Le tournage doit commencer le 30 octobre. Le film sortirait un an plus tard. Federico cherche son interprète. Dans un premier temps, il pense à l'Anglais Michael Caine, puis à l'Américain Jack Nicholson. En Italie, Alberto Sordi pose sa candidature, mais, s'il devait être italien, Fellini verrait plutôt Gian-Maria Volonté. Heureux et flatté, ce dernier demande six mois pour se familiariser avec le personnage.

— Malheureusement, c'est impossible, on se retrouvera dans une autre occasion, remercie Fellini.

Il fait faire d'autres essais à Marcello Mastroianni, Ugo Tognazzi et Alain Cuny pour le rôle de Casanova vieux. Vittorio Gassman, qui avait déjà interprété l'aventurier vénitien en 1948 dans le beau film de Riccardo Freda *Il Cavaliere misterioso (Le Chevalier mystérieux),* sur un scénario de Mario Monicelli et Stefano Vanzina, l'ex-rédacteur en chef du *Marc'Aurelio*, tourne également un bout d'essai. Finalement, c'est le Canadien Donald Sutherland, que Federico rencontre à Parme sur le plateau de Bernardo Bertolucci où il interprète un effroyable milicien fasciste dans *Novecento*, qui fera l'affaire.

À Cinecittà, la préparation du film a pris beaucoup de retard, les dépassements de devis se sont accumulés, car cette fois Federico veut absolument tout refaire en studio, même Venise et sa lagune. À la fin de l'année, le tournage n'ayant toujours pas commencé, la Cineriz annonce qu'elle renonce à faire le film. En janvier 1975, coup de théâtre : Alberto Grimaldi appelle Federico de Los Angeles et lui fait savoir qu'il est prêt à reprendre le budget à condition que le coût total du film ne dépasse pas cinq milliards et demi de lires et qu'il soit tourné en anglais à Londres où les frais de production sont moins chers. Federico accepte de tourner en anglais, mais à Cinecittà et nulle part ailleurs. Grimaldi s'incline. Donald Sutherland est confirmé dans le rôle de Casanova.

En juillet 1975, tout est en place pour le premier clap. Federico se décide enfin à affronter son personnage, méfiant, contrarié. « Il dit que le XVIIIe siècle est un "siècle de merde" et qu'il ne peut faire du film qu'un "musée de cire animé", car le livre est "un insupportable pensum, pire que l'annuaire du téléphone" — et […] Casanova […] "le mâle italien dans sa version la plus triste, un lâche, un fasciste. D'ailleurs, qu'est-ce que le fascisme sinon une adolescence attardée ? Casanova est un super *vitellone*, qui plus est antipathique. Un sinistre Pinocchio qui refuse de devenir un brave garçon[5]". » Dans une émission de la RAI, il déclare :

> Dans la terrible frustration sexuelle où [les Italiens] se débattent, il fallait nécessairement fabriquer un champion qui les rachète tous. Pendant des années, des siècles même, le mâle latin a reçu de l'Église catholique une éducation misogyne et il

a appris à détester la sexualité. Il a donc accumulé à l'égard de la femme une telle avidité paralysante qu'il est resté un adolescent, un individu incapable de grandir... » Conclusion : « Casanova ? Je le déteste[6]. »

Avec les acteurs, Federico est terrible. On ne l'a jamais vu comme ça ; lui d'habitude si patient devient hystérique : « un Tartare, un dictateur, un démon[7] », dira Donald Sutherland à Damien Pettigrew. Fellini était-il lui-même une victime de Casanova ? Inconsciemment jaloux de sa vie aventureuse, de ses succès auprès des femmes ?

Le vrai Giacomo Casanova est né le 2 avril 1725 dans la ruelle de la Comédie à Venise au sein d'une famille de comédiens. Après neuf ans de mariage, sa mère reste veuve avec six enfants dont il est l'aîné. « Des femmes, mi-fées mi-sorcières, jouent en secret avec ce petit homme : on le ballotte, on l'emmaillote dans des linges parfumés, on le frotte en susurrant des formules mystérieuses, ce sera son premier souvenir (il a huit ans, quatre mois) », ainsi que le rappelle Jean-Michel Gardair dans sa préface à *Casanova, histoire de ma vie*[8]. À dix-sept ans, il devient docteur en droit civil et en droit canon. Sa mère le voudrait au moins évêque. Il sera un abbé mondain sous la protection du sénateur Malipiero, qui lui apprend « à s'abandonner aux dieux de l'aventure », ce qu'il fera aussitôt avec la propre compagne de son protecteur. Puis il part en compagnie d'un prélat jusqu'au fin fond de la Calabre, où il prendra le goût du jeu et du libertinage : « Je ne sais pas si j'ai jamais été parfaitement honnête homme; mais je sais que les sentiments que je chérissais dans ma première jeunesse étaient beaucoup plus délicats que ceux auxquels je me suis habitué à force de vivre[9] », écrira-t-il. Il voyagera beaucoup, en Italie, à travers l'Europe, et jusqu'à Constantinople, accumulant les conquêtes et les intrigues. À Rome, il fréquentera sa première grande dame, mais, la marquise ayant déjà un serviteur en la personne d'un cardinal, il comprendra très vite que si lui, encore jeune abbé, veut se faire une place en ville, il doit commencer par courtiser le cardinal et non la marquise. Très grand (un mètre quatre-vingt-sept), le teint hâlé, d'assez belle figure, il prend conscience que l'habit fait le moine et troque la soutane pour un « uniforme de caprice, blanc, veste bleue, avec un nœud d'épaule or et argent, nœud d'épée à l'avenant[10] », épée qu'il remplacera par la suite par un violon, même s'il sera toujours un piètre musicien. Jusqu'au soir d'avril 1746 où, à Venise, sortant d'une fête bien arrosée, il sauvera la vie de M. de Bragadin, un sénateur en robe rouge qui lui rappelle Malipiero et qui, devenant son protecteur — le père qu'il a cherché toute sa vie —, le prend dans sa maison, lui offre un domestique, une gondole et dix sequins par mois pour se divertir. Il se sent désormais si bien protégé qu'il se croit intouchable, multiplie les excès, se jette dans le jeu et la débauche, s'endette, mène une vie de plus en plus déréglée, fréquente au-dessus de sa condition et s'exprime avec une telle imprudence qu'il ne manque pas d'attirer sur lui les foudres de quelque femme bafouée, des médiocres, des envieux et des ignorants. Libertinage de mœurs, donc, mais aussi libertinage de pensée qui lui vaudra, sur dénonciation d'athéisme, de pratiques magiques et de détention de livres et manuscrits interdits, d'être condamné par l'Inquisition d'État à cinq années de cachot sous les terribles Plombs de Venise en 1755. Il a alors trente ans. Il s'en évadera l'année suivante.

Mais, Casanova, ce n'est pas seulement le jeu et les femmes ; pour les érudits du monde entier, c'est l'un des hommes d'esprit les plus brillants du XVIIIe siècle. Romancier, poète, pamphlétaire, dramaturge, théologien, philosophe, franc-maçon, auteur d'un ouvrage de mathématiques, d'une traduction de l'*Iliade*, inventeur de la loterie, manufacturier, éditeur de revues qu'il rédige entièrement, chargé quelquefois de missions secrètes, touche-à-tout doué d'une énergie extraordinaire et d'une insolence sans bornes, il a côtoyé Voltaire, à qui il aurait déclaré en 1760 « Voilà le plus heureux moment de ma vie. Je vois, enfin, mon maître ; il y a vingt ans, monsieur, que je suis votre écolier[11] », et Mozart en 1787. Il a rencontré des puissants dont il fut parfois le familier (Louis XV, Mme de Pompadour, le duc de Choiseul, le roi de Prusse Frédéric II, l'impératrice de Russie Catherine II, les rois de Pologne Auguste II et III, etc.).

Revisitée par Federico Fellini, l'histoire de l'aventurier épicurien commence pendant le grand carnaval. Tel Narcisse, Venise tout entière se reflète dans sa lagune. À l'invitation de l'abbé de Bernis, ambassadeur de France à Venise, Casanova se rend en gondole sur le rivage de l'île de San Bartolo. Le diplomate, voyeur et libertin, l'a convoqué à un rendez-vous galant avec sa propre maîtresse, une religieuse, tandis que lui-même jugera à travers l'œil d'un poisson-judas les performances sexuelles de son invité, qui officie dans le salon avec la froideur et la précision d'une machine rythmée par le va-et-vient d'un oiseau mécanique. Au retour, Casanova essuie une violente tempête qui menace de le faire sombrer. Le vent fait chavirer sa gondole sur les ondes en colère quand, de la nuit noire, surgit une noire embarcation guidée par des hommes vêtus de noir qui l'arrêtent et l'accusent de pratiquer la magie noire, le libertinage, d'avoir en sa possession des livres obscènes et d'en écrire lui-même contre la religion. Enfermé dans la terrible prison des Plombs d'où nul ne peut s'échapper, il revoit comme dans un rêve les brodeuses, les fileuses, toutes les femmes qui l'ont jusqu'alors fait rêver. Dans cet infâme cachot, il met au point avec intelligence et habileté une évasion qui lui permettra de retrouver ses bonnes fortunes. Mais il doit fuir sa ville tellement aimée. Le voici errant au gré de ces surprenants et incroyables voyages à travers l'Europe. Paris d'abord, la ville de Mazarin, de Racine, de Voltaire, où il aura une liaison lourde et déplaisante avec la marquise d'Urfé, vieille excentrique richissime qui veut apprendre de lui le secret de la pierre philosophale et accomplir avec lui « le grand œuvre alchimique » (union charnelle) qui la fera accéder à l'immortalité quand sonnera « l'heure de Vénus » (la mort). Dans son salon, il rencontre le comte de Saint-Germain et le Tout-Paris des arts et des lettres. C'est ensuite Parme, où Français et Espagnols se disputent le duché et où il rencontre son grand amour, la mystérieuse et cruelle Henriette qui disparaîtra sans laisser de trace. Puis Londres où, après d'innombrables vicissitudes, l'apparition dans la brume d'une géante accompagnée de deux nains le sauvera des eaux noires et troubles de la Tamise où il avait résolu de se jeter par désespoir d'amour. Pour la géante, Federico n'utilise pas de trucage ; encore une fois, il a trouvé un personnage hors du commun, Sandra Elaine Allen, une véritable géante qui mesure deux mètres trente-deux et pèse deux cent dix kilos. Appelant à plusieurs reprises la femme qui n'entendra pas ses cris de détresse, Casanova décidera de la chercher. Il sait depuis toujours que ce sont les femmes qui le sortiront du pétrin. Cette géante grande comme la nuit, image de la mère nourricière, de la libido, de la maîtresse, du désir, le mène dans une fête foraine où, précise le scénario, « dans l'obscurité qui donne l'impression d'une lumière noircie, se découpe la silhouette effrayante d'une baleine naturalisée. Un petit escalier-échelle permettant d'en visiter l'intérieur est appuyé à son flanc [12] ». Un bateleur invite à entrer dans le ventre du cétacé, « une baleine femelle. Qui n'entre pas dans le ventre de la baleine ne trouvera jamais son trésor ! La baleine est une araignée, un entonnoir de soie, le cœur de toutes les fleurs, une montagne de sucre blanc, une forêt que traversent les loups, la charrette qui tire les chevaux, pleine de ténèbres et de lucioles, un four qui brûle tout, à ses heures la face du Seigneur, sa bouche ; d'elle sont sortis le monde et les arbres, les nuages, les hommes de toutes les races * ! ». Entrant avec Casanova dans le ventre de cette baleine, c'est tout le petit monde de Fellini que le spectateur découvre : acrobates, chevaux, clowns, pantomimes, joueurs de trompette, balançoires, ombres et lumières. Une lanterne magique anime des dessins de Topor que Fellini décrit dans son script original : « Images bizarres de femmes difformes et pourvues de monstrueux attributs sexuels : vulves-gouffres, vertigineux abîmes effrayants comme des Gorgones, vulves diaboliques souriant avec une douceur horrible[13]. » Casanova retrouvera la géante, vénitienne elle aussi, qui a été vendue par son mari à des saltimbanques. Il l'affrontera dans un bras de fer, et elle le vaincra, il la cherchera désespérément d'une baraque foraine à l'autre, épiera son chant de petite fille mélancolique tandis qu'elle prend un bain en compagnie de ses nains dans un immense baquet. Comme elle, il se sent nostalgique. Son voyage le ramènera à Rome, où il baisera l'anneau d'un pape habillé en clown blanc. Dans une soirée mondaine chez un lord anglais, il se mesurera à qui tirera le plus de coups avec une fille choisie parmi les convives dans une joute érotique avec un cocher. Jeu entre vulgarité et poésie dont il triomphera. Il

* Dialogues du film.

se rendra ensuite à Berne : aventure avec la belle Isabelle qui le soignera amoureusement ; à Dresde, aventure avec une bossue allemande capable de prodiges. Au théâtre de Dresde, il reverra sa mère qu'il raccompagnera chez elle mais il oubliera de lui laisser son adresse ; la mère et le fils ne se reverront plus. La berceuse de Nino Rota qui l'a accompagné dans tous ses voyages le conduira enfin au château du comte Waldstein, à Dux, en Bohême, où il s'emploiera comme bibliothécaire. Là, tenu à distance, mortifié par des serviteurs jaloux de ses aventures, il entreprendra la rédaction en français d'*Histoire de ma vie*, ses mémoires, qui le rendront célèbre. Il rêve de Venise. On le retrouve jeune et beau dans sa ville, sur la lagune gelée, en train de danser avec une poupée mécanique.

Quelques jours avant Noël 1975, voyant que tout le budget annoncé est déjà consommé mais que le film est encore loin d'être achevé, Alberto Grimaldi arrête les frais sans avertir Fellini ; puis lui adresse une sommation : terminer avec un milliard de lires supplémentaire pour solde de tout compte. Federico monte sur ses grands chevaux, il se lamente dans la presse : « Mon film est désormais désintégré et je ne vois pas comment je pourrais le finir. » Grimaldi répond : « Fellini est pire qu'Attila. » Le ton monte. Comme à l'époque de *Mastorna*, on menace de mettre une armée d'avocats en marche. Et comme souvent avec Federico les histoires se répètent, après quelques démêlés juridiques et financiers, les polémiques se calment.

À la fin du mois de janvier 1976, Federico et Grimaldi signent la paix. En mars, le film reprend. Il reste à tourner la vieillesse de Casanova et la très belle scène qui figurera au début du film : le fastueux carnaval de Venise avec ses six cents figurants et l'énorme figure de proue sculptée à visage de femme, représentant Vénus pêchée et replongée dans les eaux du Grand Canal.

Les prises de vues commencées le 20 juillet 1975 sous la caméra du chef opérateur Massimo di Venanzo, le fils du grand Gianni di Venanzo, se termineront le 21 mai 1976. En tout, Donald Sutherland aura changé quarante fois de costume, dix fois de perruque, trois cents fois de nez et de menton dans une succession de cent vingt-six maquillages différents. Federico s'attelle au montage avec Ruggero Mastroianni. C'est le moment où il se retrouve face à son film, où il faut tout recommencer depuis le début. Dans un besoin de grande sérénité, il congédie alors les amis, les visiteurs et autres curieux qu'il a volontiers accueillis sur le plateau, et même parfois recherchés comme un magma nourricier, dans l'euphorie du tournage, mais qui sont subitement devenus importuns, pour se retrouver dans une intimité absolue avec son monteur.

Le *Casanova di Fellini* sort en Italie le 7 décembre 1976, peu après *Barry Lyndon* de Stanley Kubrick, dont la reconstitution d'événements et de personnages du XVIIIe siècle avec une grande exactitude culturelle a fait grand bruit. Peu de spectateurs, même parmi les plus fervents felliniens, et encore moins de critiques, s'y retrouvent. On s'attendait à un Casanova d'autant plus formidable et éblouissant que le feuilleton des péripéties du film et les sommes faramineuses qu'il avait coûtées — au final plus de huit milliards de lires — avaient longuement nourri les échos. On resta perplexe. Certes, les images étaient grandioses, mais le personnage décevait. En fait, chacun était allé au cinéma avec son propre Casanova en tête, celui qu'il aurait voulu voir paraître sur l'écran, et ne l'avait pas retrouvé. À l'étranger, l'effet de curiosité passé, le film ne marche pas non plus ; il n'y a qu'au Japon qu'il obtiendra un grand succès, du reste précédé par les éloges d'Akira Kurosawa à qui Federico avait montré quelques scènes lors de son passage à Rome au mois de novembre. En Amérique, c'est l'échec complet, sauf pour les costumes de Danilo Donati qui décrocheront un oscar en mars 1977.

Le 14 janvier 1977, de Lausanne, Georges Simenon télégraphie à Federico :

CHER ET UNIQUE FELLINI. JE SUIS ÉBLOUI ET PROFONDÉMENT REMUÉ PAR VOTRE *CASANOVA*. C'EST UNE FRESQUE MAGISTRALE ET SOMPTUEUSE EN MÊME TEMPS QU'UNE PROFONDE INTROSPECTION POUR NE PAS DIRE PSYCHANALYSE. L'ŒUVRE RESTERA UN GRAND CLASSIQUE. JE VOUS EMBRASSE AVEC ADMIRATION ET AFFECTION.

Trois jours plus tard, il re-télégraphie :

TRÈS CHER FELLINI. JE ME RENDS COMPTE QUE JE N'AI PAS DIT LA MOITIÉ DE CE QUE JE PENSAIS DANS MON TÉLÉGRAMME DE SAMEDI. VOUS AVEZ RÉALISÉ UNE ŒUVRE ESSENTIELLE PAR SA BEAUTÉ ET PAR SA PROFONDEUR. TOUT EST GRAND, TOUT EST VRAI, TOUT EST D'UNE HUMANITÉ PROFONDE. [...] PLUS J'Y PENSE ET PLUS JE SUIS PERSUADÉ QUE C'EST ENFIN LE CHEF-D'ŒUVRE ABSOLU DU FILM [14]. [...]

En février 1977, à la demande du distributeur français Gaumont, Simenon réalise une interview de Federico qui paraîtra dans *L'Express* pour la sortie du film en France. Federico se rend à Lausanne. Même s'ils n'ont jamais cessé de s'écrire, les deux hommes ne s'étaient pas revus depuis *La Dolce Vita* à Cannes. Après dix-sept ans, leur rencontre résonne comme un grand événement. Plus qu'une interview, il s'agit d'un long dialogue entre les deux artistes durant lequel Simenon rapproche Fellini des plus grands créateurs :

Vous avez réussi, avec cette fresque, la plus belle de l'histoire du cinéma, une véritable psychanalyse de l'humanité. Vous êtes un « poète maudit », comme Villon ou Baudelaire, ou Van Gogh ou Edgar Poe. J'appelle « poètes maudits » tous les artistes qui travaillent bien plus avec leur subconscient qu'avec leur intelligence, qui, même s'ils le voulaient, ne pourraient pas faire autre chose que ce qu'ils font, qui, parfois, créent des monstres, mais des monstres universels. Votre film fait penser à Goya, un autre « poète maudit ». Qui était tout de même le peintre de la cour. Et la cour trouvait son œuvre magnifique, alors qu'elle était purement tragique. Vous aussi, vous avez montré la cour. Venise, des fêtes, des repas et des bals. Et partout, pourtant, tout le temps, chez vous comme chez Goya, derrière les rires il y a la mort[15].

Federico a souffert de *Casanova* bien plus que d'aucun autre de ses films, même *Huit et demi*. Il s'en est expliqué dans son dialogue avec Simenon :

Je haïssais le personnage, je refusais de fréquenter ce con. Mais j'avais décidé malgré moi d'en faire un film. Un film sur le vide existentiel, sur un type en perpétuelle représentation qui oublie de vivre réellement. [...] Parce que, en effet, c'est un film sur la futilité de la création, sur le désert aride dans lequel le créateur, fatalement, se retrouve après s'être évertué à ne vivre qu'avec ses marionnettes. En oubliant de laisser s'exprimer le côté animal, essentiel, de son être[1].

C'est bien là le drame de Federico. Il ne vit pas ; il n'ose pas vivre, comme son Casanova, psychologiquement jamais né. Le grand enfant qu'il est resté se réfugie, ou plutôt s'enfuit, dans ses films, cet univers rêvé, sans cesse recréé. Il y panse ses peines, s'y divertit, y camoufle ses anxiétés, s'y voile la noirceur du monde. Même quand, avec son grand talent et sa lucidité de visionnaire, il renvoie son reflet à la société, pour lui c'est encore un jeu, d'autant plus jubilatoire qu'il n'a pas pleine conscience de son œuvre. Federico est très modeste. Jamais il ne s'est pris pour Federico Fellini, encore moins pour le Maestro. Au fond de lui, il est resté un Pataca éberlué, que les succès, les oscars, la célébrité internationale n'ont jamais détourné de son unique ambition : être le meilleur des artisans dans ce métier qu'il met au-dessus de tout. En dehors de ses films, sa vie se déroule, banale et routinière. *Casanova* l'a mis face à lui-même, l'a éveillé de ses songes, l'a exorcisé de son côté *vitellone* et grand bouffon — un mot qu'il affectionne particulièrement —, mais il se demande s'il n'est pas trop tard.

Ce film que je refusais si fort allait marquer une frontière non pas dans ma carrière, mais bien dans ma vie. Après ce film, il faudrait que la part de moi versatile et changeante, la part de moi indécise, éternellement tentée par les compromis, la part de moi qui ne veut pas devenir adulte, il faudrait que cette part de moi, enfin, meure. Le film [*Casanova*], pour moi, c'est bien ça, le « passage de la ligne », le glissement vers le dernier versant de la vie. J'ai cinquante-sept ans, la soixantaine déjà m'apparaît. Inconsciemment, peut-être, j'ai mis dans ce film toutes ces angoisses, cette peur que je me sens incapable d'affronter[2].

Avec *Casanova*, il a mis au monde sa génialité, mais il est fatigué et déprimé. Il a pris conscience qu'il a vieilli. Pendant plusieurs mois, il traverse l'une de ces périodes de vide devenues habituelles après chaque film. De nouveau, il a peur de n'avoir plus rien à dire. Une calvitie déjà prononcée le perturbe au plus haut point. Il porte désormais de grosses lunettes. Sa silhouette s'est épaissie, il a un double menton et pèse maintenant quatre-vingt-dix-neuf kilos. Il est devenu insomniaque. Comme chaque fois qu'il est entre deux films, il repense au *Voyage de Mastorna* qui le hante depuis quinze ans et qui a fini par lui donner des « lubies superstitieuses ». Il relit et relit *Quand j'étais vieux* *, à la recherche de conseils qui pourraient le concerner. « Que d'éblouissantes, de réconfortantes et de très tendres coïncidences d'effrois, de craintes, de réflexions dans votre très précieux livre », écrit-il à son ami Simenon dans une lettre du 1er septembre 1977[3].

Au printemps 1978, il est en train d'écrire avec Brunello Rondi le scénario de *Prova d'orchestra (Répétition d'orchestre)*, une réflexion sur la musique, quand éclate l'affaire Aldo Moro.

Le 16 mars, à neuf heures du matin, en sortant de chez lui, le député Aldo Moro, président de la Démocratie chrétienne et sans doute futur président de la République italienne, qui vient d'obtenir du Parti communiste italien qu'il accorde sa confiance au gouvernement présidé par Giulio Andreotti, est enlevé par les Brigades rouges, une organisation terroriste d'extrême gauche née au lendemain de Mai 68 qui multiplie les attentats contre des magistrats, des policiers, des industriels, des journalistes. Cinq hommes de son escorte ont été tués. Le 9 mai, après cinquante-cinq jours d'angoisse, l'otage est retrouvé assassiné dans le coffre

* Ce récit à caractère autobiographique a été publié par Georges Simenon aux Presses de la Cité en 1970.

d'une voiture garée à mi-chemin entre le siège du Parti communiste et celui de la Démocratie chrétienne. Cette force aveugle qui a tué au nom de la politique fera chavirer la société italienne.

Les dramatiques événements récents viennent alors se superposer et en quelque sorte « enrichir et donner au film plusieurs niveaux de lecture », comme il le dira sur Antenne 2 dans l'émission *Musiques au cœur* le 15 mars 1982. Fellini, pour qui tout est spectacle et chacun, un clown de la vie, voit la société un peu comme un orchestre. Dans son scénario, l'orchestre s'effrite, devient intenable, menaçant, détruit ses propres valeurs, plonge dans le désordre ; et avec lui plongent les musiciens et leur tyrannique chef à l'accent allemand dans ce qui ne va pas tarder à devenir un chaos généralisé.

Comme il l'avait fait pour *Bloc-notes* en 1969 et pour *Les Clowns* en 1970, il envisage de réaliser ce petit film d'une heure dix sous forme de pseudo-documentaire et le propose à la RAI, qui accepte.

Dans la sombre crypte d'une église du XIIIe siècle, décor unique construit par Dante Ferretti, l'ex-assistant de Danilo Donati sur les costumes de *Roma* ; avec ses complices habituels : Giuseppe Rotunno à la caméra, Nino Rota pour la musique — cette fois écrite avant le tournage pour servir d'épine dorsale au récit —, dirigée par le chef Carlo Savina qui conseillera aussi les comédiens non musiciens, et Ruggero Mastroianni, son monteur attitré ; démontrant son grand professionnalisme, Federico commence le 22 mai 1978 un tournage qui se terminera, sans avoir donné l'ombre d'un problème à la RAI, quatre semaines plus tard, dans le temps strictement imparti et sans avoir dépassé d'une lire le budget prévu.

Arrivée des musiciens. Installation dans la crypte-salle de concerts où trois papes et sept évêques sont enterrés, devant une équipe de télévision prête à filmer. Brouhaha. On se bouscule. On cherche la meilleure place. On se chamaille, on jacasse à tort et à travers. Chacun s'agite, présente son instrument pour lequel il a des tendresses particulières, qu'il bichonne, caresse, déteste parfois, auquel il attribue des qualités de cœur, des pouvoirs magiques, avec lequel il vit un rapport frénétique. Pendant toute la préparation du film, Federico avait déjeuné chaque jour en tête à tête avec un musicien différent, l'avait fait parler de son métier, de son instrument, du chef d'orchestre. Le piano est un bavard impénitent, il a une opinion sur tout ; la flûte une voix humaine ; le trombone une créature solitaire comme le clown ; le violoncelle un ami idéal et mélancolique ; le violon fait l'important, c'est à lui, cervelle et cœur de l'orchestre, que le chef serrera la main à la fin du concert ; la clarinette dissipe les brumes de la plaine du Pô ; la trompette, tout courage et bravoure, défie le danger ; la batterie se dit spirituelle, la seule en Italie qui ait le sens du rythme ; le hautbois se veut le plus délicat, le plus joyeux... Tandis que le copiste installe les partitions sur les pupitres, on se préoccupe de savoir qui va payer : la télévision ? le syndicat ?

Personne, évidemment ! La télé ne paie pas ! On se fait des confidences, on déballe ses problèmes, on grogne, on critique, on se querelle, on va jusqu'à s'injurier, en perpétuel désaccord avec tout et avec tous : la télévision, les étrangers, la société, le chef d'orchestre imposé. À peine se met-on à jouer ensemble que c'est une monstrueuse cacophonie. Seule la harpe se tient sage et tranquille, docile et fidèle, parmi tous ces instruments en révolte.

Le chef d'orchestre évoque avec nostalgie le bon vieux temps de son maître où le chef était respecté, vénéré, où l'on était heureux de se faire taper sur les doigts, où chaque concert était une messe pour changer le vin en sang et le pain en chair !

— Aujourd'hui, nous jouons ensemble mais nous ne sommes unis que par une haine commune, comme une famille détruite.

Après la pause, la révolte tourne au pugilat. Les murs apparaissent couverts de graffitis :

— Non à la musique du pouvoir ! Nous ne voulons plus de chef ! L'orchestre, c'est la terreur ! À mort le chef d'orchestre ! À mort aussi le métronome ! À nous de décider du rythme et de la musique !

Soudain, un mur s'écroule, défoncé par une grosse boule de pierre. Stupeur générale. Le chef rappelle à l'ordre :

— Nous sommes musiciens et nous sommes ici pour répéter. Chacun doit s'occuper de son instrument. C'est la seule chose que nous puissions faire maintenant. La répétition continue ! Agrippez-vous aux notes !

Bon gré, mal gré, on se remet à jouer ensemble. C'est la pagaille. Le chef, furieux, recommence à hurler :

— Nous ne sommes pas sur un terrain de foot !

Constat sur la société, mais aussi critique de la télévision qui, au lieu de diffuser un concert et de faire entendre l'harmonie de la musique, ne propose que la répétition, le verbiage complaisant des musiciens, leur autosatisfaction, leur individualisme, leur compétition, leurs discordes, *Prova d'orchestra* est peut-être le film le plus politique de Fellini. Une avant-première a lieu le 19 octobre 1978 au Quirinal (l'Élysée italien), dans la salle de projection du président de la République, Sandro Pertini, en présence du président du Conseil, Giulio Andreotti, du président de la Chambre, le député communiste Pietro Ingrao, du président de la RAI et d'autres invités de marque. Le film est accueilli avec enthousiasme. Certains y voient un rappel à l'ordre : que chacun reprenne son propre instrument, en un mot que chacun se reprenne ; les autres y voient un hommage au sacrifice d'Aldo Moro. Sauf que Federico n'a jamais eu l'intention d'aller aussi loin. Il le dit dans une lettre à Simenon datée du 20 décembre 1978 :

... ce qu'il me semblait ne pas y avoir mis et n'avoir jamais eu l'intention d'y mettre, ce sont les significations, les idées, la « symbologie » qui déchaînent ces jours-ci des polémiques enflammées, alimentées par des hommes politiques, des ministres, des journalistes, des sociologues, des syndicalistes, et même par le patronat et peut-être, bientôt, aussi par le

SME !... un remue-ménage auquel je n'étais pas préparé, qui me désoriente, m'intimide et que j'ai fini par fuir en me terrant de nouveau ici, à Cinecittà, où je me suis remis à préparer *La Cité des femmes*[4]...

Federico terminait sa lettre en annonçant à Simenon que, devant se rendre à Zurich avec Giulietta pour passer les fêtes de Noël chez leur éditeur et ami commun Daniel Keel, des éditions Diogenes Verlag, ils seraient heureux de passer aussi quelques jours avec lui... Mais la lettre, bien qu'envoyée par avion, avait dû « choisir la route du pôle Nord », comme le dit Simenon, déçu d'avoir raté la rencontre, dans sa réponse du 8 janvier 1979.

Pour la présentation de *Prova d'orchestra* au public, comme à l'époque des *Clowns*, le cinéma et la télévision s'en disputent la primeur. La sortie en salle est retardée à cause de la RAI qui, l'ayant financé, en réclame l'exclusivité, ce qui d'ailleurs peut sembler tout à fait légitime, mais les distributeurs de films offrent beaucoup d'argent. Le conseil d'administration de la RAI hésite longtemps. Enfin, moyennant de substantielles avances sur recette, c'est la filiale italienne de Gaumont, présidée par Renzo Rossellini junior, qui obtient de sortir le film au cinéma en février 1979. Malgré le bon accueil de la presse, le public, qui pense le voir bientôt à la télévision, n'est pas au rendez-vous. En France, présenté hors concours lors du Festival de Cannes en mai, il sera longuement applaudi. À la télévision italienne, il sera diffusé le 26 décembre 1979.

Depuis la fin de l'année précédente (1978), Federico travaille sur *La Cité des femmes (La Città delle donne)*. Avec Bernardino Zapponi et Brunello Rondi, il a repris le synopsis de *La Femme inconnue* — l'histoire d'un homme, à la fois fasciné et effrayé, qui tourne autour d'une femme en la regardant de tous côtés —, dont l'idée était née au moment où il avait été question de faire *Duo d'amour* avec Ingmar Bergman. Comme à son habitude, Federico se plaint. Cette fois, il déclare qu'il se sent « inerte, vide, comme étranger au projet[5] ». Dans son *Gros Bouquin*, il note un cauchemar qu'il fait à plusieurs reprises : seul en pleine mer sur un radeau entouré de requins. Mais, de nouveau, il a l'impression qu'il n'y arrivera jamais, il se décourage, il a envie d'abandonner.

Lorsqu'il s'était un peu agacé dans sa lettre du 20 décembre de la résonance de son dernier film, Simenon lui avait répondu le 8 janvier que c'est justement là, « dans les significations dont il ne se rend pas compte », que réside l'esprit créateur : « ...Vous créez avec votre subconscient et lorsque, comme c'est le cas maintenant, vous vous sentez vide, c'est au contraire le moment où le vrai travail se fait au fond de vous-même. Ainsi avez-vous créé, et vous continuez à créer un univers fellinien qui vous étonne le tout premier[6]. »

Le même genre de significations va naître, à son corps défendant, pendant la gestation de *La Cité des femmes*. En Italie, outre le plomb craché par les brigadistes, l'atmosphère post-Mai 68 a fait germer — comme partout en Europe — les mouvements féministes les plus divers, et ces milieux-là s'inquiètent beaucoup du contenu du futur film. Des polémiques éclatent :

— Pour ou contre les femmes ? Féministe ou antiféministe ? veulent savoir les journalistes.

— Mais non… rien de tout cela, répond Federico, un divertissement, une petite revue d'avant-spectacle.

À Giovanni Grazzini qui lui demandera quelle est la première image qui lui revient à l'esprit à propos du film, Federico répondra :

> Marcello ! Le cher bravissimo Marcello, l'ami fidèle, dévoué, sage ; un ami comme on en trouve seulement dans les récits des écrivains anglais. [...] une amitié qui n'exige, n'oblige, ne conditionne, n'établit aucune règle ni frontière. Une vraie belle amitié bâtie sur une saine méfiance réciproque[7].

En dehors de ses qualités d'ami, Marcello Mastroianni est l'acteur idéal pour Federico. Il ne cherche jamais à savoir ce qu'il y a derrière le personnage qu'on lui fait jouer, ni ce qui va se passer. Il se contente de le découvrir au jour le jour, sans avoir lu le scénario à l'avance, comme s'il était réellement lui-même le personnage. Toujours de bonne humeur, complice, discret, disponible, il se laisse habiller, maquiller, coiffer sans donner de conseil ni faire d'objection ; en somme une marionnette, de celles qui plaisent tant à Federico. À propos de sa relation avec les acteurs, « les marionnettes sont contentes d'être des marionnettes si le marionnettiste est un bon marionnettiste », dira Fellini à Damien Pettigrew[8].

Un soir, dans sa voiture, Federico raconte à Marcello l'histoire de cet homme à la recherche d'une femme idéale, mais avec l'envie de ne jamais la trouver parce que la trouver signifierait se perdre lui-même. À la fin de son récit, Federico se tait. Marcello qui l'a écouté en silence ne dit rien non plus. À partir de ce moment-là, il était décidé qu'ils travailleraient ensemble dans *La Cité des femmes*.

Nous sommes dans un train entre Rome et Florence ou entre Rome et Rimini. Il y a beaucoup de tunnels. Alors que le train s'engouffre dans l'une de ces galeries, le personnage principal, qui n'est autre que le vieux Snaporaz de *Huit et demi*, descend du train en pleine campagne pour suivre une mystérieuse voyageuse. Elle le mène à travers champs et forêts dans un endroit exclusivement hanté de femmes, le Grand Hôtel Miramare où se tient un congrès féministe. D'abord séduit, puis amusé par le tourbillon incessant de ces femmes tantôt amicales, tantôt menaçantes qui se jouent de lui, il va peu à peu se retrouver prisonnier. D'aventure en aventure, de trouble en contradiction, il tombe dans la spirale des tourments infligés par ces amazones du sexe, ces révolutionnaires, ces ogresses, ces frustrées, ces marâtres, et glisse dans l'angoisse… avec désormais une seule idée en tête : s'enfuir. Mais il s'embourbe. Une sorcière (qui fait penser à la grand-mère Franzscheina) l'invite chez un certain

Katzone (équivalent en français à « rien dans la tête tout dans le caleçon ») en qui il reconnaît un ex-camarade d'école. Le vieux bellâtre empâté, supermâle obsessionnel, vit au milieu des souvenirs de ses conquêtes entassés comme des reliques. Il a organisé une fête pour célébrer sa dix millième maîtresse *. Avec étonnement, plaisir, et aussi un peu de jalousie, Snaporaz y retrouve son épouse ; mais, son égoïsme reprenant le dessus, leurs incompréhensions demeurent. Poursuivant sa quête de la femme idéale, il est repris par le labyrinthe qui le mène à entrevoir enfin au sommet d'une montgolfière la jeune fille-étoile de Luna Park-mère et madone auréolée de lampions de pacotille comme ceux des processions, inaccessible dans les nuages teintés d'azur. Il s'embarque pourtant dans la montgolfière. Pendant son ascension lui apparaissent les mirages de toutes ces femmes idéales, de tous ces enchantements dont il n'a fait que rêver. Une messagère tente de le sauver, mais, n'y parvenant pas, elle abat la montgolfière d'une rafale de mitraillette. Dans le train, Snaporaz s'éveille face à son épouse, légèrement hébété mais soulagé de reconnaître la féministe, la terroriste, l'amie de Katzone, la messagère, la belle voyageuse sous les traits de ses jolies voisines de compartiment. Soulagé et satisfait, il est prêt à replonger dans le prochain tunnel.

Le 10 avril 1979, trois semaines avant le début du tournage, alors qu'il est à Cinecittà en train de

* Clin d'œil à Simenon qui avouait avoir eu dix mille femmes dans sa vie.

mettre au point les derniers préparatifs avec Dante Ferretti et Giuseppe Rotunno, Federico est foudroyé par une nouvelle terrible : Nino Rota vient de succomber à une crise cardiaque. Il est trois heures de l'après-midi. La veille encore, tout en visitant ensemble une exposition de peinture, ils avaient parlé des play-back qui pourraient servir de base au tournage. Ils devaient se revoir dans la soirée.

En plein tournage, une autre disparition va hélas endeuiller le film. Le 27 juillet, chez lui, en nettoyant sa collection d'armes à feu, l'acteur Ettore Manni, qui joue Katzone, se tire accidentellement une balle de Smith & Wesson calibre .38 dans la cuisse, sectionnant l'artère fémorale. Décidé à faire jouer les assurances, Renzo Rossellini, le producteur de Gaumont, arrête le tournage et licencie l'équipe. Federico profite de l'interruption pour monter avec Ruggero Mastroianni ce qu'il a déjà tourné, c'est-à-dire plus de la moitié du film.

Il ne manque que quelques plans pour terminer l'intervention de Katzone, mais Federico voudrait la refaire entièrement. Les assurances s'y opposent. Il devra s'arranger en prenant un figurant qui apparaîtra de dos. La voix sera refaite au doublage. Mais les ennuis ne sont pas finis : Marcello doit s'arrêter pour soigner un orgelet. Puis c'est le tour de Federico, qui fait une chute sur le plateau, le 10 octobre, et se casse le bras droit : un mois dans le plâtre. Le 29 novembre, enfin, il peut filmer la dernière scène, celle de la montgolfière, dans le terrain vague derrière le studio 5. Arrive alors le moment redouté : l'enregistrement des musiques. Après plusieurs essais avec des musiciens qui s'avouent incapables de succéder à Nino, Federico fait appel à Luis Enrique Bacalov, un compositeur argentin que Nino estimait particulièrement et dont il lui avait beaucoup parlé. Les musiques seront orchestrées et dirigées par Gianfranco Plenizio, de même que celles du film suivant, *E la nave va*.

La Cité des femmes sort dans les salles le 28 mars 1980 ; il est incompris du grand public, boudé par la critique, accueilli avec méfiance par la presse : une fois encore, on lui reproche d'être trop fellinien ! Consternation à Cannes, où le film est projeté hors concours le 19 mai 1980. Dans la voiture qui le ramène à son hôtel, d'un ton tragique, presque fataliste, Federico déclare au producteur français Daniel Toscan du Plantier : « Comme d'habitude, ça s'est très mal passé[9]. »

Contrairement à ce qui a pu être dit par certains, *La Cité des femmes* n'est ni un film misogyne ni un film antiféministe, mais un film autour du mystère féminin, un voyage sur la planète femmes. Après qu'il aura eu l'occasion de le voir, lors de son arrivée sur les écrans à Lausanne, Simenon écrira à son « cher gigantesque ami Fellini » qu'il est sorti de la projection « hébété et ému » et lui fera comprendre qu'il le considère comme un « génie ».

Visions prophétiques

Les années 1980 sont celles de la grande crise du cinéma italien. Les salles se vident au profit de la télévision et de l'industrie des cassettes pornographiques. Les producteurs se font rares. Federico dit et répète dans les interviews que le public s'est transféré sur une autre planète, que c'est « la catastrophe, l'apocalypse, le naufrage ». Le 6 octobre 1980, il écrit à son ami Dino De Laurentiis à Los Angeles : « Tu sais que les gens ne vont plus au cinéma ? Il n'y a plus de spectateurs, je ne sais pas où ils sont passés. Sont-ils chez toi ? Si c'est le cas, dis-leur de faire demi-tour et de venir de temps en temps dans nos cinémas[1]... » Dino De Laurentiis qui aime énormément Federico lui ferait des ponts d'or pour qu'il vienne travailler en Amérique. Mais, loin de sa via Margutta, de son bar Canova, piazza del Popolo, de son restaurant Cesarina, via Piemonte, de la Vecchia Pineta, un autre restaurant à Ostie qu'il aime tout particulièrement, et même loin de la trop sophistiquée via Veneto qu'il n'aime pas beaucoup, il se sentirait par trop déraciné. Les serveurs qui traînent la patte, les vendeurs de roses qui lui donnent du Maestro, les vieux beaux romains avec leurs idées toutes faites, les gladiateurs pour touristes du Colisée, les gardes suisses impassibles du Vatican et surtout ses chères habitudes à Cinecittà lui manqueraient vraiment. Aller en Amérique, maintenant, à soixante ans, alors qu'il est si bien à Rome, lui semble absurde. L'essayiste Pietro Citati en témoigne dans un article paru dans *La Repubblica* du 1er novembre 2003 :

> Il n'aimait pas voyager, aller à Hollywood, à Paris ou à Tokyo. Le différent était pour lui très ennuyeux. Quitter via Margutta à huit heures du matin, parcourir via del Babuino, lécher la vitrine de l'éditeur Feltrinelli, être accueilli sur la piazza del Popolo par les premiers rayons du soleil, s'asseoir au Canova et commander un café, bavarder avec un serveur ou un chauffeur de taxi, téléphoner étaient bien plus aventureux qu'explorer le Tibet ou l'Atlantide.

Pourtant, le voyage en Amérique devient une réalité quand, fatigué par les tracasseries administratives, l'inertie des décideurs et les projets qui n'en finissent plus de tourner en rond, Federico propose à une société américaine de faire un portrait de l'Amérique « enfantine, grossière, violente mais sympathique[2] » à travers une journée à Disneyland. Il devait passer trois mois aux États-Unis, tous frais payés, pour approfondir son idée. Mais, au bout de la première semaine, il en a déjà assez. En outre, il reçoit des nouvelles de sa mère qui est malade et dont l'état de santé s'est aggravé. Il décide de rentrer.

À Rome, il reprend avec Tonino Guerra un petit

scénario qu'ils avaient rapidement écrit ensemble durant l'été 1979. Un jour, à Cinecittà, pendant qu'ils travaillent assis l'un en face de l'autre, Federico demande brusquement à Tonino :

— À quoi penses-tu ?

— Il me revient en tête la cérémonie des cendres de Maria Callas dispersées dans la mer Égée au printemps dernier.

E la nave va... (*Et vogue le navire*) débute à la manière d'un documentaire d'actualités de l'époque du cinéma muet : en sépia avec des cartons pour les commentaires. En juillet 1914, dans le port de Naples « tel qu'il apparaît sur les photos jaunies du début du siècle », selon les indications précisées en marge du scénario, le paquebot *Gloria N.* appareille pour une croisière. Un journaliste reporter présente les élégants passagers : chanteurs d'opéra, musiciens, aristocrates, amis ou admirateurs d'une célèbre cantatrice, Edmea Tetua, dont ils accompagnent les cendres qui seront dispersées au large de son île natale. Progressivement, de muet le film devient sonore, de sépia passe au noir et blanc puis à la couleur. À bord, un soprano qui cherche à découvrir les secrets de la voix de sa rivale disparue, un chanteur russe qui hypnotise des poules de sa belle voix de basse, un acteur qui brûle pour les marins de l'équipage, un baron anglais et sa femme nymphomane, un grand-duc prussien avec sa sœur la princesse aveugle (incarnée par la danseuse Pina Bausch) et leur suite de familiers adeptes d'occultisme, et, dans la cale, un rhinocéros. Pendant la traversée, une nouvelle tombe sur le télégraphe : à Sarajevo, un étudiant serbe vient d'assassiner l'archiduc François-Ferdinand et l'archiduchesse Sophie. Au bout de quelques jours, le capitaine recueille des naufragés serbes fuyant leur pays envahi par l'Autriche après l'attentat, mais le grand-duc et sa suite les soupçonnent d'être des anarchistes… Un cuirassé austro-hongrois intercepte le *Gloria N.* et se fait remettre les terroristes serbes à bord de chaloupes. À l'approche du navire de guerre, l'un des Serbes lance une bombe artisanale contre le cuirassé, qui riposte par une canonnade. Touché, le *Gloria N.* commence à sombrer tandis que les passagers, absorbés par le rite de dispersion des cendres, chantent un chœur de l'*Aïda* de Verdi. Le film se termine sur la chaloupe où se sont sauvés le journaliste et le rhinocéros, lui aussi rescapé du naufrage. Comment vont-ils survivre ? Grâce au meilleur lait vitaminé, celui de rhinocéros, car c'est un rhinocéros femelle !

Depuis trois ans, on parle de faire le film : euphorie. Puis on ne le fait plus : découragement. Puis on reparle d'en faire un autre. Federico ne croit plus guère au départ de son bateau quand une coproduction entre Franco Cristaldi, Daniel Toscan du Plantier de Gaumont et Films A2, la filiale cinéma de la chaîne Antenne 2, va lui permettre de lever l'ancre le 15 novembre 1982. Dans les décors de Dante Ferretti patiemment élaborés d'après des centaines de documents et photographies : cale, machinerie, cabines, ponts, coursives, salle à manger où sont accrochés des tableaux de Rinaldo

Geleng et de son fils Giuliano représentant des paysages de Londres, Paris, Venise, Le Caire, Rome, Paestum, le *Gloria N.* voguera sur les eaux de Cinecittà jusqu'au 17 mars 1983. Pour simuler la navigation, on a imaginé de faire balancer la salle à manger du bateau sur une sorte de bascule hydromécanique. De l'eau projetée par une pompe crée l'illusion de la tempête. Mais la mer est parfois vraie aussi. Federico l'a fait filmer pendant des jours entiers. Parlant de son film, il dira :

> Le film a une clef chromatique spéciale : les rouges, les bleus, les verts perdent l'agressivité de la réalité pour assumer le contour vague de la mémoire, les tons atténués des souvenirs [3].

> [...] le film se présente comme un testament du cinéma. Un film sur le cinéma, sur ce qu'il a représenté : une réalité qui voulait témoigner d'une autre réalité mais s'en est éloignée jusqu'à disparaître [4].

La première a lieu à la XLe Mostra de Venise le 10 septembre 1983. Succès immédiat, presse unanime, échos, interviews et reportages jusqu'à saturation. Bouche-à-oreille : tout le monde parle de chef-d'œuvre. Même chose à Paris en janvier 1984 ; en revanche, l'accueil est plus tiède en Amérique.

Quinze jours après le triomphe à Venise, Rimini organise une journée Fellini pour la sortie du film. Le 25 septembre, au Grand Hôtel éclairé pour la circonstance comme le *Rex* d'*Amarcord*, en présence de plus de mille cinq cents invités et devant les caméras de la télévision du dimanche après-midi, les autorités municipales remettent solennellement à Federico et Giulietta les clefs d'une maisonnette sur le port, leur souhaitant de jouir longuement de ce cadeau de sa ville natale au fils prodigue. Émus, les Fellini remercient avec effusion. Ils apprendront bientôt que la maisonnette, presque en ruine, est en outre couverte d'hypothèques et qu'elle appartient toujours à l'ancien propriétaire qui n'a reçu que des arrhes. Comme il n'y a pas eu non plus de délibération communale, personne ne se trouve disposé à acquitter le reste du prix. La mésaventure finira dans une lamentable cacophonie judiciaire à l'italienne qui chagrinera beaucoup Federico.

Le 21 décembre, une comédie populaire, *Il Tassinaro* (« Le chauffeur de taxi »), réalisée et interprétée par Alberto Sordi et dans laquelle Federico a accepté de jouer son propre rôle, sort sur les écrans.

Fellini pense que, si le spectateur ne va plus au cinéma, c'est un peu par paresse mais aussi parce que les exploitants de salles — sans évoquer la suppression des petits programmes documentaires ou divertissants, des attractions et de l'entracte — ont cassé les beaux grands cinémas pour multiplier les petites salles à l'écran à peine plus large que celui de la télé qui trône au salon ; alors, pourquoi s'incommoder dans les files d'attente, pourquoi s'entasser dans des salles exiguës, pourquoi aller payer ce qu'on verra de toute façon à la télévision, pour peu qu'on attende quelques mois ? Sous l'influence de la télévision, le spectateur n'est plus quelqu'un qui cherche à rêver, il est devenu un consommateur qui achète ; le spectacle n'est plus l'œuvre d'un artiste créée avec amour, travail et patience, mais un produit de consommation fabriqué par des experts en marketing.

Visionnaire prophétique de ce monde qui s'écroule et pourrait disparaître d'un moment à l'autre, Federico s'efforcera de lutter. Il a la peau dure comme celle du rhinocéros. Il va résister aux boulets de canon et continuera à témoigner.

En juin 1984, alors qu'il prépare avec Tonino Guerra et Tullio Pinelli un film qui sera à la fois une peinture caustique de la télévision et une évocation nostalgique de l'avant-spectacle, il est sollicité par la marque Campari pour réaliser un spot publicitaire qui portera le titre de *Oh, che bel paesaggio* (« Oh, quel beau paysage »). Dans le compartiment d'un train, un homme (Victor Poletti, le ténor de *E la nave va...)* et une jeune femme blonde sont assis l'un en face de l'autre. Elle, télécommande en main, fait défiler les panoramas en zappant frénétiquement. Ces paysages, pourtant plus beaux les uns que les autres, l'ennuient visiblement. Agacée, elle jette la télécommande à terre. Son compagnon la ramasse et fait apparaître la place des Miracles de Pise. Au centre de la place : aussi grande que la tour penchée, une bouteille géante de Campari. En à peine une minute, et sous prétexte de vanter les mérites du célèbre apéritif, Fellini a réussi le tour de force de mettre en lumière la vie trépidante, la lassitude du couple, son déficit de communication, le désintérêt pour la nature et l'aliénation par la télévision.

Le 27 septembre, Federico perd sa mère, Ida, qui s'éteint à Rimini après une longue maladie, à l'âge de quatre-vingt-huit ans. Dans le courant du mois d'octobre, à Rome, il rencontre un ethnologue-écrivain américain d'origine sud-américaine, Carlos Castaneda, qu'il avait longtemps cherché, mais en vain, et qui l'avait captivé par ses récits d'expériences chamaniques vécues au Mexique auprès d'un vieux sorcier yaqui. À la lecture de ses livres, *Les Enseignements d'un sorcier* et *Voyage à Ixtlán*, l'auteur lui était apparu éblouissant, auréolé de mystère, fascinant comme Rol. Lorsqu'il fait enfin sa connaissance, Federico est quelque peu décontenancé par le personnage, presque déçu. La soixantaine, quelconque, sans charisme, le bonhomme n'a rien du rayonnement magique de ses livres. Malgré cela, ils sympathisent. Au cours d'un déjeuner chez Cesarina en compagnie de Marcello Mastroianni, ils envisagent un projet de film adapté des livres de Castaneda, que pour une fois Federico accepterait de réaliser loin de Rome. Rendez-vous est pris à Los Angeles pour repérer ensemble les lieux d'un éventuel tournage au Mexique. À la fin du repas, Castaneda met Fellini en garde : une fois arrivé au Mexique, qu'il évite de consommer du peyotl, ce cactus qui provoque des hallucinations.

Alberto Grimaldi, producteur de *Ginger et Fred*, le film en cours d'élaboration, se déclare d'accord pour acheter les droits des livres de Castaneda et financer le voyage à Los Angeles, ainsi que le film qui en résulterait. Et voici Federico reparti sur les ailes d'un projet américain qui, cette fois, le motive vraiment. Il a déjà les grandes lignes de l'intrigue en tête : un cinéaste fasciné par les récits d'un chercheur latino-américain sur les légendes, les héros et les rites magiques des anciennes civilisations précolombiennes se propose de faire avec lui un voyage sur les lieux de ses histoires pour en tirer un film. Tullio Pinelli fera le reste. Mais, pour l'heure, il faut se consacrer à *Ginger et Fred*, coproduction italo-française entre Grimaldi, Les Films Ariane, France 3 et la première chaîne italienne RAI Uno, dont le budget final se monte à neuf milliards de lires.

Le 12 février 1985, sur un énorme plateau de télévision recréé par Dante Ferretti dans le studio 5 de Cinecittà, Federico demande son premier « moteur ! ». L'événement est d'autant plus salué par la presse italienne que Giulietta Masina, qui n'a plus tourné avec son mari depuis *Juliette des esprits*, vingt ans auparavant, en est l'héroïne principale (Ginger), avec Marcello Mastroianni (Fred) pour partenaire. Giuseppe Rotunno étant pris sur une superproduction hollywoodienne de Dino De Laurentiis, *Kalidor : la légende du talisman*, réalisée par Richard Fleischer avec Arnold Schwarzenegger, dont Danilo Donati a d'ailleurs créé les décors et costumes, Federico a confié les éclairages à Tonino Delli Colli, autre grand chef opérateur et directeur de la photo du cinéma italien, notamment des films de Pasolini et de Sergio Leone. Quant à la musique, elle sera écrite, arrangée et dirigée par Nicola Piovani, pianiste, compositeur, chef d'orchestre qui obtiendra pour *Ginger et Fred* un David de Donatello, équivalent italien des Césars français.

Coup de chapeau au formidable couple de danseurs américains, Ginger Rogers et Fred Astaire, le film évoque avec nostalgie les attractions, aujourd'hui disparues, précédant jadis la projection du grand film dans les salles de spectacle. Amelia Bonetti (Giulietta Masina) et Pippo Botticella (Marcello Mastroianni), ex-danseurs de claquettes, célèbres pour leurs imitations de Fred Astaire et Ginger Rogers, se retrouvent après de longues années de séparation sur un plateau de télé pour participer au programme *Ed ecco a voi!* (« Les voici ! »), animé par un personnage (Franco Fabrizi) dans lequel Federico ne s'est pas privé de caricaturer un présentateur de la télévision italienne, très connu pour ses émissions de variétés vulgaires, clinquantes et stupides. Les deux artistes tirés de leur retraite, qui avaient été liés par le travail et une certaine tendresse, ne sont plus désormais que des étrangers l'un pour l'autre. Lui, un pauvre bougre résigné et un peu alcoolique vivotant de la vente d'encyclopédies à tempérament, elle une petite-bourgeoise encore fringante. Ils sont entraînés dans l'hystérie collective et la superficialité d'un grand divertissement de Noël, entrecoupé de spots publicitaires, dont le seul but est manifestement de persuader le téléspectateur d'acquérir un tas d'objets et de gadgets dont il n'a nullement besoin. Avec eux sur le plateau, une faune de personnages excentriques : un moine qui fait de la lévitation quand il prie devant l'autel, un vice-amiral décrépit, un transsexuel, un député, un mafieux, des nains, une vache à dix-huit mamelles, l'inventeur de slips comestibles, des sosies de chanteurs, d'acteurs, d'hommes politiques comme Reagan, d'hommes d'affaires comme le banquier Michele Sindona ; une véritable ménagerie humaine pour laquelle Danilo Donati a confectionné plus de mille costumes. Le clou du programme devrait être le duo de claquettes, leur ancien numéro, sur un pot-pourri de musiques d'Irving Berlin, mais, alors qu'ils virevoltent sous des projecteurs dignes de Luna Park, l'électricité tombe en panne. Soudain lucide, Fred voudrait s'enfuir ; Ginger le retient. Lorsque la lumière revient sur le plateau, ils terminent le numéro avec succès, chaleureusement applaudis par la salle, mais complètement délaissés par la production qui a désormais bien d'autres chats à fouetter. Heureux et émus, ils se quittent à la stazione Termini, se promettant de se revoir, mais y croient-ils vraiment ?

Dans un éditorial publié par le magazine *L'Europeo* le 7 décembre 1985, Fellini déclarera : « Ces télévisions ne sont pas dignes de survivre. » Il se réfère naturellement aux chaînes privées qui pullulent depuis la fin des années 1970, polluent le paysage audiovisuel italien avec des programmes affligeants, n'hésitent pas à couper les films d'auteur pour marteler leurs publicités et font du téléspectateur un crétin émérite — ne sont-elles pas allées jusqu'à pousser des familles pauvres à faire du strip-tease sur leurs plateaux pour gagner de quoi se meubler ?

Les prises de vues terminées, Federico se met au travail avec Ruggero Mastroianni, dont ce sera le dernier montage d'un film de Fellini. En pleine postsynchronisation, il est contraint de s'interrompre pour se rendre à New York. Le 10 juin, après deux heures de projection d'extraits de ses films et d'émouvants témoignages de ses principaux interprètes, de Giulietta à Marcello en passant par Alberto Sordi, Donald Sutherland, Anouk Aimé, il reçoit les honneurs de la Film Society of Lincoln Center pour l'ensemble de sa carrière. Le 15 juillet, Simenon lui écrit de Lausanne[5] :

Mon cher Fellini,

On me demande d'ajouter ma faible voix aux voix multiples et même officielles qui, du Lincoln Center de New York à Venise et du monde entier, reconnaissent enfin ton génie. Un mot que je n'aime pas car il est trop vague et sert à trop de gens. Pour mon humble part, à qui me demanderait ce qu'est un créateur (voilà le vrai mot !) je répondrais sans hésiter :

— Voyez Fellini.

Car tu es le prototype des créateurs. Tu n'as jamais imité personne. Tu n'as suivi aucune mode. [...] Sois sûr de ma vieille et fidèle affection et de mon admiration. Je me glisse parmi la foule qui t'entoure pour t'embrasser fraternellement,

GEORGES SIMENON

Le 6 septembre, lors de sa soirée de clôture, c'est la Mostra qui le couronne d'un Lion d'or pour l'ensemble de son œuvre. Ces hommages commencent à lui peser. Ce sont les vieillards qu'on couvre d'honneurs, et puis Fellini se demande où il va bien pouvoir les caser, tous ces trophées, dans le nouvel appartement de la via Margutta, beaucoup plus petit que le premier, où il vient d'emménager avec Giulietta. Mais le blues ne dure pas. Avant même la sortie de *Ginger et Fred*, prévue pour la fin de l'année, il se lance à fond dans l'aventure mexicaine.

Toutefois, avant de partir, pour faire plaisir au fabricant de pâtes alimentaires Pietro Barilla qui est son ami, il accepte de réaliser un spot publicitaire destiné à la promotion d'un nouveau type de pâtes. La scène se situe dans un grand restaurant : un maître d'hôtel et son régiment de serveurs vantent les spécialités maison les plus raffinées à une dame de la haute société qui avec un joli sourire de dénégation commande simplement : Rigatoni !

En octobre, il retrouve donc Carlos Castaneda à Los Angeles. À partir de ce moment-là, réel et fiction s'entremêlent. En compagnie d'un journaliste italien prénommé Jean-Marie qui semble n'avoir existé que dans le scénario, mais avec le fils réel d'Alberto Grimaldi, Geraldo, et sa petite amie américaine, Sybil, Federico Fellini — qui personnifie en même temps le cinéaste de la fiction — s'apprête au fameux voyage de repérage avec Castaneda. D'étranges phénomènes commencent alors à se manifester : billets manuscrits de provenance inconnue, coups de téléphone bizarres et qui plus est, à la veille du départ, disparition de l'anthropologue. Celui-ci s'est rendu injoignable, mais comme il est coutumier du fait, le petit groupe décide de ne plus l'attendre. En revanche, au dernier moment, deux mystérieux protagonistes s'associent au voyage : un certain professeur Tobia, spécialiste des civilisations précolombiennes, dont le nom n'est pas sans rappeler le personnage biblique chasseur de démons, et une belle jeune fille dotée de facultés extrasensorielles, prénommée Helén. Entre-temps, dans la réalité, Geraldo Grimaldi et Sybil, qui se sont disputés, ont quitté l'aventure. Les quatre personnages du scénario, le cinéaste, le journaliste, le professeur et la jeune fille, parviennent à la pyramide de Chichén Itzá, dans la péninsule du Yucatán, où les Mayas pratiquaient des sacrifices humains. Puis un coup de téléphone anonyme les invite à se rendre à Tulum, à une centaine de kilomètres plus au sud, pour prendre une photo, mais une seule, des ruines du temple du Dieu plongeur.

Comme Chichén Itzá, le site de Tulum est un très beau vestige de la civilisation maya, perché sur un éperon rocheux qui domine la mer des Caraïbes. Sur la façade du temple principal, trois niches abritent des dieux mayas. Dans la niche centrale, un sympathique petit dieu ailé — le dieu-abeille —, représenté tête en bas, plonge du Ciel vers la Terre. La même sculpture se retrouve au-dessus de la porte d'un tout petit temple attenant au temple principal et entièrement consacré au dieu, d'où son nom de temple du Dieu plongeur.

Pendant leurs pérégrinations, les voyageurs font

la connaissance d'un sorcier indien, Don Miguel, qui ressemble trait pour trait au vieux sorcier yaqui des livres de Castaneda. Après avoir été initiés par le chaman, ils sont pris durant toute une nuit d'hallucinations tantôt effrayantes, tantôt merveilleuses. De retour à Los Angeles, les quatre personnages se séparent dans le trouble créé par le voyage accompli ensemble qui s'est peu à peu emparé d'eux, les a dirigés et ne leur a laissé pour tout souvenir qu'une petite photo jaunie de ce temple en ruine. Quelques instants après le décollage, sur l'écran de l'avion qui ramène le cinéaste et Jean-Marie en Italie, se déroule le générique d'un film : *Voyage à Tulum*.

Dans la réalité, Federico a repris son avion pour Rome sans avoir revu Castaneda, mais convaincu d'avoir bientôt de ses nouvelles. Or Castaneda ne se manifeste pas. Federico ne sait plus que penser. Écartelé entre le rationnel et le fantastique, il prend conscience qu'il ne maîtrise pas du tout son sujet et renonce au film :

> J'ai eu la sensation que le film ne tenait pas debout, malgré l'apport objectif de Pinelli toujours habile à bâtir une trame. J'ai eu des doutes de contremaître : peut-on construire un immeuble du troisième au cinquième étage ? En somme, j'ai découvert une nouvelle fois que la crédibilité artistique est bien différente du simple témoignage. La réalité de l'art est plus exigeante que la réalité des sens. Et *Viaggio a Tulun* a donc fini en compagnie de *Mastorna*[6].

Le 15 décembre 1985, *Ginger et Fred* est projeté en avant-première au président de la République italienne, Francesco Cossiga, qui a invité le Tout-

Rome de la culture et de la politique au Quirinal. Le surlendemain, le député Giulio Andreotti en fait lui-même un compte-rendu élogieux à la une du *Corriere delle Sera*.

À Paris, le film est présenté au palais de Chaillot le 13 janvier 1986, en présence de Giulietta et de Marcello Mastroianni. Federico, qui déteste de plus en plus les cérémonies, ne s'est pas dérangé. Le succès est considérable. Les journaux parlent d'un Fellini au meilleur de sa forme. En Italie, la carrière du film débute le 21 janvier par un gala triomphal au théâtre Sistina de Rome. Unanime, la presse italienne parle d'un très grand film. En Amérique le *Times*, *Variety*, *Newsweek* le traitent de grand événement. La MGM en assure la distribution. Le 14 février, c'est le Festival du film de Berlin qui lui réserve un triomphe. Partout dans le monde, le film reçoit un accueil enthousiaste. La seule fausse note vient de Ginger Rogers qui, s'estimant lésée, intente un procès ; naturellement un coup d'épée dans l'eau.

En mai 1986, Federico propose l'aventure du *Voyage à Tulum* en six épisodes au *Corriere della Sera*. Après la publication des deux premiers, il aurait reçu un coup de téléphone anonyme lui conseillant avec insistance de préciser que les événements relatés sont véritables. Il s'exécute, affirmant : « Le voyage et la mystérieuse aventure qui sont à l'origine de cette l'histoire, librement adaptée et transformée en sujet cinématographique avec l'aide de Tullio Pinelli, ont réellement eu lieu[7]. »

Tullio Kezich raconte que, quand, en 1988, Fellini voulut faire en collaboration avec le grand dessinateur Milo Manara une bande dessinée du *Voyage à Tulum* d'après ses propres dessins, les mystérieux coups de téléphone reprirent dès qu'il fut question d'y insérer le personnage de Castaneda. Quasi menaçante, une voix masculine le pressait « de renoncer, de ne pas faire apparaître l'image de Castaneda[8]... ». Le personnage effacé de la bande dessinée, les coups de téléphone cessèrent.

Après la disparition de Castaneda en 1998, les travaux de nombreux auteurs révéleront qu'il avait beaucoup menti sur sa propre biographie, qu'il était un escroc intellectuel et psychologique hors pair, capable de convaincre ses semblables que leurs rêves étaient réellement arrivés ; à la fin de sa vie, il avait conçu une méthode de développement personnel consistant à pratiquer des passes magiques qu'il vendait à ses disciples lors de séminaires très coûteux.

Federico avait-il été manipulé ? Avait-il frôlé une secte ? Avait-il affabulé ?

Au mois d'août 1986, dans la veine de *Bloc-notes d'un cinéaste*, des *Clowns*, de *Prova d'orchestra*, il commence *Intervista* (« Interview »), le premier d'une série de trois films courts pour la télévision. Les deux autres, qui devaient être consacrés respectivement au cinéma Fulgor de Rimini et à l'opéra, ne verront jamais le jour.

Fellini a toujours eu la phobie des interviews, il s'y sent mal à l'aise, elles le terrifient, il l'a dit à maintes reprises. S'il se met personnellement en scène dans *Intervista,* c'est sans doute avec l'idée de donner ces réponses. Il s'y montre tel qu'il est dans l'exercice de son métier, veillant à tout : décors, costumes, casting, sans autocontemplation, avec simplicité, et aussi avec une certaine dose de nostalgie non dénuée de lucidité, voire d'autodérision pour ses débuts. Résultat : un cadeau inestimable sur sa manière de travailler, un autoportrait cocasse, un témoignage affectueux et reconnaissant envers tous les artisans et techniciens qui l'entourent, un hommage implicite à Cinecittà qui célèbre son demi-siècle d'existence, et un hommage explicite à Nino Rota, comme le générique le mentionnera.

Le scénario est né d'un dialogue avec son collaborateur et ami Gianfranco Angelucci. Pendant qu'il est en train de mettre en place les préparatifs d'un film qu'il a toujours rêvé de faire sur *L'Amérique* de Kafka, Federico Fellini, dans son propre rôle de réalisateur, se prête de bonne grâce aux questions d'une équipe de télévision japonaise venue l'interviewer. Les Japonais souriants et curieux veulent tout savoir. Parcourant les studios, les bureaux, les ateliers, le maquillage ; présentant les peintres, les électriciens, les assistants, la documentaliste « vestale » de Cinecittà, Federico entraîne ses visiteurs admiratifs et émerveillés dans « sa maison ». Pour eux — et pour nous —, sur des musiques de Nino Rota qui vont scander tout le film, il évoque ses débuts de jeune journaliste venu pour la première fois, à la demande de son rédacteur en chef, interviewer une star en 1940 ; sa gaucherie, son trouble, son émotion d'alors, le petit tramway bleu qu'il avait pris à la stazione Termini devant la Casa del Passaggero pour se rendre à Cinecittà, le trajet du tram, les chefs politiques fascistes en uniforme noir, les paysannes offrant du raisin aux voyageurs dans la campagne romaine ; puis, à mesure que l'on approche de l'établissement cinématographique, les personnages d'un péplum, les éléphants de la Rome impériale, les Indiens des westerns américains, le plateau d'un réalisateur hystérique. À raconter le passé dans le présent, Federico s'amuse tout autant que son auditoire. Après une fausse alerte à la bombe dans les ateliers d'architecture, au détour d'un studio, c'est maintenant Marcello Mastroianni qui apparaît sur un praticable dans le frac bleu du magicien Mandrake pour les besoins d'un spot publicitaire. Tout à coup, Federico entraîne les Japonais, son équipe technique, le jeune journaliste qu'il était, il y a quarante ans, et Marcello Mastroianni dans une visite à l'improviste chez la toujours très belle Anita Ekberg qui vit en compagnie de molosses dans une somptueuse villa des environs. Là, d'un coup de sa baguette magique, le magicien Mandrake-Mastroianni ressuscite les images de *La Dolce Vita*, le night-club près des thermes de Caracalla, le bain dans la fontaine de Trevi. Émotion, nostalgie, sourire.

— Tu es toujours la plus belle, Anita, lui murmure-t-il tandis qu'elle essuie une larme.

De retour à Cinecittà, les essais du pseudo-film *America* sont interrompus par un violent orage. Tout le monde se réfugie dans des abris de fortune, et va y passer la nuit. Le lendemain à l'aube, la pluie diluvienne a enfin cessé, le producteur exécutif, Pietro Notarianni, réveille doucement les membres de la troupe endormis en murmurant : « Je crois qu'ils vont attaquer, les voilà, ils arrivent. » Un panoramique sur Cinecittà découvre le ciel gris envahi par une armée d'antennes de télévision menaçantes. Sur la colline, armés de ces antennes en guise de sagaies, les Indiens finissent par déferler sur la dernière citadelle du cinéma. « Le film devrait se terminer ici ou plutôt est terminé », ajoute la voix de Federico. La troupe commence à se disperser en échangeant des *Buon Natale !* Joyeux Noël ! Le tournage a duré jusqu'au 24 décembre 1986.

Sur des images de Tonino Delli Colli, dans des décors et costumes de Danilo Donati, le téléfilm, qui était prévu à l'origine pour une durée d'une heure cinq, fait quarante minutes de plus. Le budget initial aussi a été très largement dépassé. Une fois encore, les coproducteurs Aliosha Films, RAI Uno et Cinecittà se posent le problème de la sortie : cinéma ou télévision ? Le cinéma l'emportera, et la première aura lieu hors concours le 18 mai 1987, la veille de la clôture du XLe Festival de Cannes. C'est de nouveau un tel triomphe que le jury présidé par Yves Montand ne peut se retenir d'inventer un prix spécial pour Fellini, mais le lendemain de la projection, jour du palmarès, Federico a déjà quitté Cannes ; c'est donc le représentant d'Aliosha Films, le producteur Ibrahim Moussa, qui retirera ce prix baptisé « prix du 40e anniversaire du Festival international du film ». En juillet, c'est le XVe Festival de Moscou qui le couronne de son grand prix sous la présidence de Robert De Niro.

Arrêt sur images

Après *Intervista*, Federico se retrouve dans cette période de désarroi qui suit inéluctablement chacun de ses films. Il travaille à un beau livre illustré de photos, documents et dessins rassemblés par Gianfranco Angelucci qui sortira en novembre 1988 chez l'éditeur milanais Arnoldo Mondadori sous le titre *Un regista a Cinecittà* (« Un metteur en scène à Cinecittà »). Une histoire de Cinecittà où il raconte à la première personne des souvenirs, des rencontres, des anecdotes, sa vie quotidienne dans « sa » maison. Traduit en français par Jacqueline Risset *, le livre, agrémenté de photos, de reproductions de dessins de Fellini et d'affiches de films, sera publié en France en 1989 sous le titre *Cinecittà de Federico Fellini*. Pendant l'une de ses longues nuits d'insomnie, la lecture d'un roman d'Ermanno Cavazzoni lui inspire l'envie de revenir sur l'un de ses vieux rêves : raconter les secrets de la nature en images. En réalité, le roman n'a fait que réactiver un ancien projet de film « sur la cam-

* Professeur de littérature française à Rome.

pagne et les paysans. Une campagne vue autrement, comme un univers inconnu peuplé de mythes et de légendes[1] ».

... Un film, même s'il est très complexe à réaliser et demande beaucoup de temps, peut exister dans une sensation, un soupçon, une anticipation : ce peut être un rayon de lumière, un son... un parfum, le tremblement d'une feuille... *La Voix de la lune* se présentait d'une manière très vague... mais du roman j'ai seulement pris une vibration, une suggestion, une intention... le cinéma doit être, entre toutes les formes et expressions artistiques, celle qui ressemble le plus à la vie...[2]

Federico aime cultiver les signes du hasard. Dès les premières pages, il est surpris et charmé par les correspondances du roman avec sa propre perception et ses préoccupations : l'éclosion d'une fleur, le bruissement d'une feuille, le vent, le soleil, l'orage, la pluie, le murmure de l'eau dans le puits, objets de contemplation et de superstitions depuis que le monde est monde, se perdent désormais dans le brouhaha absurde et la déraison d'une société qui s'est égarée. Pour la majorité des gens, le monde est parfait tel qu'il est, bruyant, confus, avec ses gratte-ciel grotesques, ses concours de beauté, ses forêts d'antennes de télévision sur les toits capables de capter n'importe quel message venu de loin pour publiciser le néant. On va sur la Lune, on la viole... mais pour les paysans, les vagabonds, les poètes et les fous, elle garde son mystère. Quelques jours plus tard, il appelle l'auteur pour lui demander de collaborer à l'écriture du scénario.

Né en 1947 à Reggio Nell' Emilia, Ermanno Cavazzoni vient d'avoir quarante ans, il habite Bologne, où il est professeur à l'université. *Le Poème des lunatiques (Il Poema dei lunatici)* est son premier roman. Ému, flatté et heureux de l'intérêt que Fellini porte à sa vision du monde rural à la dérive, c'est avec empressement qu'il accepte de participer à la rédaction des dialogues.

Dans un premier temps, Federico imagine de tourner un film simple sans décors coûteux, dans la sobriété de la plaine du Pô, sur les lieux où se déroulent les histoires de Cavazzoni. Renouant avec sa première manière, il parcourt les villages de la région avec Tullio Pinelli, bavarde avec les paysans près du fleuve, écoute leurs anecdotes, observe leurs croyances, leurs traditions, leur demande de conserver des bottes de foin pour les scènes de battage… mais, dès son retour à Rome, il ressent un blocage et change d'avis. Pour libérer sa créativité, il lui faut vraiment recréer les lieux de toutes pièces. Il charge Dante Ferretti de construire sur ses indications un village entier avec sa place, ses boutiques, son café, son église, son cimetière, mais cette fois il abandonne Cinecittà, cerné par d'affreux immeubles en béton, et s'installe sur le site des anciens studios de Dinocittà. Les producteurs, Mario Cecchi Gori et son fils Vittorio, assistent stoïquement au montage de l'entreprise, qui se soldera en fin de compte par une facture de quinze milliards de lires à laquelle contribueront la RAI et Films A2.

Pour interpréter ses deux principaux lunatiques, Fellini fait appel à deux très grands acteurs comiques du moment : Roberto Benigni, une sorte de Pinocchio émerveillé et gaffeur aux accents de vérité pourfendeurs, et Paolo Villaggio, à l'humour cynique et corrosif qui, sous les traits de son personnage Fantozzi, grotesque employé servile et complexé, égratigne sans ménagement ses contemporains.

L'histoire commence une nuit de pleine lune, en pleine campagne. Ivo Salvini (Roberto Benigni), simple d'esprit, rêveur, poète et inspecteur des puits, entend une voix qui l'appelle. C'est la voix de la lune. Elle semble provenir d'un puits. Dans le roman, le murmure de l'eau dans le puits n'est perçu que par les vagabonds et les fous. Ivo, qui est un peu vagabond et un peu fou, se met à suivre un petit groupe d'hommes dans la nuit. Il se retrouve, incrédule, assistant au strip-tease d'une grosse paysanne dont le neveu le malmène parce que, contrairement aux autres voyeurs, il n'a pas payé. Poursuivant sa rêverie, il vagabonde dans le pays. Les villageois aussi sont des lunatiques, noyés sous des avalanches de déraison, enfermés dans leurs bulles personnelles, étrangers les uns aux autres, ayant perdu tout sens de la communication et de la solidarité. Gertrude ravitaille son mari hautboïste victime d'une malédiction qui l'oblige à vivre dans une niche du cimetière. Des immigrés du tiers-monde vendent des babioles sur les trottoirs. Des Japonais, armés d'appareils photo, mitraillent boutiques et monuments au lieu de les visiter.

L'ex-préfet Gonnella (Paolo Villaggio), paranoïaque devenu clochard, embauche Ivo comme lieutenant pour déjouer la conspiration dont il se dit persécuté. Les jeunes se déhanchent frénétiquement dans des discothèques assourdissantes. Amoureux de la blonde Aldina à la peau laiteuse, qu'il prend pour la réincarnation de la lune, Ivo la contemple pendant son sommeil, mais la belle se réveille et le chasse. Réfugié sur les toits entre les antennes de télévision, il cherche du réconfort auprès de son ami Nestor, qui ne peut le consoler, étant lui-même occupé par ses malheurs conjugaux avec une nymphomane. Seule la grande fête des gnocchis parvient à réunir tous ces lunatiques sur la place du village, hélas dans la bêtise et le mauvais goût des marmites géantes pleines à déborder. Coincé sous l'estrade par une maladresse, Ivo manque le triomphe de sa bien-aimée, élue « miss Farine ». L'escarpin argenté qu'elle lui avait lancé à la figure en main, il se met, tel le prince de Cendrillon, à le faire essayer à toutes les jeunes filles. Quel n'est pas son étonnement quand il constate qu'il leur va à toutes, que chacune pourrait être Aldina ! Au village, la fête se poursuit. Trois ouvriers, les frères Micheluzzi, ont réussi à capturer la lune. Les autorités locales, ainsi qu'un ministre représentant le gouvernement et un prélat venus de Rome, s'emparent de l'événement que les caméras de la télévision retransmettent en direct et sur écran géant tendu sur la place. Stupéfaction, incrédulité pour les uns, consternation, désarroi pour les autres. Chacun y va de son commentaire :

— La lune ne peut rien nous apprendre, tout est déjà révélé, minaude l'évêque.

— Au contraire, rien n'a été révélé. Qui peut nous dire ce que nous faisons en ce monde, pourquoi on nous a fait naître ? Nous sommes tous engagés dans cette bouffonnerie de la vie, lui répond un villageois avant de tirer un coup de revolver sur l'écran géant où la lune est prisonnière. Panique, sirènes, police, pompiers. La voix du speaker appelle au calme :

— Une fois encore, je dois constater que nous ne perdons pas une occasion de démontrer notre éternelle immaturité. Quelle honte. Nous sommes un peuple de cons.

Ivo se réfugie dans la campagne. Revenu dans son ciel étoilé, l'astre lui souffle que, pour mieux comprendre la beauté des choses, mieux vaut se taire et observer. Peut-être avec un peu de silence pourrait-on comprendre quelque chose, entendre la voix de la lune…

Film poétique, confus pour témoigner de la confusion, kaléidoscope de tableaux à la manière d'un spectacle de marionnettes, comme au cirque, comme dans la commedia dell'arte, comme dans les rêves, sur des musiques à la Nino Rota composées par Nicola Piovani, *La Voix de la lune* sort le 1er février 1990, une dizaine de jours après le soixante-dixième anniversaire de Fellini. L'accueil est enthousiaste, la critique excellente et le public nombreux dans les salles. Le 18 mai, il est présenté hors concours au XLIIIe Festival de Cannes. Fatigué, Federico n'y assiste pas. Le 2 juin, trois David de Donatello distinguent Paolo Villaggio pour son interprétation, Dante Ferretti pour les costumes et Nino Baragli pour le montage. En septembre, Federico se rendra à Venise afin de remettre le Lion d'or pour l'ensemble de sa carrière à son ami Marcello Mastroianni, et en octobre au Japon, avec Giulietta, pour recevoir le Praemium Imperiale accompagné d'un chèque de cent millions de lires.

À Tokyo, ils sont reçus au palais par l'empereur Akihito et l'impératrice Michiko. Ils visitent Kyoto. Un soir, ils se retrouvent assis sur des nattes et sans chaussures dans un grand restaurant traditionnel pour dîner à la japonaise avec Akira Kurosawa. Mais, le plus surprenant de ce délicieux voyage, c'est la popularité de Giulietta qu'on salue dans les rues avec beaucoup de discrétion en chuchotant :

— Gelsomina... Gelsomina...

Entre-temps, Federico a participé activement à l'âpre bataille contre les coupures des films à la télévision, mais, après un succès sans lendemain au Sénat qui a entériné l'interdiction, la Chambre des députés renvoie le débat aux calendes grecques. Au mois de juin 1990, Fellini adresse une vive protestation à l'Association nationale des auteurs cinématographiques en ces termes :

> [...] Ma foi ! Nous sommes encore là, à parler de cette histoire... C'est incroyable. Je n'arrive pas à comprendre comment on peut discuter du caractère licite d'une violence, un geste aussi criminel que si on commettait une agression contre une

personne [...]. Car une œuvre a sa propre vie, elle est devenue une personne avec son caractère, sa personnalité [...]. Interrompre un film, le manipuler, le mortifier en altérant sa structure narrative, son rythme, son sens et sa signification par l'insertion de spots publicitaires est une action qui relève du Code pénal[3] !

Fondu au noir

Au tout début du printemps 1991, c'est un grand chagrin qui attend Federico. Atteint depuis quelque temps par une paralysie, son frère Riccardo meurt le 26 mars. Dès qu'il l'a su au plus mal, Federico a fait le tour des hôpitaux et des cliniques de Rome pour lui trouver la meilleure assistance possible, les meilleurs médecins et les meilleurs soins. C'était hélas trop tard.

Sans être brouillés, ils ne se voyaient plus depuis très longtemps, en dépit des efforts de leur sœur Maddalena pour les rapprocher. Trop semblable à Federico, physiquement et de caractère, trop indépendant, trop égoïste, Riccardo était aussi très orgueilleux et trop fier pour ne pas vouloir égaler son frère. Après de vains efforts pour devenir ténor, il s'était mesuré au théâtre et au cinéma, mais n'était pas devenu un grand comédien. En 1962, il avait réalisé un film à sketches, *Storie sulla sabbia* (« Histoires sur le sable »), trois histoires ordinaires de gens ordinaires avec des acteurs non professionnels pour un petit film au demeurant banal qui passa très vite à l'oubli. Il s'était ensuite essayé à la réalisation de documentaires pour la RAI, mais là non plus le succès ne fut pas à la hauteur de ses attentes. Sans grand talent lui-même, il avait fini par éprouver un certain ressentiment pour la réussite de son frère et s'était aigri. Quand on lui demandait ce qu'il pensait d'*Amarcord*, qui évoque tout de même son enfance et sa vie à Rimini, Riccardo répondait, avec un certain laconisme déguisant une pointe d'amertume sinon de jalousie, qu'il ne l'avait pas vu. Pour sa part, il faut bien le dire, après lui avoir parfois mis le pied à l'étrier, Federico avait fini par se désintéresser de sa carrière et de sa vie. Nombre de leurs familiers pensaient que, s'il n'y avait pas eu ces liens du sang entre eux, ils auraient été les meilleurs amis du monde.

Jusque-là, Fellini n'était jamais resté bien longtemps sans retourner à Cinecittà, tout au plus quelques semaines. Commençant souvent la préparation du suivant avant la sortie du précédent, il avait enchaîné les films. Pour la première fois, il passe deux ans sans parvenir à mettre un nouveau projet sur pied. Ce n'est pas qu'il en manque, non, mais le cinéma italien est plus que jamais en souffrance et les producteurs ont fui, épouvantés par ses derniers budgets astronomiques. Quant à la télévision, entre complications administratives, valse des responsables, délais infinis, c'est toujours la même inertie. Federico voudrait réaliser un nouveau documentaire pour la télévision ayant pour thème le métier d'acteur. Un peu à la manière des *Clowns*, sur le ton du témoignage et de la confidence, il ferait des interviews de Giulietta, Marcello, Paolo Villaggio, Roberto Benigni, entremêlées d'extraits de films. Mais la RAI ne réagit pas. Énergie et temps perdus. Un autre projet, un dialogue à bâtons rompus indiscret et effronté sur la vie et le travail, avec Paolo Villaggio, n'avance pas davantage. Fellini en est très affecté : « Tout le monde me traite comme un monument, mais on ne me laisse plus tourner[1]. »

Le 19 janvier 1992, le *Corriere della Sera* titre en première page : « Fellini, anniversaire de chômeur. Le réalisateur fête ses soixante-douze ans et ne travaille plus depuis deux : que se passe-t-il dans notre cinéma ? »

En juillet et août, à travers une bande dessinée « à suivre » de Milo Manara, Federico publie *Le Voyage de Giuseppe Mastorna dit Fernet* dans la revue *Il Grifo*. Mais, pour le reste, il devra se contenter, durant le même été, de tourner trois spots publicitaires pour la Banca di Roma. S'inspirant plus ou moins de rêves notés dans son *Livre*, il réalise trois histoires de rêves avec le même enthousiasme, le même souci du détail et la même inventivité que dans ses longs métrages.

Dans le premier, à bord de sa voiture, Paolo Villaggio s'engage tranquillement dans un tunnel en écoutant de la musique classique quand des bruits inquiétants provenant de la voûte de la galerie attirent son attention. Fissures, infiltrations d'eau, chutes de pierres, jusqu'à ce qu'un éboulement obstrue la sortie du tunnel. Réveillé en sursaut, car il était en train de faire un cauchemar, il jaillit de son lit et se précipite chez son psychanalyste (Fernando Rey), qui s'empresse de le rassurer : « Pour bien dormir et faire de beaux rêves, rien de mieux que la Banca di Roma, qui procure sécurité et sérénité. » Il n'a plus qu'à retourner rêver tranquillement dans son lit placé dorénavant dans un magnifique salon entre deux guichets de la banque.

Dans le deuxième rêve, vêtu d'un costume marin, Paolo Villaggio suit une belle étrangère à travers un souterrain quand un lion aux yeux de braise fait irruption devant lui. L'homme et le fauve se scrutent. Le lion se met à pleurer ; l'homme aussi. Le psychanalyste intervient : « Pourquoi humilier un lion en l'enfermant dans une cave, alors que la Banca di Roma peut vous procurer sécurité et sérénité ? »

Dans le rêve du troisième spot, portant la date d'octobre 1974 dans le *Livre*, on découvre Paolo Villaggio déjeunant sur l'herbe avec une belle blonde pulpeuse (Anna Falchi). Tout à coup, il se retrouve ligoté sur sa chaise qui est coincée sur la voie ferrée — la même situation qui avait marqué Federico lors de sa découverte du Grand Guignol. Alors qu'elle est perchée à califourchon sur la branche d'un arbre, la jeune femme annonce gaiement l'arrivée imminente d'un train. Le psychanalyste apparaît juste à temps pour réveiller le rêveur : « C'est stupide de se laisser dépasser par certaines situations alors qu'on peut se mettre en sécurité et trouver la sérénité avec la Banca di Roma. »

Le 21 janvier 1993, considérant que la RAI n'a pas tenu ses promesses de financer le film-dialogue de Fellini, le *Corriere della Sera* revient à la charge avec un article encore plus virulent : « L'an dernier, notre journal fêtait un peu amèrement le soixante-douzième anniversaire de Federico Fellini avec un article en première page dans lequel nous déplorions que la RAI, les organismes publics et le cinéma italien en général laissent notre plus talentueux cinéaste sans travail. De grandes réactions se déchaînèrent aussitôt, nous fûmes assaillis de lettres, de coups de téléphone, de protestations : "Mais non ! Mais comment ? Nous sommes là, nous sommes prêts..." En réalité, la fête une fois finie, il ne s'est rien passé... » Le journal termine en suggérant au président de la République, Oscar Luigi Scalfaro, qui avait autrefois pris parti contre *La Dolce Vita*, de nommer Fellini sénateur à vie. La veille, le jour même des soixante-treize ans de Federico, on avait appris qu'Hollywood lui décernerait un oscar pour l'ensemble de sa carrière. Mais, à Rome, silence total, rien en provenance du Quirinal.

Fellini reprend espoir que cette nouvelle puisse enfin lui apporter du travail. Mais il ne se sent ni la force ni le courage de se rendre à Los Angeles, car depuis quelques mois sa santé est très fragile. Il souffre de troubles cardio-vasculaires et d'arthrose cervicale. Dans l'intention de l'envoyer à l'Academie des arts et sciences du cinéma, il enregistre un petit discours de remerciements en anglais sur cassette. Giulietta pense, au contraire, que le voyage lui ferait du bien et parvient à le convaincre.

Le 29 mars, Sophia Loren et Marcello Mastroianni l'accueillent sur la scène du pavillon Dorothy-Chandler pour lui remettre son cinquième oscar. Dans un anglais boiteux, il remercie le public et tous ceux qui ont collaboré avec lui pendant sa longue et heureuse carrière. Ne pouvant les citer tous, il remercie de façon très particulière une actrice, son épouse Giulietta Masina, qui a toujours été proche de lui pour le pire comme pour le meilleur.

— *Grazie, cara Giulietta*, lui dit-il, et je t'en prie : cesse de pleurer !

À son retour à Rome, sa santé se dégrade. Il décide d'aller se faire opérer à Zurich, où il subit deux interventions et un pontage en juin. Après plusieurs semaines de convalescence passées en Suisse en compagnie de Giulietta, il rentre à Rimini, où il s'installe dans la suite 315 du Grand Hôtel. Le 3 août, après un déjeuner avec sa sœur Maddalena et son beau-frère Giorgio Fabbri, il est victime d'une attaque cérébrale. À l'hôpital Infermi de Rimini, le diagnostic tombe, lourd et cruel : hémiplégie cérébrale. L'hôpital est assiégé par les journalistes et les curieux. D'après un témoignage de Gianfranco Angelucci, parmi ceux qui attendent des nouvelles se trouve une belle dame d'un certain âge, une ancienne actrice avec laquelle Fellini avait eu, trente-cinq ans auparavant, une liaison, qui s'était rallumée depuis *La Voix de la lune*, peut-être sa dernière passion amoureuse, à en juger par une série de vingt-neuf dessins d'un érotisme exacerbé, traités en vives couleurs un peu à la manière du dernier Picasso avec plume, pinceaux et aquarelles. À la fin du mois d'août, on le transfère à l'hôpital San Giorgio de Ferrare, où il entreprend une longue et difficile rééducation. Entre-temps, Giulietta tombe gravement malade à son tour. Federico se fait transporter quelques jours auprès d'elle à Rome, puis il retourne à Ferrare. Le 1er octobre, coiffée d'un turban dissimulant les séquelles de la chimiothérapie, c'est Giulietta qui se rend à Ferrare auprès de Federico. Une dizaine de jours plus tard, très désireux de rentrer à Rome, il obtient d'être transféré à la polyclinique Umberto-Ier où — ironie du sort et indélicatesse de l'administration hospitalière — on l'installe dans la chambre même où s'est éteint son frère Riccardo, un détail qui ajoute à ses tourments. Son vieil ami peintre, Rinaldo Geleng, lui tient compagnie pendant ses longues nuits d'angoisse et s'efforce de le réconforter :

— Dépêche-toi de guérir, ils cherchent des figurants aux Caracalla.

Le 17 octobre, les médecins l'autorisent à sortir pour déjeuner dans un restaurant avec sa femme et quelques amis. Avant de regagner l'hôpital, il fait un détour par son nouvel atelier, 18 via Capo le Case, dans l'immeuble où habite Rinaldo Geleng. Se réjouissant à l'avance de se remettre bientôt sérieusement à la peinture, il demande qu'on y fasse porter au plus tôt son chevalet, ses pinceaux et ses couleurs. Dans la soirée, tandis qu'il est en train de dîner, confortablement assis sur son lit, il est pris subitement d'étouffements et tombe dans un profond coma dont il ne se réveillera pas. Quinze jours plus tard, le dimanche 31 octobre 1993, lendemain de son cinquantième anniversaire de mariage, à midi, Federico rejoint définitivement ses rêves.

On l'habille du smoking qu'il portait le soir de l'oscar, on dresse une chapelle ardente au pied du grand décor bleu d'*Intervista* dans le studio 5 de Cinecittà et, le mardi 2 novembre, près de cent mille personnes lui rendent un dernier hommage silencieux. Après une cérémonie officielle en la basilique Santa Maria degli Angeli à Rome le mercredi 3 et une autre à Rimini le jeudi matin, l'enterrement a lieu le jeudi après-midi dans le caveau de famille. Cinq mois plus tard, le 23 mars 1994, Giulietta s'en ira retrouver Federico pour un éternel tour de piste sous son chapiteau étoilé.

Qu'on le veuille ou non, qu'on aime son cinéma ou qu'on en soit agacé, par sa manière d'inventer, de peindre et de raconter, par son style inimitable, Federico Fellini restera aux côtés des Méliès et des Chaplin, des Bruegel, des Goya et des Picasso, des Homère, des Balzac, des Proust et des Pirandello, parmi les génies artistiques de l'humanité.

ANNEXES

REPÈRES CHRONOLOGIQUES

1918. Le 19 août, mariage civil à Rome de Ida Barbiani, née en 1896 dans une famille bourgeoise de commerçants romains, et de Urbano Fellini, né en 1894 dans une famille de paysans romagnols. Mariage religieux célébré le 22 janvier 1919 en l'église Sainte-Marie-Majeure. En fin d'année, les époux Fellini s'installent à Rimini, où Urbano devient représentant de commerce en denrées alimentaires.

1920. Le 20 janvier, naissance à Rimini de Federico Fellini.

1921. Naissance à San Giorgio di Piano, le 22 février, de Giulia Anna Masina dans une famille de musiciens. Naissance à Rimini, le 27 février, de Riccardo, frère de Federico.

1924-1925. Federico fréquente l'école maternelle des sœurs de Saint-Vincent à Rimini et passe ses dernières vacances d'été à la ferme de Gambettola chez ses grands-parents paternels.

1926. Fréquente l'école communale Carlo Tonini à Rimini. Passe tous ses loisirs à dessiner et fabriquer des marionnettes. Les grands-parents Fellini vendent la ferme et s'installent à Rimini.

1927. Fait connaissance avec le cirque à travers le clown Pierino, avec le cinéma sur les genoux de son père et avec le théâtre du Grand Guignol qu'il peut apercevoir du fond de son jardin.

1929. Naissance à Rimini le 7 octobre de sa petite sœur Maria Maddalena.

1930. Fréquente le lycée Jules-César, rencontre Luigi Benzi, dit

Titta, qu'il conservera comme voisin de classe jusqu'au bac et comme ami toute sa vie.

1933. Visite Rome pour la première fois en compagnie de ses parents.

1936. Durant l'année scolaire, premier amour avec Bianca Soriani (quatorze ans), sèche le lycée et fait l'école buissonnière à maintes reprises.

1937. En été, avec le peintre Demos Bonini, fait des portraits pour les touristes et des caricatures d'acteurs américains pour le gérant du cinéma Fulgor.

1938. Premier dessin humoristique publié dans le journal *Domenica del Corriere*. D'autres dessins publiés dans l'hebdomadaire *420* de Florence. Décide de devenir dessinateur et auteur humoristique. Obtient son bac et s'inscrit à la faculté de droit de Rome qu'il ne fréquentera pas. Bianca Soriani quitte Rimini pour Milan avec sa famille. Premier chagrin d'amour. Passe la fin de l'année à traîner dans Rimini avec ses copains.

1939. Départ pour Rome, où il s'installe dans une pension de famille. Rencontre le peintre Rinaldo Geleng, qui l'entraîne dans sa vie de bohème, gagne sa vie en dessinant dans les restaurants. Ils resteront amis toute leur vie. Collabore régulièrement au journal satirique *Marc'Aurelio*. Écrit des sketches pour les variétés d'avant-spectacle. S'installe dans un appartement avec sa mère Ida et sa sœur Maddalena venues de Rimini avec meubles et bagages. Riccardo les rejoint. Urbano, retenu par ses affaires, reste à Rimini. Premières participations à l'écriture de scénarios pour le cinéma comme gagman.

1940. Premières collaborations régulières à la radio qui se poursuivront jusqu'en 1943.

1941. Ida et Maddalena repartent définitivement vivre à Rimini avec Urbano. Les deux garçons restent à Rome. Riccardo s'essaie au chant lyrique. Federico continue à travailler simultanément pour le *Marc'Aurelio*, la radio, le cinéma.

1942. Giulia Anna (Giulietta) Masina, jeune comédienne, interprète à la radio des sketches écrits par Federico.

1943. *Le 30 octobre*, mariage de Federico Fellini et Giulietta Masina.

1944. Au lendemain de la libération de Rome (4 juin 1944), Fellini ouvre une boutique de caricatures et souvenirs pour les soldats alliés.

1945. Collabore au scénario de *Rome, ville ouverte* réalisé par Roberto Rossellini, film qui sera nominé aux oscars 1947 pour le scénario de Fellini et Sergio Amidei. Le 22 mars, naissance d'un fils, Pierfederico, qui ne vivra qu'un mois.

1946. Coscénariste et assistant réalisateur de Roberto Rossellini sur *Paisà*.

1948-1952. Rencontre Marcello Mastroianni, partenaire de Giulietta au théâtre. Participe au scénario de *Sans pitié*, film d'Alberto Lattuada dans lequel joue Giulietta. Auteur du *Miracle*, deuxième épisode du film *L'Amore* de Rossellini, dans lequel il donne lui-même la réplique à Anna Magnani. Coscénarise d'autres films pour Pietro Germi, Alberto Lattuada, Roberto Rossellini. Coproduit en coopérative et coréalise avec Alberto Lattuada *Les Feux du music-hall*, qui se révélera un échec commercial.

1952. Première réalisation à part entière, *Le Cheik blanc*, et première collaboration avec Nino Rota qui en écrit la musique : nouvel échec.

1953. Réalise *Les Vitelloni* : premier succès et premier Lion d'argent à Venise.

1954. Début de dépression pendant le tournage de *La Strada* (avec Giulietta), qui se révélera un triomphe international, couronné d'un oscar en 1957. Brève psychanalyse avec le professeur Emilio Servadio. Première liaison extraconjugale avec Lea Giacomini, qui durera trois ans.

1956. À Rimini, à l'âge de soixante-deux ans, Urbano Fellini succombe le 31 mai à une crise cardiaque. Prépare *Les Nuits de Cabiria* avec Pier Paolo Pasolini. Giulietta interprète le rôle principal, qui lui vaudra la Palme de la meilleure actrice à Cannes. Le film obtiendra un deuxième oscar en 1958.

1957. Premier voyage aux États-Unis pour recevoir l'oscar de *La Strada*. Réalise *Les Nuits de Cabiria*. Coécrit le scénario de *Fortunella*, réalisé par Eduardo De Filippo et interprété par Giulietta Masina. Deuxième liaison extraconjugale avec Anna Giovannini, qui durera jusqu'à sa mort.

1959. Réalise *La Dolce Vita* : scandale à la sortie. Palme d'or à

Cannes en 1960 sous la présidence de Georges Simenon. Commence avec le docteur Ernst Bernhard une psychanalyse qui durera jusqu'en 1965.

1960. Passe le cap de la quarantaine dans le doute, l'anxiété et la confusion. Crise de création qui mènera à la réalisation de *Huit et demi* (1962), chef-d'œuvre incontesté qui moissonnera des quantités de prix dans le monde entier, dont deux oscars.

1964-1966. S'intéresse à la parapsychologie. Fréquente le magicien Rol, se prête à des expériences de spiritisme, expérimente le LSD sous contrôle médical et réalise *Juliette des esprits* (avec Giulietta), son premier film en couleurs. Écrit avec Dino Buzzati *Le Voyage de Giuseppe Mastorna,* inspiré d'une nouvelle fantastique de l'écrivain, mais par superstition ne réalisera jamais le film. Très affecté par la disparition, le 29 juin 1965, de son psychanalyste Ernst Bernhard.

1967-1969. Un mois d'hospitalisation (avril 1967) pour soigner une pleurésie, réalise *Toby Dammit,* troisième épisode du film collectif *Histoires extraordinaires* d'après Edgar Poe, puis *Bloc-notes d'un cinéaste,* documentaire sur son univers créatif pour la chaîne américaine NBC et le *Satyricon* d'après Pétrone.

1970-1973. Enchaîne *Les Clowns,* coproduit par la télévision italienne, *Roma,* très applaudi, et *Amarcord,* qui sera récompensé d'un quatrième oscar en 1974.

1975-1977. Revisite les *Mémoires* de Casanova, en fait un film sur « le vide existentiel », Simenon dira une « psychanalyse de l'humanité ». Malgré sa beauté esthétique, le film reste incompris et déçoit. Fellini en sort fatigué, déprimé, conscient d'aborder « le dernier versant de sa vie ».

1978. Réalise *Prova d'orchestra,* huis clos sur l'incommunicabilité et le chaos de l'époque, et prépare *La Cité des femmes.*

1979. Le 10 avril, disparition à Rome de Nino Rota, son collaborateur le plus précieux. Réalise *La Cité des femmes,* tournage perturbé : mort accidentelle de l'acteur Ettore Manni, arrêt maladie de Marcello Mastroianni, Federico se casse un bras sur le plateau.

1980. Publication de son livre *Fare un film,* recueil de récits autobiographiques.

1982-1987. Trois films sur la crise du cinéma et l'emprise grandissante de la télévision : *Et vogue le navire, Intervista, Ginger et Fred* (avec Giulietta). Le 13 juin 1984, participe à la veillée funèbre d'honneur d'Enrico Berlinguer, secrétaire du Parti communiste italien. Réalise un spot publicitaire pour la marque Campari. Disparition d'Ida Barbiani Fellini à l'âge de quatre-vingt-huit ans, le 27 septembre 1984. En octobre 1985, se rend au Mexique pour étudier la possibilité de faire un film d'après les livres initiatiques sur les rites et traditions précolombiens de Carlos Castaneda : expérience trouble qui ne mènera à rien.

1988. Publie chez Mondadori *Un regista a Cinecittà*, livre consacré aux célèbres studios.

1989. Réalise son dernier long métrage inspiré du roman *Le Poème des lunatiques* d'Ermanno Cavazzoni, film poétique et testament philosophique.

1990. Soutient la lutte contre les coupures publicitaires dans les films à la télévision. Voyage au Japon (en octobre) avec Giulietta où il reçoit la plus haute distinction nippone. Réception au palais par l'empereur et l'impératrice. Dîner avec Akira Kurosawa.

1991. Perd son frère Riccardo le 26 mars.

1992. Réalise trois spots publicitaires pour la Banca di Roma.

1993. À Los Angeles, reçoit le 29 mars un oscar pour l'ensemble de son œuvre des mains de Sophia Loren et Marcello Mastroianni, son cinquième oscar. Subit un pontage à l'hôpital cantonal de Zurich le 16 juin, sort le 28 et passe quelques semaines à Zurich. De retour en Italie, s'installe dans une suite au Grand Hôtel de Rimini. Victime d'une hémiplégie le 3 août, est hospitalisé à Rimini jusqu'à la fin du mois, puis transféré à Ferrare pour la rééducation. Le 9 octobre, retour à Rome à la polyclinique Umberto-Ier. Après un déjeuner au restaurant avec Giulietta et des amis, tombe dans le coma le 17. Meurt sans avoir repris connaissance le 31 octobre. Reçoit les hommages du public le 2 novembre dans le studio 5 de Cinecittà transformé en chapelle ardente. Sera inhumé dans le caveau familial à Rimini. Cinq mois plus tard, le 23 mars 1994, Giulietta Masina s'éteindra à Rome.

RÉFÉRENCES BIBLIOGRAPHIQUES

BERNARDINO ZAPPONI, *Roma de Federico Fellini*, Cappelli, Bologne, 1972.

PIER MARCO DE SANTI, *I disegni di Fellini*, Diogenes Verlag, Zurich, 1976, Laterza, Bari, 1982.

GILBERT SALACHAS, *Federico Fellini*, Jacques Glénat, Grenoble, 1977.

F. FELLINI ET B. ZAPPONI, *Le Casanova de Fellini* (scénario), Albin Michel, Paris, 1977.

FEDERICO FELLINI, *Fare un film*, Diogenes Verlag, Zurich, 1980, Einaudi, Turin, 1980 ; publié en français sous le titre *Faire un film*, traduction de l'italien par Jean-Paul Manganaro, Le Seuil, Paris, 1996.

GIOVANNI GRAZZINI, *Federico Fellini, Intervista sul cinema*, Laterza, 1983.

FEDERICO FELLINI, *Fellini par Fellini*, Flammarion, Paris, 1987.

FEDERICO FELLINI, *Un regista a Cinecittà*, Arnoldo Mondadori, Milan, 1988 ; paru en français sous le titre *Cinecittà de Federico Fellini*, traduction Jacqueline Risset, Nathan Image, Paris, 1989.

JEAN COLLET, *La Création selon Fellini*, Librairie José Corti, Paris, 1990.

MILO MANARA-FEDERICO FELLINI, *Voyage à Tulum*, Casterman, Paris, 1990.

CHARLOTTE CHANDLER, *Moi Fellini, treize ans de confidences*, Robert Laffont, Paris, 1994.

MARIO VERDONE, *Federico Fellini*, Il Castoro, Milan, 1994.

BERNARDINO ZAPPONI, *Il Mio Fellini*, Marsilio, Venise, 1995 ; paru en français sous le titre *Mon Fellini*, traduction Paul-Louis Thirard, Éditions de Fallois, Paris, 2003.

CASANOVA, *Histoire de ma vie*, Gallimard, coll. Folio classique, Paris, 1996.

MILO MANARA-FEDERICO FELLINI, *Le Voyage de G. Mastorna dit Fernet*, Casterman, Paris, 1996.

JEAN-MAX MÉJEAN, *Fellini, un rêve, une vie*, Édition du Cerf, Paris, 1997.

FEDERICO FELLINI-GEORGES SIMENON, *Carissimo Simenon — Mon cher Fellini*, Diogenes Verlag, 1997 ; paru en français sous le titre *Correspondance*, Cahiers du cinéma, 1998.

FABRIZIO BORIN, *Federico Fellini. Voyage sentimental dans l'illusion et la réalité d'un génie*, Gremese, Rome, 2000.

TULLIO KEZICH, *Federico Fellini, sa vie et ses films,* traduction Vincent Raynaud, Gallimard, 2007.

VINCENZO MOLLICA, *Fellini mon ami,* traduction Gilles de Van, Éditions du Rocher, Paris 2002.

PAUL DUNCAN, *Federico Fellini*, Taschen, 2003.

TAZIO SECCHIAROLI-GABRIEL BAURET, *Dans la lumière de Fellini*, Filigranes Éditions, Paris 2003.

Site internet de la Fondation Fellini à Rimini :

www.federicofellini.it

FILMOGRAPHIE

Les Feux du music-hall (*Luci del varietà*) — 1950 (coréalisé avec Alberto Lattuada)
Le Cheik blanc (*Lo Sceicco bianco*) — 1952
Les Vitelloni (*Les Inutiles — I Vitelloni*) — 1953
Agence matrimoniale (*Un agenzia matrimoniale*) — 1953 (quatrième épisode de *L'Amour à la ville* [*Amore in città*])
La Strada — 1954
Il Bidone — 1955
Les Nuits de Cabiria — 1957
La Dolce Vita — 1960
La Tentation du docteur Antonio (*Le Tentazioni del dottor Antonio*) — 1962 (deuxième épisode de *Boccace 70* [*Boccaccio '70*])
Huit et demi (*Otto e mezzo*) — 1963
Juliette des esprits (*Giulietta degli spiriti*) — 1965
Toby Dammit (*Toby Dammit — Non scommettere la testa col diavolo*) — 1968 (troisième épisode des *Histoires extraordinaires* [*Tre passi nel delirio*])
Bloc-notes d'un cinéaste (*Block-notes di un regista*) — 1968
Fellini Satyricon — 1969
Les Clowns (*I Clowns*) — 1970
Fellini Roma — 1972
Amarcord — 1973
Casanova (*Il Casanova di Fellini*) — 1976
Répétition d'orchestre (*Prova d'orchestra*) — 1978
La Cité des femmes (*La Città delle donne*) — 1980

Et vogue le navire (*E la nave va*) — 1983
Ginger et Fred (*Ginger e Fred*) — 1985
Intervista — 1987
La Voix de la Lune (*La Voce della luna*) — 1990

NOTES

SOUS LE SIGNE DU CAPRICORNE

1. Tullio Kezich, *Federico Fellini, sa vie et ses films*, traduction Vincent Raynaud, Gallimard, 2007.
2. Giovanni Grazzini, *Federico Fellini, Intervista sul cinema*, Laterza, Bari, 1983.

LA GRANDE CORNETTE AUX AILES DE MOUETTE

1. Federico Fellini, *Faire un film*, Le Seuil, Paris, 1996.

JE SUIS UN GRAND MENTEUR

1. Federico Fellini, *Faire un film, op. cit.*
2. Giovanni Grazzini, *Federico Fellini, Intervista sul cinema, op. cit.*
3. *Je suis un grand menteur*, interview réalisée par Damien Pettigrew en 1992, *in* coffret Fellini 8 DVD, GCT 303, distribution GCTHV.

MOYENNEMENT REBELLE

1. Giovanni Grazzini, *Federico Fellini, Intervista sul cinema, op. cit.*
2. Federico Fellini, *Faire un film, op. cit.*
3. *Ibid.*
4. *Ibid.*

5. *Ibid.*
6. *Ibid.*
7. *Ibid.*

RIMINI

1. Federico Fellini, *Faire un film, op. cit.*
2. *Ibid.*
3. *Ibid.*
4. *Ibid.*
5. *Ibid.*
6. *Ibid.*
7. *Ibid.*
8. Giovanni Grazzini, *Federico Fellini, Intervista sul cinema, op. cit.*

ROME

1. Giovanni Grazzini, *Federico Fellini, Intervista sul cinema, op. cit.*
2. Federico Fellini, *Faire un film, op. cit.*

DU RÊVE POUR LES PAUVRES

1. Tullio Kezich, *Federico Fellini, op. cit.*
2. Bernardino Zapponi, *Roma di Federico Fellini*, Cappelli, Bologne, 1972, cité par Pier Marco De Santi, *I disegni di Fellini*, Laterza, Bari, 1982.
3. *Ibid.*
4. Tullio Kezich, *Federico Fellini, op. cit.*
5. Giovanni Grazzini, *Federico Fellini, Intervista sul cinema, op. cit.*
6. *Ibid.*

LE SERGENT DE VILLE
QUI M'A FAIT TRAVERSER LA RUE

1. Federico Fellini, *Faire un film, op. cit.*
2. *Ibid.*

3. *Ibid.*
4. DVD *Je suis un grand menteur, op. cit.*
5. Federico Fellini, *Faire un film, op. cit.*

LA TRIBU DES SCÉNARISTES

1. Giovanni Grazzini, *Federico Fellini, Intervista sul cinema, op. cit.*
2. Mario Verdone, *Federico Fellini*, Il Castoro, 1994.

PREMIERS CLAPS

1. Federico Fellini, *Faire un film, op. cit.*
2. *Ibid.*
3. Tullio Kezich, *Federico Fellini, op. cit.*

ZOOM SUR NINO ROTA

1. DVD *Je suis un grand menteur, op. cit.*

PREMIERS SUCCÈS

1. Federico Fellini, *Faire un film, op. cit.*
2. DVD *Je suis un grand menteur, op. cit.*
3. *Ibid.*
4. Giovanni Grazzini, *Federico Fellini, Intervista sul cinema, op. cit.*
5. Tullio Kezich, *Federico Fellini, op. cit.*
6. DVD *Je suis un grand menteur, op. cit.*
7. Tullio Kezich, *Federico Fellini, op. cit.*

RACONTER DES HISTOIRES

1. Mario Verdone, *Federico Fellini, op. cit.*
2. Federico Fellini, *Faire un film, op. cit.*
3. Giovanni Grazzini, *Federico Fellini, Intervista sul cinema, op. cit.*

FEDERICO ET SES FEMMES

1. Tullio Kezich, *Federico Fellini, op. cit.*

2. *Ibid.*

VIA VENETO... LA DOUCEUR DE VIVRE

1. Giovanni Grazzini, *Federico Fellini, Intervista sul cinema, op. cit.*

2. *Ibid.*

3. Tullio Kezich, *Federico Fellini, op. cit.*

4. Georges Simenon, *Tant que je suis vivant*, Presses de la Cité, 1978.

GROS PLAN SUR CINECITTÀ

1. Federico Fellini, *Faire un film, op. cit.*

2. *Cinecittà de Federico Fellini*, traduction Jacqueline Risset, Nathan Image, Paris, 1989.

3. *Ibid.*

4. Tullio Kezich, *Federico Fellini, op. cit.*

RÊVES ET INSOMNIES

1. Federico Fellini, *Faire un film, op. cit.*

2. Giovanni Grazzini, *Federico Fellini, Intervista sul cinema, op. cit.*

3. DVD *Je suis un grand menteur, op. cit.*

4. Jean Collet, *La Création selon Fellini*, Librairie José Corti, Paris, 1990.

5. *Ibid.*

6. Tullio Kezich, *Federico Fellini, op. cit.*

7. *Ibid.*

8. *Ibid.*

9. *Ibid.*

10. Federico Fellini, *Faire un film, op. cit.*

11. Tullio Kezich, *Federico Fellini, op. cit.*

12. *Ibid.*

13. Federico Fellini, *Faire un film, op. cit.*
14. Tullio Kezich, *Federico Fellini, op. cit.*
15. Società editrice internationale, Turin, 1975.

UN CAUCHEMAR : LE FILM MAUDIT

1. Tullio Kezich, *Federico Fellini, op. cit.*
2. Federico Fellini, *Faire un film, op. cit.*
3. DVD *Je suis un grand menteur, op. cit.*

LE *SATYRICON* DE FELLINI

1. Federico Fellini, *Faire un film, op. cit.*
2. Federico Fellini, *Je suis un grand menteur*, entretien avec Damien Pettigrew, L'Arche, 1994.
3. Tullio Kezich, *Federico Fellini, op. cit.*

LES AMBASSADEURS DE MA VOCATION

1. Federico Fellini, *Faire un film, op. cit.*
2. *Ibid.*
3. *Ibid.*
4. Federico Fellini, *Faire un film, op. cit.*

DONNER À VOIR

1. Federico Fellini, *Faire un film, op. cit.*
2. Mario Verdone, *Federico Fellini, op. cit.*
3. Federico Fellini, *Je suis un grand menteur, op. cit.*
4. *Ibid.*

FLASH-BACK

1. Federico Fellini, *Faire un film, op. cit.*
2. *Ibid.*
3. *Ibid.*
4. *Ibid.*
5. Tullio Kezich, *Federico Fellini, op. cit.*

6. Site internet de la Fondation Fellini à Rimini, www.federico-fellini.it.

LA MORT DERRIÈRE LE RIRE

1. Federico Fellini, *Je suis un grand menteur, op. cit.*
2. DVD *Je suis un grand menteur, op. cit.*
3. Federico Fellini, *Faire un film, op. cit.*
4. *Ibid.*
5. Tullio Kezich, *Federico Fellini, op. cit.*
6. *Ibid.*
7. DVD *Je suis un grand menteur, op. cit.*
8. Casanova, *Histoire de ma vie*, Gallimard, coll. Folio classique, 1986.
9. *Ibid.*
10. *Ibid.*
11. *Ibid.*
12. F. Fellini et B. Zapponi, *Le Casanova de Fellini* (scénario), Albin Michel, 1977, cité par Jean Collet, *La Création selon Fellini, op. cit.*
13. *Ibid.*
14. Federico Fellini-Georges Simenon, *Carissimo Simenon — Mon cher Fellini,* Diogenes Verlag, 1997, repris par Éditions des Cahiers du cinéma, Paris, 1998.
15. *L'Express* (21-27 février) 1977, repris dans *Carissimo Simenon — Mon cher Fellini, op. cit.*

LES ANNÉES DE PLOMB

1. *L'Express* (21-27 février), 1977, *op. cit.*
2. *Ibid.*
3. *Carissimo Simenon — Mon cher Fellini, op. cit.*
4. *Ibid.*
5. *Ibid.*
6. *Ibid.*
7. Giovanni Grazzini, *Federico Fellini, Intervista sul cinema, op. cit.*
8. DVD *Je suis un grand menteur, op. cit.*
9. *Ibid.*

VISIONS PROPHÉTIQUES

1. Tullio Kezich, *Federico Fellini, op. cit.*
2. Federico Fellini, *Je suis un grand menteur, op. cit.*
3. *Cinecittà de Federico Fellini, op. cit.*
4. Tullio Kezich, *Federico Fellini, op. cit.*
5. Federico Fellini-Georges Simenon, *Carissimo Simenon — Mon cher Fellini, op. cit.*
6. Tullio Kezich, *Federico Fellini, op. cit.*
7. *Ibid.*
8. *Ibid.*

ARRÊT SUR IMAGES

1. Interview parue dans le journal *L'Humanité*, édition du 19 mai 1990.
2. DVD *Je suis un grand menteur, op. cit.*
3. Tullio Kezich, *Federico Fellini, op. cit.*

FONDU AU NOIR

1. Tullio Kezich, *Federico Fellini, op. cit.*

Remerciements

Un très grand merci à Monique Rosenthal pour sa disponibilité, sa grande patience et son aide précieuse à cette biographie de Federico Fellini.

Un grand merci à Gérard de Cortanze et à Yvon Girard pour m'avoir donné l'occasion de me replonger dans l'univers fellinien.

Un grand merci à Tullio Kezich, auteur de *La Vita e i films*, où j'ai puisé nombre de détails de la vie de Fellini.

Et merci à Federico Fellini pour avoir fait passer le monde magique de l'enfance dans ses films.

Sous le signe du Capricorne 9
La grande cornette aux ailes de mouette 14
Je suis un grand menteur 19
Moyennement rebelle 25
Rimini 35
Rome 49
Du rêve pour les pauvres 59
La Masina 75
Le sergent de ville qui m'a fait traverser la rue 82
La tribu des scénaristes 93
Premiers claps 108
Zoom sur Nino Rota 126
Premiers succès 130
Raconter des histoires... 149
Federico et ses femmes 165
Via Veneto... La douceur de vivre 170
Gros plan sur Cinecittà 186
Je suis un grand rêveur 196
La tentation de Federico 199
Rêves et insomnies 205

Un cauchemar : le film maudit 231
Le *Satyricon* de Fellini 246
Les ambassadeurs de ma vocation 254
Donner à voir 263
Flash-back 270
La mort derrière le rire 278
Les années de plomb 294
Visions prophétiques 308
Arrêt sur images 329
Fondu au noir 337

ANNEXES

Repères chronologiques 347
Références bibliographiques 352
Filmographie 354
Notes 356
Remerciements 365

FOLIO BIOGRAPHIES

Attila, par ÉRIC DESCHODT

Balzac, par FRANÇOIS TAILLANDIER

Baudelaire, par JEAN-BAPTISTE BARONIAN

Diderot, par RAYMOND TROUSSON

Jules César, par JOËL SCHMIDT

Cézanne, par BERNARD FAUCONNIER

James Dean, par JEAN-PHILIPPE GUERAND

Marlene Dietrich, par JEAN PAVANS

Fellini, par BENITO MERLINO

Freud, par RENÉ MAJOR et CHANTAL TALAGRAND

Gandhi, par CHRISTINE JORDIS

Billie Holiday, par SYLVIA FOL

Ibsen, par JACQUES DE DECKER

Janis Joplin, par JEAN-YVES REUZEAU

Kafka, par GÉRARD-GEORGES LEMAIRE

Kerouac, par YVES BUIN

Louis XVI, par BERNARD VINCENT

Michel-Ange, par NADINE SAUTEL

Modigliani, par CHRISTIAN PARISOT

Molière, par CHRISTOPHE MORY

Marilyn Monroe, par ANNE PLANTAGENET

Pasolini, par RENÉ DE CECCATTY

Picasso, par GILLES PLAZY

Shakespeare, par CLAUDE MOURTHÉ

Toussaint-Louverture, par ALAIN FOIX

Boris Vian, par CLAIRE JULLIARD

Virginia Woolf, par ALEXANDRA LEMASSON

Stefan Zweig, par CATHERINE SAUVAT

COLLECTION FOLIO

Dernières parutions

4108. George Sand	*Consuelo II.*
4109. André Malraux	*Lazare.*
4110. Cyrano de Bergerac	*L'Autre Monde.*
4111. Alessandro Baricco	*Sans sang.*
4112. Didier Daeninckx	*Raconteur d'histoires.*
4113. André Gide	*Le Ramier.*
4114. Richard Millet	*Le renard dans le nom.*
4115. Susan Minot	*Extase.*
4116. Nathalie Rheims	*Les fleurs du silence.*
4117. Manuel Rivas	*La langue des papillons.*
4118. Daniel Rondeau	*Istanbul.*
4119. Dominique Sigaud	*De chape et de plomb.*
4120. Philippe Sollers	*L'Étoile des amants.*
4121. Jacques Tournier	*À l'intérieur du chien.*
4122. Gabriel Sénac de Meilhan	*L'Émigré.*
4123. Honoré de Balzac	*Le Lys dans la vallée.*
4124. Lawrence Durrell	*Le Carnet noir.*
4125. Félicien Marceau	*La grande fille.*
4126. Chantal Pelletier	*La visite.*
4127. Boris Schreiber	*La douceur du sang.*
4128. Angelo Rinaldi	*Tout ce que je sais de Marie.*
4129. Pierre Assouline	*État limite.*
4130. Élisabeth Barillé	*Exaucez-nous !*
4131. Frédéric Beigbeder	*Windows on the World.*
4132. Philippe Delerm	*Un été pour mémoire.*
4133. Colette Fellous	*Avenue de France.*
4134. Christian Garcin	*Du bruit dans les arbres.*
4135. Fleur Jaeggy	*Les années bienheureuses du châtiment.*
4136. Chateaubriand	*Itinéraire de Paris à Jérusalem.*
4137. Pascal Quignard	*Sur le jadis. Dernier royaume, II.*
4138. Pascal Quignard	*Abîmes. Dernier Royaume, III.*
4139. Michel Schneider	*Morts imaginaires.*
4140. Zeruya Shalev	*Vie amoureuse.*

4141. Frédéric Vitoux — *La vie de Céline.*
4142. Fédor Dostoïevski — *Les Pauvres Gens.*
4143. Ray Bradbury — *Meurtres en douceur.*
4144. Carlos Castaneda — *Stopper-le-monde.*
4145. Confucius — *Entretiens.*
4146. Didier Daeninckx — *Ceinture rouge.*
4147. William Faulkner — *Le Caïd.*
4148. Gandhi — *La voie de la non-violence.*
4149. Guy de Maupassant — *Le Verrou et autres contes grivois.*
4150. D. A. F. de Sade — *La Philosophie dans le boudoir.*
4151. Italo Svevo — *L'assassinat de la Via Belpoggio.*
4152. Laurence Cossé — *Le 31 du mois d'août.*
4153. Benoît Duteurtre — *Service clientèle.*
4154. Christine Jordis — *Bali, Java, en rêvant.*
4155. Milan Kundera — *L'ignorance.*
4156. Jean-Marie Laclavetine — *Train de vies.*
4157. Paolo Lins — *La Cité de Dieu.*
4158. Ian McEwan — *Expiation.*
4159. Pierre Péju — *La vie courante.*
4160. Michael Turner — *Le Poème pornographe.*
4161. Mario Vargas Llosa — *Le Paradis — un peu plus loin.*
4162. Martin Amis — *Expérience.*
4163. Pierre Autin-Grenier — *Les radis bleus.*
4164. Isaac Babel — *Mes premiers honoraires.*
4165. Michel Braudeau — *Retour à Miranda.*
4166. Tracy Chevalier — *La Dame à la Licorne.*
4167. Marie Darrieussecq — *White.*
4168. Carlos Fuentes — *L'instinct d'Inez.*
4169. Joanne Harris — *Voleurs de plage.*
4170. Régis Jauffret — *univers, univers.*
4171. Philippe Labro — *Un Américain peu tranquille.*
4172. Ludmila Oulitskaïa — *Les pauvres parents.*
4173. Daniel Pennac — *Le dictateur et le hamac.*
4174. Alice Steinbach — *Un matin je suis partie.*
4175. Jules Verne — *Vingt mille lieues sous les mers.*
4176. Jules Verne — *Aventures du capitaine Hatteras.*
4177. Emily Brontë — *Hurlevent.*
4178. Philippe Djian — *Frictions.*
4179. Éric Fottorino — *Rochelle.*

4180.	Christian Giudicelli	*Fragments tunisiens.*
4181.	Serge Joncour	*U.V.*
4182.	Philippe Le Guillou	*Livres des guerriers d'or.*
4183.	David McNeil	*Quelques pas dans les pas d'un ange.*
4184.	Patrick Modiano	*Accident nocturne.*
4185.	Amos Oz	*Seule la mer.*
4186.	Jean-Noël Pancrazi	*Tout est passé si vite.*
4187.	Danièle Sallenave	*La vie fantôme.*
4188.	Danièle Sallenave	*D'amour.*
4189.	Philippe Sollers	*Illuminations.*
4190.	Henry James	*La Source sacrée.*
4191.	Collectif	*«Mourir pour toi».*
4192.	Hans Christian Andersen	*L'elfe de la rose et autres contes du jardin.*
4193.	Épictète	*De la liberté* précédé de *De la profession de Cynique.*
4194.	Ernest Hemingway	*Histoire naturelle des morts* et autres nouvelles.
4195.	Panaït Istrati	*Mes départs.*
4196.	H. P. Lovecraft	*La peur qui rôde* et autres nouvelles.
4197.	Stendhal	*Féder ou Le Mari d'argent.*
4198.	Junichirô Tanizaki	*Le meurtre d'O-Tsuya.*
4199.	Léon Tolstoï	*Le réveillon du jeune tsar* et autres contes.
4200.	Oscar Wilde	*La Ballade de la geôle de Reading.*
4201.	Collectif	*Témoins de Sartre.*
4202.	Balzac	*Le Chef-d'œuvre inconnu.*
4203.	George Sand	*François le Champi.*
4204.	Constant	*Adolphe. Le Cahier rouge. Cécile.*
4205.	Flaubert	*Salammbô.*
4206.	Rudyard Kipling	*Kim.*
4207.	Flaubert	*L'Éducation sentimentale.*
4208.	Olivier Barrot/ Bernard Rapp	*Lettres anglaises.*
4209.	Pierre Charras	*Dix-neuf secondes.*
4210.	Raphaël Confiant	*La panse du chacal.*
4211.	Erri De Luca	*Le contraire de un.*

4212.	Philippe Delerm	*La sieste assassinée.*
4213.	Angela Huth	*Amour et désolation.*
4214.	Alexandre Jardin	*Les Coloriés.*
4215.	Pierre Magnan	*Apprenti.*
4216.	Arto Paasilinna	*Petits suicides entre amis.*
4217.	Alix de Saint-André	*Ma Nanie,*
4218.	Patrick Lapeyre	*L'homme-sœur.*
4219.	Gérard de Nerval	*Les Filles du feu.*
4220.	Anonyme	*La Chanson de Roland.*
4221.	Maryse Condé	*Histoire de la femme cannibale.*
4222.	Didier Daeninckx	*Main courante* et *Autres lieux.*
4223.	Caroline Lamarche	*Carnets d'une soumise de province.*
4224.	Alice McDermott	*L'arbre à sucettes.*
4225.	Richard Millet	*Ma vie parmi les ombres.*
4226.	Laure Murat	*Passage de l'Odéon.*
4227.	Pierre Pelot	*C'est ainsi que les hommes vivent.*
4228.	Nathalie Rheims	*L'ange de la dernière heure.*
4229.	Gilles Rozier	*Un amour sans résistance.*
4230.	Jean-Claude Rufin	*Globalia.*
4231.	Dai Sijie	*Le complexe de Di.*
4232.	Yasmina Traboulsi	*Les enfants de la Place.*
4233.	Martin Winckler	*La Maladie de Sachs.*
4234.	Cees Nooteboom	*Le matelot sans lèvres.*
4235.	Alexandre Dumas	*Le Chevalier de Maison-Rouge.*
4236.	Hector Bianciotti	*La nostalgie de la maison de Dieu.*
4237.	Daniel Boulanger	*Tombeau d'Héraldine.*
4238.	Pierre Clémenti	*Quelques messages personnels.*
4239.	Thomas Gunzig	*Le plus petit zoo du monde.*
4240.	Marc Petit	*L'équation de Kolmogoroff.*
4241.	Jean Rouaud	*L'invention de l'auteur.*
4242.	Julian Barnes	*Quelque chose à déclarer.*
4243.	Nerval	*Aurélia.*
4244.	Christian Bobin	*Louise Amour.*
4245.	Mark Z. Danielewski	*Les Lettres de Pelafina.*
4246.	Marthe ct Philippe Delerm	*Le miroir de ma mère.*
4247.	Michel Déon	*La chambre de ton père.*

4248. David Foenkinos — *Le potentiel érotique de ma femme.*
4249. Éric Fottorino — *Caresse de rouge.*
4250. J. M. G. Le Clézio — *L'Africain.*
4251. Gilles Leroy — *Grandir.*
4252. Jean d'Ormesson — *Une autre histoire de la littérature française, I.*
4253. Jean d'Ormesson — *Une autre histoire de la littérature française, II.*
4254. Jean d'Ormesson — *Et toi mon cœur pourquoi bats-tu.*
4255. Robert Burton — *Anatomie de la mélancolie.*
4256. Corneille — *Cinna.*
4257. Lewis Carroll — *Alice au pays des merveilles.*
4258. Antoine Audouard — *La peau à l'envers.*
4259. Collectif — *Mémoires de la mer.*
4260. Collectif — *Aventuriers du monde.*
4261. Catherine Cusset — *Amours transversales.*
4262. A. Corréard/ H. Savigny — *Relation du naufrage de la frégate la* Méduse.
4263. Lian Hearn — *Le clan des Otori, III : La clarté de la lune.*
4264. Philippe Labro — *Tomber sept fois, se relever huit.*
4265. Amos Oz — *Une histoire d'amour et de ténèbres.*
4266. Michel Quint — *Et mon mal est délicieux.*
4267. Bernard Simonay — *Moïse le pharaon rebelle.*
4268. Denis Tillinac — *Incertains désirs.*
4269. Raoul Vaneigem — *Le chevalier, la dame, le diable et la mort.*
4270. Anne Wiazemsky — *Je m'appelle Élisabeth.*
4271. Martin Winckler — *Plumes d'Ange.*
4272. Collectif — *Anthologie de la littérature latine.*
4273. Miguel de Cervantes — *La petite Gitane.*
4274. Collectif — *«Dansons autour du chaudron».*
4275. Gilbert Keeith Chesterton — *Trois enquêtes du Père Brown.*
4276. Francis Scott Fitzgerald — *Une vie parfaite* suivi de *L'accordeur.*
4277. Jean Giono — *Prélude de Pan* et autres nouvelles.

4278. Katherine Mansfield — *Mariage à la mode* précédé de *La Baie.*
4279. Pierre Michon — *Vie du père Foucault — Vie de Georges Bandy.*
4280. Flannery O'Connor — *Un heureux événement* suivi de *La Personne Déplacée.*
4281. Chantal Pelletier — *Intimités* et autres nouvelles.
4282. Léonard de Vinci — *Prophéties* précédé de *Philosophie et aphorismes.*
4283. Tonino Benacquista — *Malavita.*
4284. Clémence Boulouque — *Sujets libres.*
4285. Christian Chaix — *Nitocris, reine d'Égypte T. 1.*
4286. Christian Chaix — *Nitocris, reine d'Égypte T. 2.*
4287. Didier Daeninckx — *Le dernier guérillero.*
4288. Chahdortt Djavann — *Je viens d'ailleurs.*
4289. Marie Ferranti — *La chasse de nuit.*
4290. Michael Frayn — *Espions.*
4291. Yann Martel — *L'Histoire de Pi.*
4292. Harry Mulisch — *Siegfried. Une idylle noire.*
4293. Ch. de Portzamparc/ Philippe Sollers — *Voir Écrire.*
4294. J.-B. Pontalis — *Traversée des ombres.*
4295. Gilbert Sinoué — *Akhenaton, le dieu maudit.*
4296. Romain Gary — *L'affaire homme.*
4297. Sempé/Suskind — *L'histoire de Monsieur Sommer.*
4298. Sempé/Modiano — *Catherine Certitude.*
4299. Pouchkine — *La Fille du capitaine.*
4300. Jacques Drillon — *Face à face.*
4301. Pascale Kramer — *Retour d'Uruguay.*
4302. Yukio Mishima — *Une matinée d'amour pur.*
4303. Michel Schneider — *Maman.*
4304. Hitonari Tsuji — *L'arbre du voyageur.*
4305. George Eliot — *Middlemarch.*
4306. Jeanne Benameur — *Les mains libres.*
4307. Henri Bosco — *Le sanglier.*
4308. Françoise Chandernagor — *Couleur du temps.*
4309. Colette — *Lettres à sa fille.*
4310. Nicolas Fargues — *Rade Terminus*
4311. Christian Garcin — *L'embarquement.*
4312. Iegor Gran — *Ipso facto.*

4313. Alain Jaubert — *Val Paradis.*
4314. Patrick Mcgrath — *Port Mungo.*
4315. Marie Nimier — *La Reine du silence.*
4316. Alexandre Dumas — *La femme au collier de velours.*
4317. Anonyme — *Conte de Ma'rûf le savetier.*
4318. René Depestre — *L'œillet ensorcelé.*
4319. Henry James — *Le menteur.*
4320. Jack London — *La piste des soleils.*
4321. Jean-Bernard Pouy — *La mauvaise graine.*
4322. Saint Augustin — *La Création du monde et le Temps.*
4323. Bruno Schulz — *Le printemps.*
4324. Qian Zhongshu — *Pensée fidèle.*
4325. Marcel Proust — *L'affaire Lemoine.*
4326. René Belletto — *La machine.*
4327. Bernard du Boucheron — *Court Serpent.*
4328. Gil Courtemanche — *Un dimanche à la piscine à Kigali.*
4329. Didier Daeninckx — *Le retour d'Ataï.*
4330. Régis Debray — *Ce que nous voile le voile.*
4331. Chahdortt Djavann — *Que pense Allah de l'Europe?*
4332. Chahdortt Djavann — *Bas les voiles!*
4333. Éric Fottorino — *Korsakov.*
4334. Charles Juliet — *L'année de l'éveil.*
4335. Bernard Lecomte — *Jean-Paul II.*
4336. Philip Roth — *La bête qui meurt.*
4337. Madeleine de Scudéry — *Clélie.*
4338. Nathacha Appanah — *Les rochers de Poudre d'Or.*
4339. Élisabeth Barillé — *Singes.*
4340. Jerome Charyn — *La Lanterne verte.*
4341. Driss Chraïbi — *L'homme qui venait du passé.*
4342. Raphaël Confiant — *Le cahier de romances.*
4343. Franz-Olivier Giesbert — *L'Américain.*
4344. Jean-Marie Laclavetine — *Matins bleus.*
4345. Pierre Michon — *La Grande Beune.*
4346. Irène Némirovsky — *Suite française.*
4347. Audrey Pulvar — *L'enfant-bois.*
4348. Ludovic Roubaudi — *Le 18.*
4349. Jakob Wassermann — *L'Affaire Maurizius.*
4350. J. G. Ballard — *Millenium People.*

4351. Jerome Charyn *Ping-pong.*
4352. Boccace *Le Décameron.*
4353. Pierre Assouline *Gaston Gallimard.*
4354. Sophie Chauveau *La passion Lippi.*
4355. Tracy Chevalier *La Vierge en bleu.*
4356. Philippe Claudel *Meuse l'oubli.*
4357. Philippe Claudel *Quelques-uns des cent regrets.*
4358. Collectif *Il était une fois... Le Petit Prince.*
4359. Jean Daniel *Cet étranger qui me ressemble.*
4360. Simone de Beauvoir *Anne, ou quand prime le spirituel.*
4361. Philippe Forest *Sarinagara.*
4362. Anna Moï *Riz noir.*
4363. Daniel Pennac *Merci.*
4364. Jorge Semprún *Vingt ans et un jour.*
4365. Elizabeth Spencer *La petite fille brune.*
4366. Michel tournier *Le bonheur en Allemagne?*
4367. Stephen Vizinczey *Éloge des femmes mûres.*
4368. Byron *Dom Juan.*
4369. J.-B. Pontalis *Le Dormeur éveillé.*
4370. Erri De Luca *Noyau d'olive.*
4371. Jérôme Garcin *Bartabas, roman.*
4372. Linda Hogan *Le sang noir de la terre.*
4373. LeAnne Howe *Équinoxes rouges.*
4374. Régis Jauffret *Autobiographie.*
4375. Kate Jennings *Un silence brûlant.*
4376. Camille Laurens *Cet absent-là.*
4377. Patrick Modiano *Un pedigree.*
4378. Cees Nooteboom *Le jour des Morts.*
4379. Jean-Chistophe Rufin *La Salamandre.*
4380. W. G. Sebald *Austerlitz.*
4381. Collectif *Humanistes européens de la Renaissance.* (à paraître)
4382. Philip Roth *La contrevie.*
4383. Antonio Tabucchi *Requiem.*
4384. Antonio Tabucchi *Le fil de l'horizon.*
4385. Antonio Tabucchi *Le jeu de l'envers.*
4386. Antonio Tabucchi *Tristano meurt.*
4387. Boileau-Narcejac *Au bois dormant.*
4388. Albert Camus *L'été.*
4389. Philip K. Dick *Ce que disent les morts.*

4390. Alexandre Dumas — *La Dame pâle.*
4391. Herman Melville — *Les Encantadas, ou Îles Enchantées.*
4392. Pidansat de Mairobert — *Confession d'une jeune fille.*
4393. Wang Chong — *De la mort.*
4394. Marguerite Yourcenar — *Le Coup de Grâce.*
4395. Nicolas Gogol — *Une terrible vengeance.*
4396. Jane Austen — *Lady Susan.*
4397. Annie Ernaux/ Marc Marie — *L'usage de la photo.*
4398. Pierre Assouline — *Lutetia.*
4399. Jean-François Deniau — *La lune et le miroir.*
4400. Philippe Djian — *Impuretés.*
4401. Javier Marías — *Le roman d'Oxford.*
4402. Javier Marías — *L'homme sentimental.*
4403. E. M. Remarque — *Un temps pour vivre, un temps pour mourir.*
4404. E. M. Remarque — *L'obélisque noir.*
4405. Zadie Smith — *L'homme à l'autographe.*
4406. Oswald Wynd — *Une odeur de gingembre.*
4407. G. Flaubert — *Voyage en Orient.*
4408. Maupassant — *Le Colporteur* et autres nouvelles.
4409. Jean-Loup Trassard — *La déménagerie.*
4410. Gisèle Fournier — *Perturbations.*
4411. Pierre Magnan — *Un monstre sacré.*
4412. Jérôme Prieur — *Proust fantôme.*
4413. Jean Rolin — *Chrétiens.*
4414. Alain Veinstein — *La partition*
4415. Myriam Anissimov — *Romain Gary, le caméléon.*
4416. Bernard Chapuis — *La vie parlée.*
4417. Marc Dugain — *La malédiction d'Edgar.*
4418. Joël Egloff — *L'étourdissement.*
4419. René Frégni — *L'été.*
4420. Marie NDiaye — *Autoportrait en vert.*
4421. Ludmila Oulitskaïa — *Sincèrement vôtre, Chourik.*
4422. Amos Oz — *Ailleurs peut-être.*
4423. José Miguel Roig — *Le rendez-vous de Berlin.*
4424. Danièle Sallenave — *Un printemps froid.*

Composition Bussière.
Impression Maury-Eurolivres
45300 Manchecourt,
le 3 mai 2007.
Dépôt légal : mai 2007.
Numéro d'imprimeur : 129352.

ISBN 978-2-07-033508-4./Imprimé en France.

153112